중국식 표정

ARCADE 0006 CRITICISM 중국식 표정

1판 1쇄 펴낸날 2019년 9월 23일
지은이 김경엽
펴낸이 채상우
디자인 최선영
인쇄인 (주)두경 정지오
펴낸곳 (주)함께하는출판그룹파란
등록번호 제2015-000068호
등록일자 2015년 9월 15일
주소 (10387) 경기도 고양시 일산서구 중앙로 1455 대우시티프라자 B1 202호
전화 031-919-4288
팩스 031-919-4287
모바일팩스 0504-441-3439
이메일 bookparan2015@hanmail.net

ⓒ김경엽, 2019, printed in Seoul, Korea

ISBN 979-11-87756-48-4 03820

값 17,000원

중국식 표정

김경엽

얼마 전 한 박물관에서 개최한 전시회를 관람할 기회가 있었다. 수백 년 동안 땅속에 묻혀 있다가 발굴된 나한상(羅漢像)들이었다. 돌에 새긴 성자들의 표정은 조금씩 달랐다. 초승달 같은 눈으로 웃는 표정, 우울한 듯 슬픈 표정, 기쁜 일이 있는지 즐거워하는 표정 그리고 괴로운 듯 찡그린 표정. 제각기 개성이 넘치는 표정들이었다. 찬찬히 표정들을 살피며 그 의미를 나름대로 짚어 보는 순간 돌덩이들이 돌연 살아 있는 것처럼 활기를 띠기 시작했다. 성과 속의 경계를 넘나들며 그들이 걸어오는 말이 들려오는 것 같았다. 그러나 아무런 인식이나 의식 없이 저것들을 바라봤다면 어땠을까. 아무 쓸모없는 흔해빠진 돌덩이에 불과할 것은 뻔한 일이다.

나는 전시회를 둘러보며 문학도 이와 다르지 않다는 생각을 했다. 모든 문학은 저마다 자신만의 표정을 가지고 있지 않을까 싶다. 석공이 돌에다 각각 표정이 다른 성자의 모습을 새기듯 작가 또한 자신만의 고유한 개성을 문학이란 이름의 성채에 새겨 넣을 것이기 때문이다. 각기 다른 표정은 각기 다른 의미를 생산한다. 표정이 감추고 있는 의미를 번역하고 해석하여 성과 속 사이, 이상과 현실 사이, 환상과 실제 사이에 아찔한 소통의 다리 하나 세워 보는 일이 바로 독자와 연구자 혹은 비평가의 몫이라고 생각한다.

한중비교문학을 공부하면서 오랫동안 기억하고 수시로 꺼내 보는 시 한 구절이 있다.

剪不斷 끊을래야 끊을 수 없고
理還亂 감으려니 더 엉키네
是離愁 이 이별의 슬픔
　　　　　　—이욱(李煜, 937-975), 「오야제(烏夜啼)」 중에서

이 시를 읽을 때마다 명주실처럼 질긴 미련의 정을 어쩌지 못하고 견뎌야 하는 자의 심정이 고스란히 전해졌다. 그러니 상실의 고통을 딱 아홉 글자로 함축한 구절은 애쓰지 않아도 저절로 외워졌다. 이제까지 천 명의 시인이 천 편의 이별시를 썼다면 이 시는 이별을 견디는 천한 번째의 새로운 표정 같았다. 이렇듯 문학은 언제나 나에게 새로운 표정을 발견하는 연속적인 사건으로 다가오곤 했다.

한중비교문학을 공부하면서 작품들의 표정과 그 표정 뒤에 감추어진 말소리에 귀 기울이려고 노력했다. 때로는 잘 들렸고 때로는 모호했다. 모호한 것은 그것대로 새롭게 태어난 변종의 표정으로 여겼다. 문학작품이 저마다 얼굴처럼 붙이고 있는 다양한 표정과 그 표정이 내재하고 있는 궁극의 의미, 이 두 가지를 섬세하게 들여다보고 판독하는 작업이 문학을 공부하는 일의 즐거움이자 어려움이라는 생각에는 지금도 변함이 없다.

이 책에 실린 글들은 모두 중국 문학과 비교문학을 공부하는 즐거움과 어려움을 통과하며 남긴 작은 흔적들이다. 문학은 시공을 넘어 보편적이지만 중국인이 그들의 언어로 창작한 문학에는 그들만의 특수한 조건에 의해 규정된 그들만의 고유한 생각과 자세와 표정이 들어 있을 것이라고 믿는다. 책 제목을 '중국식 표정'이라고 정한 까

닭도 여기에 있다. 글을 쓰면서 막히고 캄캄할 때에는 앞선 연구자들의 글과 책에서 희미한 빛을 찾아내기도 했다. 빛이 되어 준 글과 책들은 각주와 참고 문헌으로 정리했다. 여기에 실린 글들은 모두 월간 『문학사상』에 발표한 글들이다. 지난 2016년 2월호부터 2018년 1월호까지 '중국 문학 산책'이란 제목으로 연재한 글들을 일부 수정하고 보완했다.

책을 내면서 감사해야 할 분들이 있다. 나의 모든 글의 첫 독자인 권영숙 선생, 질책보다 더 두려운 격려를 아끼지 않는 40년 지기 김철규 교수, 시 쓰기라는 사막의 길에서 늘 든든한 이정표가 되어 준 (주)함께하는출판그룹파란의 편집 주간 장석원 시인, 그리고 원고의 교정과 편집에 많은 수고를 해 준 채상우 대표께 진심으로 고마운 마음을 전한다.

2019년 8월
저자 김경엽

차례

시선일여의 시학

1. 시와 선의 관계

선의 기원을 말할 때 우리는 흔히 '염화미소(拈華微笑)'를 떠올린다. 석가모니가 대중에게 꽃을 들어 보이자 제자인 가섭만이 빙그레 웃었다는 전설이다. 이렇게 선은 아름답고 고요한 장면에서 출발한다. 이 이야기에는 진리란 말로 표현할 수 없고 마음에서 마음으로 전해지는 그 무엇이라는 뜻이 담겨 있다. '언어도단(言語道斷)' '이심전심(以心傳心)'의 경지이다. 선의 이러한 본질을 후세 사람들은 '불립문자(不立文字) 교외별전(敎外別傳) 직지인심(直指人心) 견성성불(見性成佛)'이라는 말로 요약했다. 이 말은 '문자로 나타내지 않고 가르침 외에 별도로 전하는 것으로 곧바로 사람의 마음을 가리켜 불성을 깨달아 부처가 된다'는 뜻이다.

사실 선의 불립문자론에는 동양 전통의 언어관이 은밀하게 스며 있다. 『노자』의 저 유명한 첫 구절 "도가도(道可道) 비상도(非常道)"는 기표와 기의가 일치할 수 없다는 동양의 부정적 언어관을 드러내는 극적인 진술이다. 사물에 이름을 붙이는 순간 명명된 이름은 본질에서 미끄러진다고 본다. 오묘한 깨달음의 세계는 늘 언어에서 벗어나 있다. 이렇게 깨달음의 세계는 문자로 표현할 수 없으면서도 결국에는 문자에 의지해 표현할 수밖에 없는 딜레마를 안고 있다. 즉 '불립문자'에서 '불리문자(不離文字)'로의 불가피한 귀환이다.

따라서 선의 언어는 이러한 모순을 해결하기 위한 방편으로 침묵과 여백, 압축과 비약, 역설과 우회, 은유와 상징의 기법을 빌려 올 수밖에 없다. 이 지점에서 선의 언어화 전략은 시적 진실과 만나게 된다. 선의 언어가 '이언절려(離言絕慮)'의 끝자락에서 불가피하게 발설된 언어라면, 시의 언어는 개념화된 언어를 해체하여 언어 너머의 세계를 직관하고자 한다. 선어와 시어는 모두 직관의 언어이며 유한하고 상대적인 언어로 무한한 세계, 절대의 경지를 건축하려는 아찔한 미적 작업의 최일선에 거주한다.

선과 시는 지향하는 가치 체계가 다르다. 각각 종교와 사상, 예술과 문학의 영역에 속한다. 선시는 서로 다른 영역인 선과 시가 만나 피워 올린 '꽃'이다. 선이란 용어를 시 비평에 본격적으로 활용한 사람은 13세기 중국의 시론가인 엄우(嚴羽, 1197?-1253?)이다. 그는 자신의 시론서인 『창랑시화(滄浪詩話)』에서 매우 흥미로운 시선론을 펼치고 있다.

선도는 오직 묘오에 있고, 시도 또한 묘오에 있다.(大抵禪道惟在妙悟, 詩道亦在妙悟.)[1]

---

1 엄우, 『창랑시화』, 김해명·이우정 역, 소명출판, 2001, p.38.

선과 시의 바탕은 일상의 논리와 분별에 의지하는 것이 아니라 "묘오(妙悟)"에 있다고 보는 것이다. 선과 시는 모두 관성과 타성에 대한 거절이자 상투에 대한 반역이다. 그러므로 선어와 시어는 미묘하고 은밀하게 일상 언어에서 탈주한다. 언어를 통해 언어를 초월할 때 시인과 선객은 자기모순과 배리 속에서 고투하기 마련이다. 이때 언어를 초월하고 절대적 궁극의 세계 앞에 선 존재의 떨림, 언어로는 치환 불가능한 찰나에 번득이는 섬광 같은 것이 '묘오'일 것이다. '묘오'는 인간의 언어로는 포획할 수 없는 어떤 깨달음에 대한 느낌의 다발이다. 그는 또 말한다.

시에는 특별한 재능이 있으니 책과 관계있는 것이 아니다. 시에는 별도의 취미가 있으니 이치와 관계있는 것은 아니다. 그러나 책을 많이 읽고 이치를 탐구하지 않으면 시의 지극한 경지에 도달할 수 없다. 이른바 이치의 노선에 얽매이지 않고, 언어의 통발에 빠지지 않는 것이 최상이다. 시라는 것은 성정을 읊는 것이다. 성당의 여러 시인들은 오로지 흥취에 주력하였다. 그들의 시는 영양이 뿔을 나무에 걸은 것처럼 자취를 찾을 수가 없다. 그래서 그들 시의 절묘함은 투철 영롱하지만 가까이 다가설 수가 없다. 마치 공중의 소리와 같고, 형태 속에 깃든 묘한 빛깔과 같으며, 물속의 달과 같고, 거울 속의 형상과도 같다. 언어는 다했어도 그 의미는 다함이 없다.(夫詩有別材, 非關書也. 詩有別趣, 非關理也. 然非多讀書, 多窮理, 則不能極其至. 所謂不涉理路, 不落言筌者, 上也. 詩者, 吟詠情性也. 盛唐諸人惟在興趣. 羚羊掛角, 無跡可求. 故其妙處透徹玲瓏, 不可湊泊, 如空中之音, 相中之色, 水中之月, 鏡中之象, 言有盡而意無窮.)[2]

시에는 별도의 재능과 취미가 있고 책이나 이치와 관계없다는 700여 년 전 비평가의 발언은 현대 시학의 관점에서도 매우 흥미롭게 들린다. 정말 그럴 것이다. 시 쓰기의 과정이 어찌 책을 읽고 익힌 학문이나 지식 또는 철학적 논리와 이치 따위에 종속되겠는가. 시는 오히려 기존의 언어로 구성된 논리와 사유, 지식과 상식을 거부하고 초월하는 데서 출발한다. 초논리의 직관을 통해 일상 언어 너머 '언외지미(言外之味)'에 도달하고자 한다. 이것이 엄우가 말하는 '흥취(興趣)'의 의미이다.

따라서 시는 세속의 이치에 갇히고 말의 그물에 걸려 헤어나지 못할 때 처절하게 실패한다. 최고의 시란 마치 '영양괘각(羚羊掛角)'의 차원에서 성취된다. '영양'의 비유는 선가에 전해 오는 말이다. 영양은 잠을 잘 때 천적의 공격을 피하기 위해 둥근 뿔을 나뭇가지에 걸고 공중에 떠서 잠을 잔다고 한다. 천적이나 사냥꾼은 영양의 발자국만 보고 따라가다가 발자취가 끊어진 곳에서 영양을 놓치고 만다. 여기서 발자취란 시의 말이고 공중에 걸려 있는 영양은 '언외지미'의 비유이다.

좋은 시란 이처럼 들리거나 보이기는 하지만 손으로는 잡을 수 없는 세계의 미묘한 결을 드러낸다. 이것은 마치 '공중의 메아리' '물속에 비친 달' '거울 속의 형상'과 같다. 끝이 없는 뜻을 끝이 있는 말로 표현해야 하는 것이 시인의 운명이라면 백척간두에서 진일보해야 하는 것이 선객의 삼엄함이다. 이 지점에서 선과 시는 내적으로 은밀하게 공모하며 개념화된 언어와 상투적 인식에 충격을 가하며 새로운 각의 논리를 도모하고자 한다. 금나라의 시인 원호문(元好問)은

---

2 엄우, 『창랑시화』, p.66.

시와 선의 관련성을 아름다운 시적 비유로 들려주고 있다.

詩爲禪客添花錦 시는 선객에게 비단 꽃을 얹어 주었고
禪是詩家切玉刀 선은 시인의 옥 다듬는 칼이다

시와 선은 각각 무엇을 선물로 주고받았을까. 우선 시는 선적 깨
달음을 언어로 표현할 수 있도록 시의 표현 형식을 빌려주었다. 초
논리의 언어인 선의 언어는 이미지와 비유를 통해 에둘러 오의를 표
현할 수밖에 없다. 그래서 '입상진의(立象盡意)'다. 설명이 아닌 이미
지를 세워 뜻을 드러내는 것이다. '입상진의'는 시가 선에게 선사한
비단 꽃 중의 한 송이인 셈이다.

시가 선을 배우면 주객 분리의 이분법적 사고에서 벗어난다. 또
한 생략과 함축, 암시와 절제를 통해 일상 언어 너머로 초월하고자
한다. 그러기에 시인은 선이 세계를 통찰하고 관조하는 방식을 빌어
언어를 담금질하고 기존 언어의 고유한 의미를 구조적으로 해체시
킨다. 재조립된 언어는 선적 직관의 엄호를 받으며 태어난 전혀 새
로운 언어의 종족들이다. 시인에게 있어 선이란 거칠고 투박한 옥을
다듬어 명품을 만드는 칼과 같은 귀한 선물인 셈이다. 원호문의 선
언은 중국 시학에서 시선 관계에 대한 가장 간결하고 아름다운 아포
리즘이다.

2. 선담(禪談)과 언어의 쇄신

흔히 선객들은 '입을 열면 바로 어긋난다(開口卽錯)'라고 말한다. 개
념화되고 추상화된 언어에 대한 불신이다. 선에서는 언어를 부정하
기 때문에 선사들의 말과 행위는 곧잘 상식의 차원을 벗어난다. 제

자들을 가르칠 때 몽둥이로 때리거나 고함을 지르기도 한다. 이것이 그 유명한 덕산의 '방(棒)'과 임제의 '할(喝)'이다. 기존의 언어와 생각을 여의고 끊어 버리고자 한다. '이언절려'라야 진리와 깨달음에 도달할 수 있다는 것이다. 그러기에 선가의 화두와 공안은 초논리와 모순의 언어이다. '불가언설'이자 '언어도단'이다. 그러므로 선을 언어로 나타낼 수밖에 없는 경우 그 언어는 극단의 교란 상태이거나 상식을 초월한 형태로 표현될 수밖에 없다. 우리에게 "차나 마시고 가게(喫茶去)"로 알려진 당나라 조주 선사(趙州禪師)의 선문답이 전한다.

조주가 새로 온 두 사람의 스님에게 묻는다.
"전에도 이곳에 온 적이 있는가?"
"없습니다. 오늘 처음 왔습니다."
"차나 마시고 가게." 하고는 또 한 사람에게 묻는다.
"전에도 이곳에 온 적이 있는가?"
"네, 전에 와 본 적이 있습니다."
"차나 마시고 가게."
그때 절의 심부름꾼이 물었다.
"스님, 처음 온 사람에게 차를 마시고 가라고 한 것은 좋지만, 전에도 왔던 사람에게 왜 또 차를 마시고 가라고 합니까?" 하니, 조주가 말했다.
"자네도 차나 한잔 드시게."

위진남북조 시대에 한 선승은 다음과 같은 계송을 지었다.

空手把鋤頭 맨손인데 호미를 잡았고

步行騎水牛 걸어가는데 물소를 탔다

人從橋上過 사람이 다리 위를 지나가는데

橋流水不流 물은 흐르지 않고 다리가 흐르더라

모두 일상의 논리와 감각 너머의 말들이다. 호미 잡은 손은 맨손
이고 물은 정지하고 다리는 흐른다. 비논리와 모순어법이 돌출하는
까닭은 선에 있어서 모종의 깨달음이란 의식의 표면에서 부유하는
언어로는 포획할 수 없기 때문이다. 오히려 일상적 언어 감각을 모
조리 삭제할 때 저 깊은 심층에서 떠오르는 그 무엇이다. 견고한 의
식과 고착된 상식을 해체한 틈에서 언어도단의 말들이 새롭게 솟아
오른다. 솟아오른 어떤 말들은 자칫 엄숙한 선의 의장을 벗고 투명
하고 차원 높은 시의 경계로 비상한다. 송나라 때 야부도천(冶父道川)
의 선시이다.

竹影掃階塵不動 대나무 그림자가 섬돌을 쓸어도 먼지 한 점 일지 않고

月穿潭底水無痕 달빛이 연못 밑을 뚫어도 수면에는 아무런 흔적이
          없다

그림자가 섬돌을 쓸고 달빛이 물밑을 뚫었다고 했다. 언어도단의
선적 방식을 통해 언어를 갱신하며 아름다운 한 편의 시로 도약했
다. 경직된 교설이나 무책임한 깨달음의 제스처 따위는 없다. 언어
는 가볍게 떠오르고 의미는 산 너머 연기처럼 무심하게 피어오른다.
상식과 합리, 논리의 사유를 경유함이 없이 바로 보아 사물의 핵심
에 도달할 때 선의 사유는 시의 언어와 소통하는 회로를 완성한다.
이렇게 선의 세례를 받은 시의 언어는 스스로 낯설어지며 쇄신한다.

언어의 쇄신은 감각과 미학의 쇄신이다. 시와 선이 만나 꽃피운 선시의 가치는 바로 여기에 있다.

3. 선취의 미학

문학 층위에서 선시의 아름다움은 선취(禪趣)에 있다. 선취는 선리(禪理)가 시취(詩趣)에 흔적 없이 스며들어 이룩된 선적인 아취(雅趣)이다. 좋은 선시들은 대개 자연산수시의 의상을 걸치고 있다. 자연은 사색의 공간이기도 하지만 선가에서는 자연 경물 자체가 진리와 도의 현현이라고 보기 때문이다. 이렇게 진리의 구현체인 우주 자연의 질서를 일상의 질서로 철저히 내면화하는 것이 선의 근본 취지이다. 오래된 선담인 '평상심이 도(平常心是道)'란 말의 진정한 의미도 여기에 있다.

따라서 선의 기미나 이치가 자연 풍경과 경물에 스미면서 미묘한 문자향(文字香)으로 피어오를 때 비로소 딱딱한 종교적 교설이 아닌 온전한 문학으로 도약하게 된다. 미묘한 선경과 은은한 시정이 합일하는 지점이다. 선시가 단순한 자연산수시와 다른 점이다. 당나라 때 승려였던 가도(賈島)의 시가 이러한 점을 잘 보여 준다. '은자를 찾아갔으나 만나지 못했다'는 제목의 시다.

尋隱者不遇

松下問童子 소나무 아래 동자에게 물으니
言師採藥去 스님은 약초 캐러 가셨다고 하네
只在此山中 이 산중에 있겠으나
雲深不知處 구름이 깊어 알 수가 없네

형식은 간결하고 내용은 아담하다. 선의 낯선 언어도 생경한 이미지도 없다. 하지만 결구에서 화자가 무심하게 발화한 "부지(不知)"는 시 전체를 미묘하고 무한한 시정 속으로 이끈다. 은자는 소재 불명이다. 모르기 때문에 세계는 매혹이고 의미는 유예된다. 은자를 만나 차 한잔 얻어 마시고 돌아왔다면 아무런 할 말이 없었을 것이다. 완성된 순간 닫히기 때문이다.

선과 시는 닫힌 완성이 아닌 열린 미완 속에서 활성화되고 활기찬 생명력을 얻는다. 마치 고요한 연못에 던진 돌이 일으킨 파문처럼 미묘한 시정이 무한히 퍼져 나간다. 바로 엄우의 "말은 끝났어도 뜻은 다함이 없다"는 경지다. 기발한 이미지 한 컷 없이도 초월과 탈속, 정적의 선미(禪味)만이 은은하게 배어 있다. 선리가 시적 아취에 충분히 용해되었기 때문이다. 시불(詩佛)이라 불렸던 왕유(王維)의 시도 선시 중의 명작이다.

鳥鳴澗 조명간

人閑桂花落 사람들 한가로운데 계화는 지고
夜靜春山空 밤 고요하고 봄 산은 텅 비었네
月出驚山鳥 달 떠오르자 깜짝 놀란 산새가
時鳴春澗中 이따금 봄 시내에서 운다

시인의 적막한 내면 풍경이 압도적이다. 시의 얼개는 정적 이미지인 "한(閑)" "정(靜)" "공(空)"과 동적 이미지인 "락(落)" "출(出)" "명(鳴)"이 대립한다. 1, 2구는 정적 이미지의 극한을 보여 준다. 만뢰구적(萬籟俱寂)이다. 반면에 3, 4구는 돌연한 동의 출현이다. 떠오르는

달에 새가 놀란다는 표현도 묘수이지만 놀란 새가 우는 청각 이미지
는 깊은 밤, 텅 빈 산의 정적을 깨치고 있다. 정적을 깨침으로써 정
적은 더 깊어진다. 정중유동(靜中有動)이자 동중유정(動中有靜)의 시학
이다. 정지와 운동이 교차하면서 전체적으로는 적멸과 고요의 미학
을 성취했다.

　일체의 자연현상과 운동은 모두 무상하다는 것이 선의 견해이다.
오직 정지와 적멸만이 항구적이다. 시와 선에 모두 정통했던 시인은
이렇게 선의 비의를 시적 표현을 통해 문학으로 관철한다. 왕유는
다른 시 「녹채(鹿柴)」에서도 빈산의 이미지를 통해 미묘한 선리를 시
적으로 함축한다.

　　空山不見人 빈산에 사람은 보이지 않고
　　但聞人語響 두런거리는 말소리만 들릴 뿐
　　返景入深林 숲속 깊이 스며든 석양빛이
　　復照靑苔上 푸른 이끼 위에 다시 비치네

　어디선가 들려오는 사람의 기척, 숲속 깊숙이 스미는 석양, 석양
에 빛나는 푸른 이끼. 아무렇지도 않은 자연의 풍경이지만 선리를
몸에 익힌 시인의 안목에서는 찰나에 생멸하는 현상에 대한 직관의
순간이다. 사람의 말소리, 석양빛 같은 유한성을 통해 공산에 충만
한 무한의 진리를 역설적으로 드러낸다. 유한으로써 무한을 드러내
는 '색즉시공(色卽是空) 공즉시색(空卽是色)'의 시적 함축이다.

　적멸은 그 자체가 불변하는 도의 발현된 모습이며 적멸을 가득 품
은 빈산은 선적 깨달음의 미학적 공간으로 활성화된다. 가도와 왕유
의 시들은 시 창작에 있어 선리의 시적 함축이 가져온 간결하고 무

한한 시적 경계를 잘 보여 주고 있다. 원호문의 아름다운 아포리즘이 이미 말해 주었듯 과연 선은 시인에게 거칠고 투박한 옥을 다듬는 세련된 칼을 선물로 주었다.

유종원(柳宗元)의 시 「강설(江雪)」은 차가운 선경과 무욕한 시정의 황홀한 랑데부를 보여 주는 선시의 걸작이다.

> 千山鳥飛絶 온 산에는 날던 새 사라지고
> 萬徑人蹤滅 모든 길에는 인적이 끊겼다
> 孤舟蓑笠翁 빈 배엔 도롱이에 삿갓 쓴 노인 하나
> 獨釣寒江雪 눈 내리는 강 홀로 드리운 낚싯대

이 시가 시인이 정치적으로 불우했던 시기의 작품임을 고려할 때 시의 배경은 세속의 모든 욕망의 불꽃이 꺼진 차가운 내면 공간을 상징한다.

우선 1구와 2구는 뜻글자인 중국 문자 놀이의 절정을 보여 준다. "천(千)-만(萬)" "산(山)-경(徑)" "조(鳥)-인(人)" "비(飛)-종(蹤)" "절(絶)-멸(滅)"을 일대일로 맞대응한 대구 놀이는 형식의 아름다움과 의미의 삼엄함을 동시에 성취했다. 「강설」은 시 짓기 전략에 있어서 설명 아닌 묘사의 수법을 관철시킨다. 시는 설명하는 순간 타락한다. 또한 시인의 주관적 감정과 감상이 여과 없이 돌출할 때 시는 넋두리와 하소연이 낭자한 천격으로 떨어진다. 감정의 굴절과 과장의 혐의를 벗어날 수 없기 때문이다. 묘사란 있는 그대로 보여 주기다. 맑은 유리창을 투과하는 햇빛처럼 묘사는 투명하다. 묘사는 묘사에 그치지 않고 모종의 정황을 환기하는 힘을 거느린다.

「강설」에서 묘사가 환기해 낸 모종의 정황이란 바로 선리를 시적으로 함축해 낸 시적 정황이다. 이 시에는 겉으로 드러난 불가의 어떤 의상도 없다. 그러나 전편에 걸쳐 관조와 초월, 탈속의 선적 기미가 행간에 흘러 다닌다. 존재의 고독한 심연에 드리워진 선취와 선미가 압권이다. 차가운 선경과 무욕의 시정이 꿰맨 흔적 없이 서로 스며들고 있다.

또한 "절(絶)" "멸(滅)" "고(孤)" "독(獨)"과 같은 시어는 중앙 정치 무대에서 실각한 자의 내면 풍경을 고스란히 비추는 거울인 동시에 세속의 욕망과 번뇌가 싸늘하게 식어 버린 적정의 세계, 차갑고 삼엄한 선경을 드러내는 기호이기도 하다.

초월과 은일, 탈속은 동서고금을 통해 세계와 불화하는 자의 운명 앞에 놓인 선택지 중의 하나다. 은자는 눈 내리는 차가운 강에 홀로 낚싯대를 드리운다. 은자의 얼굴은 깊이 눌러쓴 삿갓이 가리고 있을 것이다. 나아감과 물러남, 출세와 은일, 좌절과 초월 사이를 견디는 은자의 표정은 보이지 않으므로 그것은 상상의 영역이다. 기품 있는 상상이 활성화될 때 시는 비로소 시답게 된다.

시인과 자연이 합일하는 「강설」의 장면은 아름답고 쓸쓸하다. 고요한 화면 속에 절대 선경(禪境)의 시간만이 흐른다. 우주적 교감의 순간이다. 선과 시가 교감하고 합일하는 순간 또한 이처럼 은밀하고 고요할 것이다. 그 은밀하고 고요한 순간은 "선이면서 선이 없어야 시가 되는(禪而無禪便是詩)"[3] 사색의 시간이자 역설과 깨달음의 시간이다. 이 시간을 잘 견뎠을 때 「강설」 같은 작품이 탄생하고 시선일여(詩禪一如)의 시학이 깃드는 자리가 마련될 것이다.

---

3 이은윤, 『선시, 깨달음을 읽는다』, 동아시아, 2008, p.160 참조.

현실과 환상의 경계, 가오싱젠의 『영산』

1. 중국인 최초의 노벨문학상 수상

벌써 19년 전 일이다. 2000년 10월, 스웨덴 한림원은 21세기 첫 노벨문학상 수상자를 발표했다. 수상자는 중국 출신의 프랑스 소설가인 가오싱젠(高行健, 1940-)이었고 수상작은 그의 첫 장편소설인 『영산(靈山)』이었다.

그때까지만 해도 가오싱젠은 우리뿐만 아니라 서구에서도 그다지 알려지지 않은 작가였다. 노벨문학상 100년 역사상 처음으로 중국어권 작가의 수상이라는 의의와 함께 가오싱젠이 누구인가 하는 점에 세계 언론과 문단의 관심이 모아졌다. 가오싱젠이 중국 출신의 망명 작가라는 점에서 대내외의 호기심은 그의 문학과 함께 정치적인 배경에 집중되었다. 우선 중화권 국가인 대만과 홍콩에서는 중국 출신의 작가가 중국어로 쓴 작품이 노벨문학상을 수상했다는 사실을 커다란 영광과 기쁨으로 받아들였다.

관심의 초점은 작가의 모국의 반응이었다. 중국의 첫 반응은 싸늘

했다. 중국 정부는 "노벨상 위원회의 결정은 정치적 목적을 위해서 문학성보다는 정치성을 배려한 것"이라며 불편한 심기를 드러냈다. 가오싱젠의 21세기 첫 노벨문학상 수상 소식은 10여 년 동안 잊혔던 망명 작가를 갑자기 호출해 낸 당혹스런 사건이 되었다. 중국 내 언론 매체에서는 그의 수상 소식에 대한 보도를 일체 금지했다.

가오싱젠의 소설이 유럽에서 처음 알려지게 된 것은 스웨덴 한림원의 노벨문학상 종신 심사 위원 중의 한 명인 고란 말름크비스트(Goran Malmqvist)를 통해서였다. 고란 말름크비스트는 1985년에 노벨문학상 종신 심사 위원에 선정되었고, 18명의 심사 위원들 중 유일하게 중국 문학에 정통한 중국학자이자 중국 문학 번역가로 알려져 있다.

스웨덴의 저명한 중국학자인 요하네스 칼그렌(Johannes Karlgren)의 수제자이기도 한 그는 아내 역시 사천 출신의 중국 여자이며, 마이란(馬怡然)이란 중국 이름도 가지고 있는 전형적인 친중국 인사였다. 따라서 고란 말름크비스트가 1992년에 가오싱젠의『영산』을 스웨덴어로 번역한 일은 가오싱젠에게는 커다란 행운이라 할 수 있다.

중국어판은 이보다 앞선 1990년에 대만에서 출간되었고 1995년에는 불어로 번역되어 가오싱젠이 소설가로서 프랑스에 알려지게 되는 계기가 되었다. 영역본은 그보다 5년이 더 늦은 2000년에야 호주 시드니에서 출간되었다.

2. 그는 왜 망명 작가가 되었을까

그는 왜 조국을 떠나 유럽으로 망명한 작가가 되었을까 하는 질문은 그의 문학과 창작론 그리고 대표 작품인『영산』을 이해하는 중요한 열쇠가 된다. 이 질문에 답하기 위해서 우선 그의 망명 전의 이력

조회가 필요하다.

그가 출생한 1940년의 중국은 정치사회적으로 매우 혼란한 시대였다. 온 국토는 항일전쟁과 국공내전의 전화에 휩싸여 있었다. 그러나 어린 시절 작가는 은행원인 아버지와 극단 배우 출신인 어머니 밑에서 비교적 풍요롭고 자유로운 분위기 속에서 성장한 것으로 보인다. 어머니의 영향으로 일찍이 서양의 문학작품을 접하고 연기와 그림, 글쓰기 등을 자연스럽게 익히게 된다. 유년 시절의 다양한 학습 경험은 훗날 그가 소설가뿐만 아니라 극작가, 연출가, 화가 등 전방위 예술가로 성장하는 토대가 되었다.

그가 본격적으로 문학 창작을 시작하게 된 것은 1957년 북경외국어대학 불어과에 입학하면서부터였다. 그의 회고에 따르면 당시에는 금서로 되어 있던 서구의 수많은 현대문학 작품뿐만 아니라 유럽에서 발행되던 잡지들을 원서로 읽으며 서양과 다른 중국의 현실에 조금씩 눈뜨기 시작했다. 대학을 졸업한 1962년부터는 북경외국어출판국에서 불어 번역에 종사하게 된다. 이때에도 서구 소설과 문학이론, 예술을 폭넓게 접하면서 모더니즘 등 서구 문학을 깊이 공부하고 이해하는 기회가 되었다.

문화대혁명(1966-1976)이 모든 중국인들에게 큰 상처를 남겼듯 가오싱젠도 문혁 기간 중인 1971년부터 5년 간 벽촌으로 하방(下放)되는 시련을 겪는다. 하방 중에도 틈틈이 몰래 글을 쓰며 창작에 대한 열정을 이어 가지만 발표는커녕 쓴 글을 감추고 불태워야 했던 고통을 그는 이렇게 고백한 적이 있다.

나는 텍스트를 화분에 넣고 흙을 덮은 다음 방바닥을 파서 그 화분을 묻는 일을 반복했어요. 그렇게 감추고 또 감추다가 묻어야 할 화분이 너무 많아지면 그것들을 태웠고, 똑같은 이야기를 다시 썼어요. 쓰고, 감추고, 태우고 (중략) 결국 나는 모든 작품을 파괴할 수밖에 없었어요. 수 킬로그램 종이들이 사라졌지만, 달리 방도가 없었으니까요.[1]

문혁이 끝난 이후인 1978년, 그는 중국 작가 대표단의 통역을 맡아 바진(巴金) 등과 함께 처음으로 프랑스를 방문한다. 이 첫 해외여행의 경험은 이후 그의 문학적 행보에 중요한 전환점이 되었던 것 같다. 1981년에 그는 『현대소설기교초탐(現代小說技巧初探)』을 출간한다. 작가에 따르면 이 책은 무슨 거창한 소설 이론이 아니다. 순수하게 소설의 개념과 기교에 관한 그의 생각을 정리한 문건이다. 소설을 쓰는 방법은 한 가지만 있는 게 아니라는 사실을 알리고 싶었다고 한다. 그가 지금까지 서구 문학 이론과 작품들을 접해 오면서 공부한 서구적 방식의 글쓰기, 가령 지금까지의 관방(官方)의 글쓰기 외에 어떤 새로운 형식의 글쓰기가 가능할까 하는 진지한 고민과 모색에서 나온 결과물이었던 셈이다.

하지만 이 책이 나오자 중국 내 평론가들 사이에서는 모더니즘 논쟁이 불거졌다. 가오싱젠은 보수적인 평론가들에게 이른바 '현대파'로 매도당했고 정치적 감시와 비판의 대상이 되는 사태가 발생했다. 정치와는 아무런 관계가 없는 책이었지만 문학을 정치의 도구로 여기는 사회주의 문예 이론에 어긋나는 내용이었기 때문이었을 것이다.

가오싱젠이 극작가로서 1983년에 무대에 올린 「버스 정류장(車

站)」 또한 그를 다시 한 번 정치적 곤경에 빠트리는 사건이 되었다. 「버스 정류장」은 사뮈엘 베케트의 「고도를 기다리며」와 매우 유사한 일종의 부조리극이었다고 한다. 당시 중국의 현실과 겹쳐 놓을 때 아무리 기다려도 오지 않는 버스는 마치 암울한 중국의 현재와 미래를 암시하는 것으로 해석되었다. 당국은 인민의 정신에 해로운 연극이라고 비판했다. 공연은 금지되었고 가오싱젠은 창작의 자유에 대한 정치적 검열에 대해 깊은 고민에 빠질 수밖에 없었다. 이 무렵 그는 폐암 선고까지 받는 등 안팎으로 몹시 힘든 시기를 겪게 된다.

마침내 그는 정치적 감시와 핍박을 피해 1983년에 북경에서 멀리 떨어진 장강 유역으로 여행을 떠난다. 서남부 장강 상류에서부터 동남부 동해안에 이르는 긴 여행을 통해 그는 소수민족들의 신화와 민간신앙, 도교와 불교, 샤머니즘과 민간 가요, 대자연의 생태와 고고학적 유적지 등을 탐사하고 관찰한다. 북방의 주류 황하문명에서 벗어나 소외되어 있던 남방의 원시적인 기층문화와 문명에 대해 사색하고 탐구하는 여정이었다. 이때의 풍부한 여행 경험이 바로 훗날 노벨문학상 수상작인 『영산』의 배경이 된다.

2년 간에 걸친 여행에서 돌아온 그는 1987년 독일의 문화 재단의 초청으로 출국한 다음 독일을 거쳐 파리로 거처를 옮겼다. 그것이 마지막이었다. 이후에 다시는 중국으로 돌아오지 않았다. 1989년 발생한 천안문 사태의 비극은 그에게도 깊은 상처를 주었다. 사태의 발생에 대해 그는 공개적으로 중국 정부를 비난하는 성명을 발표했고 공산당을 탈당했다. 사실상의 망명의 시작이었고 1997년 프랑스 국적을 취득한 이래 지금까지 파리에 정착하고 있다. 그는 2001년 대만 작가와의 인터뷰에서 천안문 사태를 전후한 창작 사정에 대해 생생한 증언을 하고 있다.

엄밀히 말하면 저는 망명을 간 게 아니었습니다. 독일의 문화 재단 과 프랑스 측의 방문 초청을 받아 해외로 가는 형식이었어요. 그렇게 떠난 뒤에 톈안먼 사건이 일어났고, 저는 중국으로 다시 돌아가지 않기로 한 겁니다. 장차 도망자 신세로 살겠구나 하고 의식은 했던 것 같습니다. 톈안먼에서의 시위 진압 소식은 프랑스에 있으면서 라디오로 들었습니다. 거의 15분 간격으로 새로운 뉴스가 쏟아졌습니다. 당시 저는 라디오를 들으면서 『영혼의 산』[2]을 쓰고 있었는데, 중국에서 『영혼의 산』을 쓰면서도 이 소설을 살아생전에 발표할 날이 있을 거라고 기대하지는 않았어요. 나중에 프랑스에 오고 나서야 이 소설을 완성해야겠다고 마음먹었지요.[3]

중국 당국 또한 그를 모든 공직에서 퇴출시켰고 북경에 있던 그의 집을 폐쇄하는 동시에 그의 모든 작품의 판매, 공연을 금지했다. 그는 망명 이전 중국에서 겪어야 했던 정치적인 질곡, 이를테면 문혁 시절의 시련 그리고 자유롭지 못했던 창작 활동에 대해 환멸을 감추지 않는다. 20세기 중국 문단에 대한 그의 비판은 신랄하다.

20세기 중국 문학에 닥친 연이은 재난은 문학의 숨통 자체를 틀어막을 지경에 이르렀습니다. 정치가 문학을 지배하기 시작하자 혁명의 바람이 사람과 문학을 모두 사지로 몰아넣었습니다. 혁명은 중국의 전통문화를 토벌했고 금서(禁書)와 분서(焚書)를 양산했습니다. 작가는

---

2 원저인 『영산(靈山)』을 한국에서는 『영혼의 산』(1, 2)(이상해 역, 현대문학북스, 2001)이란 제목으로 번역했다.
3 가오싱젠, 『창작에 대하여(論創作)』, 박주은 역, 돌베개, 2013, pp.319-320.

살해·감금·추방을 당했고, 멀리 쫓겨나서 떠돌거나 강제 노역에 시달려야 했습니다. 중국 역사의 어느 왕조도 지난 100여 년보다 더 무법적이지는 않았습니다. 글만 쓰기도 이렇게 어려웠으니 다른 예술 분야의 창작의 자유는 말할 것도 없었죠.[4]

가오싱젠이 가장 혐오하는 것은 문학에 대한 정치적 검열과 억압이었다. 그의 표현을 빌리자면 그는 억압을 피해 정확히 '도망'간 것이다. 도망은 단순한 도피가 아니라 실존과 창작의 자유를 지키기 위한 운명적 선택이었던 것 같다. 그에게 필요한 것은 국가, 민족, 이념 따위가 아니라 창작의 자유였다. 훗날 그는 스스로를 세계의 유민(遊民)이라고 했다. 어떤 주의나 집단에도 귀속되길 거부했던 그는 떠도는 자이자 디아스포라 유전자를 선천적으로 가진 작가처럼 보인다. 그는 생전에 중국으로 돌아가는 일은 없을 것이라고 단언했다.

3. '차가운 문학'과 문학적 진실
가오싱젠은 문학으로 무슨 대단한 일을 할 수 있다고 생각하지 않는다. 그가 보기에 문학은 짊어져야 할 거창한 사명이나 소명 따위는 없다. 작가는 예언자나 심판관이 아니다. 정의의 화신이 되거나 인민의 대변자 노릇을 한다는 것도 망상에 불과하다. 그는 수단으로써의 문학을 단호히 거절한다. 그가 생각하는 문학은 정치와 이념, 윤리와 도덕 따위에 봉사하는 문학과 가장 먼 자리에 있다. 다만 작가는 한낱 개인이며, 문학의 자리는 미약한 개인으로 돌아오는 자리이다.

---

4 가오싱젠, 『창작에 대하여』, p.29.

가오싱젠은 오직 개인의 고독한 자리에서 자기 내면의 목소리에 귀 기울인다. 이때 토로하지 않고는 견딜 수 없는 마음의 파동, 어쩔 수 없이 흘러넘치는 마음의 소리를 받아 적는 것, 이것이 그가 말하는 문학의 출발이자 글쓰기의 첫 번째 충동이다. 그러기에 그는 문학은 혼잣말이고 솟구쳐 오르는 어떤 느낌이라고 말한다. 그가 생각하는 작가란 오로지 나약한 개인의 자리에서 자아와 세계를 섬세하게 관찰하고 인간 존재와 우리 삶의 곤경을 증언하는 자이다. 20세기 산업사회에서 마치 한 마리 벌레처럼 살아가는 인간 존재의 본질을 꿰뚫었다는 점에서 그는 카프카를 좋아하고 19세기의 발자크와 도스토옙스키를 특별히 기억한다.

문학은 정치가 말하지 않는 인간 삶의 진실을 말할 수 있습니다. 19세기의 사실주의 작가인 발자크와 도스토옙스키는 구세주를 자임하거나 인민의 대변자나 정의의 화신이 되려고 하지 않았습니다. 이들은 다만 그 시대 사람들이 처한 현실을 보여 주었을 뿐입니다. 이념을 기준으로 현실을 재단하거나 비판하지 않았고, 사회에 대한 이상적인 청사진을 제시하지도 않았습니다. 이들은 다만 특정 정치의식 너머에 있는 인간 사회의 참모습을, 인간 삶의 곤경을, 인간 본성의 복잡함을 작품 속에 담아냈을 뿐이지요. 그래서 이들의 작품은 장구한 시간의 단련을 이겨 내고 살아남았습니다.[5]

가오싱젠에게 있어 인간 삶의 곤경은 문학의 영원한 주제이다. 작가는 미래를 약속하거나 유토피아의 환상을 제시하는 자가 아니다.

---

[5] 가오싱젠, 『창작에 대하여』, p.66.

작가에게 필요한 건 지금 당장의 삶을 살아 내는 것이다. 문학은 살아 있는 사람을 위한 것이자 이 순간의 삶을 직접 대면하는 현재의 일이다. 이것을 문학의 현재성이라 부를 수 있다면 인간 삶의 비루함과 남루함이 지속되는 한 가오싱젠 문학의 현재성 또한 여전히 유효할 것이다.

문학의 현재성이 문학의 주제와 관련되는 것이라면 문학의 비공리적 성격은 문학의 본질 그리고 작가의 자유의 문제와 연관되는 가오싱젠 문학론의 한 특성이다. 그는 정치와 이념으로부터의 문학의 독립은 말할 것도 없고 글쓰기 자체의 순수 동기에 대해 강조한다.

글쓰기가 생계의 수단이 되지 않을 때, 글쓰기 자체의 즐거움을 위해 글을 쓸 때, 다른 누군가를 위해 글을 쓴다는 의식이 없을 때, 비로소 그 시대가 가장 필요로 하는 글이 자연스럽게 나오게 됩니다. 철저히 비공리적이라는 것이야말로 문학의 본질입니다. 문학이 하나의 직업이 된 것은 현대사회의 분업화가 만들어 낸 부자연스러운 결과로, 작가에게는 지독한 고통일 뿐입니다.[6]

오늘날 문학에 가해지는 억압적 상황에 대한 가오싱젠의 우려와 고민은 깊다. 문학도 상품처럼 거래되는 21세기에 시장의 논리와 규율에 굴복하지 않는 것, 대중적 기호에 영합하지 않는 글쓰기의 관철이란 쉽지 않은 일이라는 것을 그는 누구보다도 잘 알고 있다. 그가 찾은 해답은 작가 스스로 자신에게로 돌아오는 것이다. 자신의 내면의 목소리를 잃지 않을 자유를 회복하는 것이다. 그러기 위해서

---

6 가오싱젠, 『창작에 대하여』, p.41.

작가는 세상과 거리를 두고 중심 아닌 주변부에 머물러야 한다. 세상과의 거리는 관조의 거리이고 고독이 발생하는 자리이다. 고독한 자리에서 세상을 관조할 때 비로소 작가는 무절제한 자기 연민에서 벗어나 자신의 내면을 차갑게 성찰할 수 있다고 그는 강조한다. 자신에 대한 성찰을 바탕으로 할 때 비로소 정치와 사회 관습의 억압을 이겨 내고 소비사회의 상품 중심 가치관에서 벗어나 아무런 보상이 없더라도 자신의 정신적 만족을 추구하는 문학을 실천할 수 있다고 보았다. 그는 이런 자신의 문학을 '차가운 문학'이라고 부른다.

> 차가운 문학은 일종의 도망이자, 작가 자신이 살아남기 위한 문학이다. 세상의 억압을 떨치고 정신적 자기 구원을 추구하는 문학. 민족이라는 이름에 갇히지 않는 비공리적(非公利的) 문학, 작가 자신에게는 불행이 되고, 그 민족에게는 비애가 되는 문학[7]

사뭇 비장한 어조로 말하는 그는 어디로부터 도망친 것이었을까. 국가, 민족, 이념, 관습, 윤리, 시장 그리고 일체의 억압으로부터의 도망이었을 것이다. 그러기에 이 모든 것을 떨치고 떠난 망명 작가의 문학은 불행하되 고독했고, 고독한 문학을 낳았기에 그를 떠나보낸 민족에겐 비애가 되는 문학이 되었던 것일까. 그는 또 말한다.

> 문학은 정치의 부록도 아니며 철학의 해설서도 아닙니다. 문학은 오히려 각종 주의를 몰아내고 최대한 진실에 접근해야 합니다. 진실만이 문학의 가치를 판단할 수 있는 최고의 기준이니까요. 문학이 해야 할

---

7 가오싱젠, 『창작에 대하여』, p.34.

일은 인간 존재와 이 세상에 대한 참된 인식뿐입니다.[8]

그의 문학론이 최종적으로 도착한 지점은 문학적 진실이다. 사회 비판이나 정치적 구호, 철학적 사변, 전복과 타도 등은 문학적 진실과 거리가 멀다. 그가 생각하는 문학적 진실이란 세속의 권력 그리고 모든 도구적 이익과 결별한 채 인간의 본성, 인간이 처한 지금의 곤경을 있는 그대로 관찰하고 증언하는 데 있다. 진실만이 문학이 추구하는 유일한 윤리라고 그는 말한다. 반체제 망명 작가라고 하기에 가오싱젠은 지나치게 탐미적이고 정치 혐오주의자이고 '주의 없음'의 주의자이다.

4. 현실과 환상의 경계에서

가오싱젠의 소설 『영산』은 1982년에 구상해서 1989년에 완성된 작품이다. 망명 이전 창작에 대한 정치적 검열과 비판 그리고 건강의 악화로 인해 몹시 지쳐 있던 그는 1983년과 1984년에 걸쳐 남서부 장강 유역을 여행한다. 이때의 여행 경험이 소설의 배경이다. 그는 장강 유역과 원시림에 산재하는 강족, 묘족, 이족 등 소수민족들의 원형적인 삶 속 깊이 들어간다. 그곳은 아직 아득한 신화와 전설을 들려주는 무당과 영매가 있고, 훼손되지 않은 민간의 노래와 춤을 보존하고 있는 곳이다.

이렇게 그가 여행했던 곳은 황하 유역을 중심으로 하는 북방의 정치와 권력에서 벗어난 지역이다. 도교, 선불교, 샤머니즘이 기층문화로 자리 잡은 비주류 남방 문화의 발원지였다. 그런 점에서 소설

---

8 가오싱젠, 『창작에 대하여』, p.73.

『영산』은 북방의 주류 권력, 유가 이데올로기 그리고 중화 중심주의에 저항하는 글쓰기의 성격을 드러낸다.

형식 면에서 『영산』은 좀 이상한 소설이다. 통상적인 소설 형식을 과감히 해체하고 있다. 개성적인 인물 묘사, 치밀한 스토리의 전개, 완결된 이야기가 없다. 모두 81장으로 구성된 꼭지 글은 81개의 이야기가 병치되어 있는 형식이다. 이야기는 전후 연관 관계가 느슨하고 파편적이며 무질서하다. 소설 속에서 말하는 자는 '나' 이외에 '당신' '그' '그녀'가 있다. 오직 인칭으로만 호명되고 익명으로 존재하는 그들은 누구인가. 이 소설의 매혹이 발생하는 첫 번째 지점이다. 가오싱젠은 이런 서술 방식에 대해 스스로 친절하게 설명한다.

이 긴 독백에 있어서 '당신'은 내 이야기의 대상이다. 사실 그것은 내 이야기에 귀를 기울이는 또 하나의 나다. 당신은 나의 그림자에 지나지 않는다.

나 자신의 '당신'에게 귀를 기울이고 있는 동안, 나는 당신으로 하여금 '그녀'를 만들어 내게 했다. 당신도 나처럼 고독을 견뎌 내지 못하니까, 당신에게도 말할 누군가가 있어야 하니까.

(중략)

내 대화의 상대인 '당신'은 내 경험과 상상을 '당신'과 '그녀' 사이의 관계들로 바꾸어 놓았다. 하지만 어느 누구도 무엇이 경험에 속하고 무엇이 상상에 속하는 것인지 구별할 수 없다.[9]

소설 속 등장인물 중 '당신'과 '그녀'는 나의 분신이자 그림자이다.

---

9 가오싱젠, 『영혼의 산 2』, pp.51-52.

나의 무의식의 반영인 가상 인물들이다. 이처럼 동일 인물을 세 가지 인칭으로 분화시켜 한 사람의 자아를 전방위적으로 인식하도록 한 것은 『영산』의 독특한 서술 방식으로 새로운 소설 형식에 대한 가오싱젠의 탐색의 결과물이다. 현실의 여행을 1인칭 주어로, 상상의 여행을 2인칭 주어로 교차해 서술함으로써 경험과 상상의 경계를 매우 모호하게 만든 것 또한 이와 같은 인칭 실험의 성과 중의 하나이다. 소설 속에서 당신과 나의 여정은 이렇게 설정된다.

> 당신, 당신은 영산으로 가는 길을 찾고 있고, 나, 나는 양쯔강을 따라 거닐며 진리를 찾고 있다.[10]

작가 자신이 소설 전체의 지형도를 명료하게 보여 주고 있다. '당신'은 '나'의 분신이자 상상 속의 나라는 점에서 두 사람의 여정은 같을 수밖에 없다. 그러니 당신이 찾아가는 '영산'과 내가 여행하는 '양쯔강'은 같은 여정이다. 상상과 실제의 다른 두 길을 통해 도달하려는 지점은 진리라는 목적지이다. 소설이 진행되는 동안 상상 속 내면 여행과 실제 여행은 쉼 없이 스치고 교차하고 겹쳐진다.

실제와 상상, 현실과 환상 사이에서 가오싱젠은 독자들에게 무수한 이야기를 들려준다. 중국 남방 문화가 간직하고 있는 다양하고 풍요로운 이야기들이다. 신화와 전설, 샤머니즘과 주술, 불교와 도교의 신비로운 의식, 혼례와 장례 풍습, 해학과 유머가 넘치는 민간의 춤과 노래를 끊임없이 들려준다. 그는 현대판 설서인(說書人)이자 스토리텔러의 면모를 유감없이 발휘한다. 가오싱젠의 끝없는 이야

---

10 가오싱젠, 『영혼의 산 1』, p.21.

기의 욕망은 그의 소설관과 관련이 있다. 그가 말하는 소설이란 이런 것이다.

  무엇이든 소설이 될 수 있습니다. 이것은 제 생각이 아니라 중국에서는 고대부터 있어 온 관점입니다. (중략) 항간의 풍문, 세간의 너저분한 이야기들, 각종 메모, 잡기, 괴이한 이야기들, 옛 우화들, 여행기 등이 모두 소설이라는 뜻이지요. 꼭 무슨 고상한 이야기도 아니고, 교화를 목적으로 하는 것도 아니고, 국가나 제왕과도 관련이 없는, 시정잡배들의 시시껄렁한 이야기가 다 소설입니다. 소설에 대한 가장 멋지고 관대한 견해인 것 같습니다.[11]

  그의 소설관은 한마디로 동아시아 전통의 소설관을 충실히 계승하고 있다. 그러면서도 가상 인물로써 분열된 자아를 표상하는 일종의 서구적 모더니즘 기법을 수용하고 있다는 점에서 가오싱젠의 소설은 전통과 반전통의 절묘한 경계에 있는 것으로 보인다. 『영산』에는 거창한 메시지를 선포하는 영웅이나 메시아는 없다. 다만 중심 아닌 변방에서 삶을 이어 온 인간의 내면과 원시 문화의 자취가 흥건하다. 그리고 영혼과 시원을 향한 순례 길에 나선 작가의 발자국 소리만이 들려온다. 작가 가오싱젠의 최종 목적지는 '영산'이다.
  '영산'을 찾아 나선 여정은 실제인 동시에 상상이며, 현실인 동시에 환상이다. '영산'은 어디에 있는가. '영산'은 물론 실재하는 장소가 아니다. '영산'으로 향하는 여정은 문혁 이래 혹독한 정치 상황 속에서 상처받은 자아를 치유하고 구원할 필사적인 길 찾기와 짝한다.

---

11 가오싱젠, 『창작에 대하여』, pp.289-290.

또한 작가로서 그에게 '영산'이란 세속의 정치와 이념, 시장이 손댈 수 없는 절대적인 자유 공간의 상징으로도 읽힌다. 그러기에 '영산'은 드높고 멀고 신비롭다. 소설 말미에서 '영산'을 찾는 그가 한 노인에게 길을 묻는다.

> 어르신, 죄송하지만 영혼의 산이 어디쯤 있는지요?
> (중략)
> 자넨 가면 갈수록 거기서 점점 더 멀어지는 거야.
> 노인이 확신에 찬 어조로 말한다.[12]

영산은 카프카의 『성(城)』처럼 끝내 도달할 수 없는, 불가능한 산처럼 보인다. 소설 『영산』은 시원을 향한 여정의 혼돈과 불가능을 향한 구도의 이중주 같다. 이 점에서 『영산』은 단지 중국 문화와 사상의 풍부한 재현이라는 상투적인 작품 해석에 갇히지 않는다. 혼돈과 불가능성, 현실과 환상, 시원과 근원으로의 회귀라는 보다 개방적이고 보편적인 문학 지평에 닿아 있다. 소설 『영산』이 독자를 매혹하는 지점이다.

---

12 가오싱젠, 『영혼의 산 2』, pp.262-263.

'붉은 종족'을 위한 진혼곡, 모옌의 『붉은 수수밭』

1. 모옌과 노벨문학상

중국 영화에 조금이라도 관심이 있는 사람이라면 「붉은 수수밭」
이란 영화를 모르는 사람은 없을 것이다. 조금 더 관심이 있는 마니
아라면 이 영화를 연출한 장이모우(張藝謀)와 주연을 맡았던 여배우
공리(鞏俐)라는 이름도 낯설지 않을 것이다. 이제는 영화와 함께 두
사람 모두 흘러간 스타가 되었고 아름다웠던 여배우 공리는 어느덧
50대에 접어든 중년이 되었다.

우리가 「붉은 수수밭」을 처음 알게 된 계기는 1988년 베를린 국제
영화제에서 그랑프리에 해당하는 황금곰상을 수상하면서였다. 아직
장막에 가려져 있던 1980년대의 중국은 우리에겐 낯선 이국이자 미
지의 적성 국가였다. 스크린에 투사된 중국은 붉은 이미지의 현란한
난장(亂場)이었다.

우리가 영화 「붉은 수수밭」을 통해 알게 된 이름은 장이모우와
공리 외에 한 사람이 더 있다. 영화의 원작자인 소설가 모옌(莫言,

1955-)이다. 모옌은 1987년에 그의 첫 소설 『붉은 수수 가족(紅高粱家族)』을 발표했다. 이 소설은 중편 「붉은 수수(紅高粱)」「고량주(高粱酒)」「개의 길(狗道)」「수수 장례(高粱殯)」「기이한 죽음(奇死)」 5편을 한데 엮은 연작 장편이다. 영화 「붉은 수수밭」은 이 중에서 「붉은 수수」와 「고량주」 두 편을 합쳐 각색한 작품이다. 그리고 우리에게 '붉은 수수밭'으로 알려진 영화의 중국어 원제목은 '홍고량(紅高粱)'으로 정확한 우리말 번역은 '붉은(紅) 수수(高粱)'이다.

우리가 모옌에게 다시 관심을 갖게 된 계기는 2012년 10월 스웨덴 한림원이 그를 노벨문학상 수상자로 선정하면서였다. 2000년 가오싱젠에 이은 중국의 두 번째 노벨문학상 수상이었다. 그러나 2000년 당시 망명 작가 가오싱젠의 수상에 대해선 침묵과 무시, 냉담함으로 일관했던 중국 정부와 언론은 이번에는 태도를 바꿔 수상 소식을 대서특필했다. 2012년 모옌의 노벨상 수상은 21세기 들어 각 분야에서 굴기하기 시작한 중국의 위상을 다시 한 번 확인해 주는 사건임에 틀림없었다. 이번에야말로 '진짜' 중국인이 받은 노벨상이었던 셈이다. 이 점을 이해하기 위해선 약간의 정치적 주석이 필요하다.

사실 중국은 문학 이외의 다른 분야에서는 이미 여러 명의 노벨상 수상자를 배출한 이력이 있다. 1957년 이래 여러 명의 물리학상과 화학상 수상자를 배출했고, 2010년에는 류샤오보(劉曉波, 2017년 사망)가 평화상을 수상하기도 했다. 문제는 이들의 중국 '공민성(公民性)'에 있었다. 물리학상과 화학상 수상자들은 대만인이거나 재미 화교 출신으로 모두 '흠결 있는' 중국인들이었다. 수상 당시 감옥에 있었던 류샤오보는 반체제 민주화 운동가였다. 분명히 중국 공민이었지만 당국의 입장에서는 체제에 저항하는 감옥 안 공민이었던 셈이다. 그러니 "반체제 운동 범죄자에 대한 평화상은 평화상에 대한 모독"이라는 신경질적인 반응을 보일 수밖에 없었다. 게다가 가오싱젠은 상을 받기 두 해 전에 이미 중국 공민이기를 스스로 포기한 반체제 망명 작가였다. 사정이 이렇다 보니 모옌이야말로 중화인민공화국에 한 번도 대들거나 반항한 적이 없는 진짜 공민, 순종의 중국인이었던 것이다. 중국 정부는 "모옌의 노벨문학상 수상은 중국 문학의 번영과 진보, 그리고 중국의 종합적인 국력과 국제적인 영향력이 끊임없이 향상되고 있음을 증명하는 것"이라고 떠들썩했다.

진짜 공민 모옌에 대한 중국 정부의 공식 반응과는 달리 일각에서는 모옌에 대한 비판적 견해가 불거지기도 했다. 비판의 핵심 요지는 그의 어용성과 친정부적 태도였다. 그것의 증거로 제시된 내용은 대체로 두 가지였다. 첫째 관변 단체인 중국국가협회의 부주석 직책을 맡은 공산당원이라는 점, 둘째 정부를 비판한 적도 없고 정부로부터 탄압을 받은 적이 한 번도 없다는 점이 주된 내용이었다.

모옌의 노벨문학상 수상을 둘러싸고 벌어진 이러한 논란은 사실 모옌 문학의 실질과는 별 관련이 없는 정치적 맥락의 일단이다. 다만 우리가 이런 논란을 지켜보면서 느끼는 것은 노벨문학상은 으레 자신이 속한 국가, 체제, 이념에 저항적인 작가에게 주어져야 한다고 여기는 어떤 무의식적 태도를 우리가 가지고 있다는 점이다. 이런 태도의 옳고 그름을 따지는 일은 문학을 다시 정치적 문맥에 파묻는 일이다. 이보다 더 중요한 것은 작가의 작품을 성실하고 세심하게 읽는 일이다. 30여 년 전 한 편의 영화와 함께 우리를 찾아왔고 그리고 몇 해 전 노벨문학상과 함께 우리에게 다시 소환된 모옌과 그의 작품 『붉은 수수밭』을 다시 읽는 까닭도 여기에 있다.

2. 뉴 웨이브와 붉은 미학—영화 「붉은 수수밭」

영화 「붉은 수수밭」은 장이모우 감독의 데뷔작이다. 그가 감독 데뷔 이전인 1984년에 천카이거(陳凱歌)의 영화 「황토지(黃土地)」의 촬영감독이었다는 사실이 매우 흥미롭다. 「황토지」는 1984년 로카르노 영화제에서 은표범상을 수상하면서 1980년대 중국 영화를 처음으로 외부 세계에 알리는 신호탄이 된다. 이후 장이모우의 「붉은 수수밭」은 세계 영화계가 중국 영화에 본격적인 관심을 갖게 되는 기폭제 역할을 하였다.

천카이거와 장이모우는 중국 영화사에서 이른바 5세대를 대표하는 감독들이다. 5세대 감독들은 문화대혁명(1966-1976)으로 인해 1966년 휴교령에 들어갔던 북경영화학교(北京電影學院)가 1978년 다시 개교와 함께 입학해서 1982년 졸업한 감독들이다. 이들은 이전의 '마오(毛)주의'를 바탕으로 한 사회주의 리얼리즘 영화 문법에 균열을 일으킨 첫 번째 세대들이다. 그들은 정치적 구속에서 영화를 해방하는 대신 색채, 조형미, 사운드와 편집 등의 묘미를 통해 새로운 영상 언어를 창조하고자 했다. 5세대 감독들은 중국 영화사의 뉴 웨이브들이다.

5세대 감독들의 스크린에는 중국 문화의 짙은 향토성과 토속적 정서가 가득하다. 그들은 이념이 아닌 중국의 전통문화와 민족정신을 독특한 영상 미학으로 사색하고 성찰하고자 했다. 1980년대 중반에 제기된 문학계에서의 심근문학(尋根文學: 뿌리 찾기 문학)과 5세대 감독들이 동시에 등장한 건 결코 우연한 일이 아니다. 개혁개방을 둘러싼 모종의 시대적 변화와 밀접한 관계가 있는 것으로 보인다. 모옌의 문학 또한 심근문학 계열이라는 문학사적 판단을 참조하고 두 사람 모두 동세대인으로서 겪었을 '이념 과잉 시대'의 체험을 염두에 둘

때, 장이모우와 모옌의 만남은 자연스럽고 필연적이었던 것 같다.

소설 『붉은 수수밭』은 모옌의 고향인 산둥성 가오미현 둥베이향을 배경으로 1920년대 초부터 1980년대까지 파란의 세월을 살아온 3대에 걸친 가족사를 손자인 '나'가 이야기하는 형식을 취하고 있다. 소설은 자유롭게 시공간을 넘나들며 과거와 현재의 시간을 끊임없이 교차 서술함으로써 매우 복잡하게 구성되어 있다. 하지만 영화는 소설 속 시간을 단순한 직선적 시간으로 가지런히 재배열한다. 시간의 재배열을 통해 영화는 누구나 쉽게 이해할 수 있는 대중성을 확보했다. 반면에 회상과 기억, 시점의 이동 등 원작의 다양한 서술 방식이 유발했던 작품의 역동성과 입체성, 전위적 성격은 상실했다.

영화 「붉은 수수밭」이 독립된 두 개의 서사가 병치된 구조를 갖게 된 것도 시간을 직선적으로 재배열한 것과 관련이 있다. 첫 번째는 나의 할머니인 다이펑롄(戴鳳蓮)과 나의 할아버지인 위잔아오(余占鰲)와의 만남과 사랑의 서사이고, 두 번째는 9년의 세월이 흐른 후 뤄한(羅漢)이 공산당원으로 다시 등장하면서 시작되는 항일 투쟁 서사이다. 두 개의 서사는 이질적이다. 첫 번째 서사가 역사 이전의 초시간적 시대 어쩌면 원시와 야성, 신화적 시대에 대한 헌사였다면, 두 번째 서사는 중일전쟁이라는 실재했던 역사를 소환함으로써 훼손과 멸종의 위기를 맞은 신화의 세계를 핏빛으로 보여 준다.

그런 점에서 영화 「붉은 수수밭」의 붉은 이미지에 대한 논평과 해석은 영화 이해를 위한 중심 과제 중의 하나다. 이미 잘 알려진 대로 「붉은 수수밭」의 색채 미학은 압도적이다. 영화 전편에 걸쳐 거칠게 흔들리는 붉은 수수의 질감은 역사와 삶의 터전에 선조들이 흘렸던 피와 상처, 야성을 표상한다. 다채롭고 풍요로운 붉은 이미지는 붉은 가마, 붉은 신발, 붉은 수건, 붉은 고량주, 붉은 흙, 붉은 석양 등으로 변주된다. 모두 원초적 생명력이나 강인한 민간 정신 혹은 섹슈얼리티를 표상하는 상징으로 읽힌다. 따라서 영화 속 붉은 이미지는 중국공산당과 혁명을 상징하는 공식적이고 이념적인 붉은 색깔과 구분된다. 오히려 권력과 중심, 관방과 이념에서 벗어난 주변부와 민간, 지방 공동체가 머금고 있는 야성과 원초성 그리고 욕망을 드러내는 기호에 가깝다.

장이모우의 강렬한 색채 이미지와 함께 영화 속 전통 시기 중국의 민속음악, 결혼식 장면 등은 서구의 관객들에게는 동양적 신비로움으로 받아들여졌다. 하지만 중국 내에서는 오히려 서구인의 기호에 영합하는 오리엔탈리즘의 상업화라는 비판을 받기도 했다.[1]

영화에서 가장 인상적인 장면 중의 하나는 양조장 식구들이 모두 함께 「주신곡(酒神曲)」을 부르는 장면이다. 원작에 없는 노래라는 점에서 이 장면은 영화의 독창적 미학이다. 영화 속에서 「주신곡」은 두 번 나온다. 첫 번째는 양조된 새 술이 나왔을 때 뤄한의 주재 아래 펼쳐지는 발랄하고 생명력 넘치는 축제의 자리에서 울려 퍼진다. 두 번째는 뤄한의 죽음과 일본에 대한 복수를 맹세하는 의식에서 장엄하게 들려온다. 어느 쪽이든 「주신곡」의 주조음은 원시 부족의 소박함과 원초성, 주술성으로 가득하다.

9월 9일에는 새로운 술을 빚네.
좋은 술이 우리의 손에서 나온다네.
우리의 술을 마시면

---

1 백지운, 「세계문학 속의 중국 문학, 모옌이라는 난제」, 『창작과 비평』, 2013.겨울, p.80.

기가 위아래로 순환되어 기침이 멎고

우리의 술을 마시면

음양을 보하고 입 냄새도 없어지고

우리의 술을 마시면

혼자서 칭사커우도 지날 수 있고

우리의 술을 마시면

황제를 만나도 머리를 숙이지 않네.

　불이 붙은 붉은 고량주, 신성한 제단 앞에 무릎 꿇은 혈맹의 부족민들 그리고 노래를 합창하는 벌거벗은 건강한 육체들은 디오니소스적인 축제와 제의에 육박한다. 원작 소설이 풍기는 신화적 분위기를 영화가 시각 이미지로 표상하기 위해 배려한 부분이 있다면「주신곡」장면은 그중의 압권일 듯하다.

3. 초혼의 노래―소설『붉은 수수밭』

　모옌은 1955년 산둥성 가오미현의 비교적 넉넉한 중농의 집안에서 태어났다. 그러나 그의 기억 속에서 어린 시절의 고향은 늘 배고프고 외로운 곳이었다. 문화대혁명 시기에 소학교를 중퇴한 이후 그는 농민과 노동자로 전전하며 10대 시절을 보낸다. 1976년 생계를 위해 인민해방군에 입대했고, 1984년 해방군예술대학 문학과에 입학하면서 본격적인 문학 수업을 시작한다. 1987년에 출간한 그의 첫 장편『붉은 수수 가족』은 그의 대표작이자 작가로서의 기반을 확실히 다지는 작품이 되었다.

　모옌은 많은 소설에서 자신의 고향을 작품의 무대로 삼았다. 그는 어린 시절 고향에서 수많은 이야기의 세례를 받고 자랐다. 민간에 유전하는 민담과 전설, 우화와 전기, 설화와 영웅담은 그가 후에 탁월한 이야기꾼으로 성장하는 데 풍부한 자양분이 되었을 것이다. 고향과 이야기에 관한 모옌 자신의 진술은 그의 소설 쓰기의 출발점이 어디에 있는가를 잘 보여 준다.

> 내 고향의 기이한 인물과 사건들 중 많은 것들이 내 소설 속에 편입되었다. 물론 그것들은 미적인 가공을 거친 것이다. 역사는 어느 정도 로망스와 이야기의 집합체이다. 시골 공동체에서 역사 속 인물과 사건에 관한 구전은 정말로 '전기화(傳奇化)'의 과정이나 다름없다. 이야기를 하면서 사람들은 무의식적으로 그것을 정교하게 가공해서 이야기를 풍부하게 보태며, 그 이야기들은 신화로 승격된다. 사람들은 그들이 '현재'의 현실에 만족하지 못하기 때문에 과거를 그리워한다. 그들이 자신에게 불만족했을 때 선조들을 찬양한다. (중략) 내게 있어 고향은 '멀어진 꿈', 즉 현실로부터 도피할 수 있는 장소이자 영혼의 피난처, 수심 어린 분위기와 동음어이다.[2]

중국의 당대 문학사는 대체로 모옌을 심근문학이나 선봉문학(先鋒文學: 전위파, 아방가르드) 계열을 넘나드는 작가로 기입한다. 그가 스스로 윌리엄 포크너와 가르시아 마르께스 그리고 마술적 리얼리즘에서 영향을 받았다고 했듯이 확실히 모옌의 소설은 짙은 향토성과 원시성, 환상성이 기저를 이룬다. 특히 마술적 리얼리즘은 그에게 역사와 전기, 현실과 비현실을 종합하는 환상 서사에 깊은 영향을 주

---

2 모옌, 「나의 고향과 나의 소설」, 『당대작가평론』, 1993년 제2기, 요녕성작가협회, p.39.

었다.

『붉은 수수밭』은 모옌이 고향의 민담과 전설, 상상적 전기에 항일이란 실제 역사를 중첩시킨 소설이다. 3대에 걸친 유구하고 장대한 가족사는 물론 허구다. 소설은 화자인 '나'가 할아버지와 할머니 그리고 아버지의 이야기를 순차적 시간이 아닌 착종된 시공간 속에서 펼쳐 낸다. 거칠고 광활한 붉은 수수밭은 바로 이들의 사랑과 증오, 아름다움과 추함, 성스러움과 속됨, 삶과 죽음이 모두 혼재하는 모순적이며 역설적 공간이다. 이 원초적 카오스의 힘이 소설을 이끌어 가는 동력이다.

한때 난 가오미(高密)현 둥베이 지방을 열렬하게 사랑하기도 했고, 그것에 대해 극도의 원망을 품기도 했었다. 그러나 성장해서 마르크스주의를 열심히 공부하고 난 뒤에 결국 나는 깨달았다. 가오미현 둥베이 지방은 분명 이 지구상에서 가장 아름다우면서 가장 누추하고, 가장 초연하면서 가장 속되고, 가장 성결하면서 가장 추잡하며, 영웅호걸도 제일 많지만 개잡놈도 제일 많고, 술도 제일 잘 마시고 사랑도 제일 잘할 줄 아는 곳이라는 사실을.[3]

붉은 수수밭 시절은 공화국 수립 이전, 이념이 손댈 수 없는 전근대의 시간이자 신화시대의 이미지를 내포한다. 이런 점에서 소설의 주제를 '항일'과 같은 세속의 이념적 잣대로만 규정하기에는 소설은 지나치게 낭만적이고 초월적이다. 어떻게 말해도 작품의 중심축은 약동하는 생명과 민간 정서가 넘실대는 붉은 수수밭이다. 따라서

---

3 모옌, 『붉은 수수밭』, 심혜영 역, 문학과지성사, 2014, pp.16-17.

'원시나 야성에 대한 찬미' '환상과 신화적 세계에 대한 송가'로서 소설의 핵심을 짚어 보는 것이 훨씬 소설적 진실에 가까워 보인다. 가령 나의 할아버지 위잔아오와 할머니 다이펑롄 사이의 사랑과 욕망, 삶과 죽음을 고스란히 보여 주는 수수밭 정경 속에는 원시와 야성, 환상과 신화가 모두 포개져 있다.

할머니 다이펑롄은 수수밭에 두 번 '눕혀졌다'. 첫 번째는 할아버지 위잔아오가 '눕혔고', 두 번째는 그가 눕힌 자리에서 잉태되었던 아들에 의해 '눕혀진다'. 이 지점에서 수수밭은 한생이 뜨겁게 시작되었던 욕망의 무대이자 한 목숨을 고요하게 바친 성스러운 제단으로 비약한다. 붉은 수수밭은 작열하는 삶의 욕망과 사위어 가는 목숨을 모두 받아 내고 지켜보고 끝내 감싸 주었던 세계에 대한 은유다. 죽음의 순간에 할머니의 기억은 역시 수수밭에 누워 있던 16살로 되돌아간다. 기억이 불러온 건 '화양연화(花樣年華: 인생에서 가장 아름답고 행복했던 시절)'의 환상이다. 환상은 현실과 비현실의 경계를 지운다. 최후의 자리에서 떠올린 가장 원초적이고 강렬했던 에로스는 삶과 죽음을 하나로 포갠다. 모옌에게 있어 개체의 죽음은 무한한 신화 속에서 부활하는 신비한 사건이자 해방의 순간이다.

인간 세상과의 마지막 끈이 막 끊어져 가고 있었다. 모든 근심과 고통과 긴장과 슬픔이 다 수수밭으로 떨어져서 우박처럼 수수 이삭을 때렸다. 흑토 위에 뿌리를 내리고 꽃을 피우고 다시 시큼하고 쌉쌀한 열매를 맺으면 그것이 다음 세대로 다음 세대로 이어진다. 할머니는 자신의 해방을 완성했다.[4]

---

4 모옌, 『붉은 수수밭』, pp.130-131.

가계(家系)와 종(種)의 유구성을 증거하는 것은 유한한 생명인 개체가 떠난 후에도 지속되는 수수밭의 생명력이다. 모옌의 서사에서 수수밭은 인간의 몸과 깊이 결합되어 있다. 작가는 수수에게 육체성을 부여한다. 수수밭은 이 땅에 살았던 선조들의 근심과 걱정, 사랑과 욕망, 기쁨과 슬픔을 거름 삼아 다시 꽃피우고 열매 맺는다. 수수는 신음하고, 고함치고, 웃고, 통곡하는 비범한 감각을 획득한 정령들이다. 그러기에 붉은 수수가 대지에 뿌리박고 영원히 지속되는 한 죽은 선조들은 "하나에서 열로, 열에서 백으로, 한 세대에서 다음 세대로 그렇게 전해지면서 마침내 아름다운 신화 한 편"[5]으로 부활하는 것이다.

소설을 통해 모옌이 궁극적으로 전달하는 메시지는 간결하다. 그는 '종의 퇴화'를 말한다.[6] '종의 퇴화'는 원시와 신화시대의 퇴화를 의미한다. 여기에는 작가의 퇴화적 역사관이 은밀하게 스며 있다. 붉은 수수밭을 배경으로 펼쳐졌던 선조들의 영웅 서사와 원시적 유토피아는 다시는 재현할 수 없는 고향의 먼 꿈이다. 공화국 이전의 시간, 근대 이전의 시간을 향한 만가(輓歌)에는 당대 현실에 대한 작가의 모종의 불만과 혐오감이 개입되어 있다. 모옌 문학의 반근대성과 비판성이 제기되는 지점이다.

『붉은 수수밭』은 작품 전체가 일종의 초혼가(招魂歌)이다. 모옌 자신이 권두언에서 밝혔듯 끝도 없이 펼쳐진 고향의 붉은 수수밭을 떠도는 선조들과 영웅들의 영혼을 불초(不肖)한 자손인 내가 부르는 노래다. 그런 점에서 『붉은 수수밭』은 오직 과거의 시간 속에서만 존재

---

5 모옌, 『붉은 수수밭』, p.72.
6 백지운, 「세계문학 속의 중국 문학, 모옌이라는 난제」, p.84.

하는 원초적 삶, 불가역의 시간 속에서 타올랐던 '붉은 종족'들의 원시적 생명과 영웅적 서사에 바치는 진혼곡이기도 하다.

신화와 상상력의 제국, 『산해경』

1. 혼돈의 신과 제강

히브리인들의 신화인 『구약』「창세기」에서 보듯 세계의 창조 신화는 대개 혼돈의 이미지에서 시작한다. 중국 또한 예외가 아니다. 중국의 신화에서 혼돈은 의인화된 형상으로 등장한다. 『장자』「응제왕」이 들려주는 혼돈 이야기는 재미있는 창조 신화 중의 하나이다.

남해의 제왕을 숙(儵)이라 하고, 북해의 제왕을 홀(忽)이라 하며, 중앙의 제왕을 혼돈(混沌)이라 한다. 숙과 홀이 때때로 혼돈이 사는 곳에서 함께 만났는데, 혼돈이 친구들을 극진하게 접대했다. 숙과 홀은 혼돈의 은혜에 보답할 궁리를 했다. '사람은 모두 일곱 개의 구멍이 있어서 보고 듣고 먹고 숨을 쉬는데, 혼돈만 이런 구멍이 없구나. 우리가 한번 뚫어 주도록 하자.' 하고는 날마다 한 개씩 구멍을 뚫어 주었더니, 7일째 되는 날 혼돈이 죽고 말았다.

짧은 우화 속에 깃든 스케일이 장쾌하다. 숙과 홀이 눈과 코와 같은 감각기관을 가진 인간이라면, 혼돈은 태초의 우주나 자연이다. 의인화된 혼돈은 구멍을 뚫는다는 인위적 행위에 의해 죽임을 당했다. 기능과 실용에 중점을 둔 인간의 작위가 작동할 때, 원형은 훼손되고, 혼돈은 죽는다. 장자의 '무위자연(無爲自然)'에 대한 예증이다.

혼돈의 친구인 '숙(儵)'과 '홀(忽)'이란 글자에는 사실상 '빠른' '잠깐'과 같은 시간개념이 은밀히 스며 있다. 7개의 구멍은 인간이 가진 감각기관이다. 따라서 숙과 홀에 의해 혼돈이 죽임을 당했다는 것은 혼돈의 종말과 함께 인간에 의한 역사 시대가 시작되었음을 암시한다. 재미있는 것은, 7일째에 혼돈이 죽었다는 사실이다. 7일 만에 세계 창조를 마친 히브리 신화의 내용과 묘하게 겹친다. 동서양의 신화는 모두 인간 세상의 새로운 질서는 혼돈으로부터 창조되었음을 말한다.

혼돈은 눈도 코도 없는 캄캄한 어둠이지만 만물을 창조하는 근원적 힘이다. 카오스는 무한한 에너지의 집적체이며 세상의 질서를 낳는 원리이자 이치이다. 그러니까 혼돈은 중앙의 제왕만이 아닌 '불멸의 제왕'인 셈이다. 불멸의 제왕인 혼돈이 중국 문헌에 최초로 등장한 건 사실 『장자』보다 앞선 고대의 신화집인 『산해경(山海經)』이다. 『산해경』은 혼돈을 이미지화하고 있는 고대 중국인들의 발랄한 상상력을 보여 준다.

다시 서쪽으로 350리를 가면 천산이라는 곳인데 금과 옥이 많이 나고 청웅황(靑雄黃)도 산출된다. 영수가 여기에서 나와 서남쪽으로 양곡에 흘러든다. 이곳의 어떤 신은 그 형상이 누런 자루 같은데 붉기가 빨간 불꽃 같고 여섯 개의 다리와 네 개의 날개를 갖고 있으며 얼굴이

전연 없다. 가무를 이해할 줄 아는 이 신이 바로 제강이다.[1]

네 개의 날개가 저 뭉뭉한 혼돈을 들어 올려 날릴 수 있을까. 낯설고 기묘한 이미지다. 『산해경』은 이처럼 낯설고 기묘한 상상의 바다, 이미지의 제국이다.

2. 『산해경』은 어떤 책인가

『산해경』은 중국의 가장 오래된 신화집으로 알려져 있다. 그러나 작자, 저작 시기, 지역, 저작 동기 등이 모두 불확실한 책이다. 연구자들에 따르면 대체로 전국시대인 기원전 3-4세기 무렵에 무사(巫師) 혹은 방사(方士) 계통의 인물들에 의해서 성립된 것으로 본다. 동일한 저자가 동일한 시기에 집필한 책이 아님이 확실하다. 루쉰(魯迅)은 그의 『중국소설사략(中國小說史略)』에서 『산해경』이 당시의 무서(巫書)일 것이라고 추정한다.

전통 시기에 『산해경』은 지리서나 소설류로 취급되었다. 하지만 근대에 들어와 신화뿐만 아니라 역사, 지리, 천문, 민속, 동식물, 광물, 의약 등 고대인들의 광범위한 박물학에 관한 정보를 담고 있는 책으로 인식하기 시작했다. 따라서 20세기 초 신화라는 개념이 중국에 도입되면서 『산해경』은 신화학은 물론 역사, 민속, 천문, 지리, 문학 등 각 분야에서 중요한 가치를 지닌 텍스트가 되었다.

『산해경』은 모두 18권으로 「산경(山經)」 5권과 「해경(海經)」 13권으로 구성되어 있다. 「산경」은 중국과 주변 지역을 다시 남, 서, 북, 동, 중 다섯 구역으로 나누고, 그곳의 산을 중심으로 분포한 다양한 광

---

1 정재서 역주, 「서차삼경」, 『산해경』, 민음사, 2012, p.98.

물과 동식물 그리고 특이한 괴물이나 신령에 대해 기록하고 있다. 「해경」은 해내인 중국과 해외인 변방 이국의 풍속과 이인, 영웅과 신들의 행적에 대해 이야기한다. 그런데 고대에 있어서 『산해경』은 '유도유문(有圖有文)' 즉 그림이 먼저 있었고 그 그림에 대한 해설서였다는 설이 있다. 그러니까 지금 우리가 보는 『산해경』은 그림은 모두 사라지고 그 그림에 대한 설명만 남아 있는 책인 셈이다.

사실 『산해경』은 서구 신화처럼 짜임새 있는 이야기 구조를 갖춘 책이 아니다. 무수한 이형의 괴물과 기인이 출현하지만 이야기는 파편적이고 비체계적이다. 서구 신화와의 비교 관점에서 중국 신화의 이러한 파편성과 비체계성은 우열이 아닌 상대적 개념의 문제이다.[2] 중국의 전통 시기에 있어 유가의 이성적·합리적 인문 정신이 허구와 상상을 질료로 하는 신화 서사를 억압하는 기제로 작용했으리라는 점은 자명하다. 이 점에서 이성주의의 화신인 공자의 '괴력난신(怪力亂神)'에 대한 침묵("공자는 괴, 력, 난, 신에 대해서는 말하지 않았다." 『논어』 「술이」)은 주의 깊게 음미할 만한 대목이다.

『산해경』은 아예 '괴, 력, 난, 신'의 모음집이다. 『산해경』은 유가 이념이 지배하던 중원 문화와는 거리가 먼 지방 문화, 주변 문화, 비주류 문화의 산물이자 집대성이다. 그런 점에서 『산해경』은 정통 유가의 입장에서는 반인문, 비체계, 비합리, 반이성적 지식과 정보를 담고 있는 '이단'의 책이다. 『산해경』에는 고대 중국인의 원시 사유와 신화의 원천 자료가 가득하다. 중국과 주변 세계에 대한 상상적 탐색을 시도했다는 점에서 동아시아 고대 문화와 상상력의 근원이라 할 만하다. 『산해경』이 중국의 환상문학과 소설의 기원에 중대한 영

---

2 정재서, 『사라진 신들과의 교신을 위하여』, 문학동네, 2007, p.21.

향을 끼치게 된 건, 어쩌면 자연스러운 일이다.

3. 전쟁과 비극의 영웅들

『산해경』이 보존하고 있는 신화들은 다채롭다. 그중에서 황제(黃帝)와 염제(炎帝)가 보여 준 신들의 전쟁은 중국의 고대 전쟁 신화의 하이라이트이다. 『산해경』은 황제와 맞서 싸웠던 염제의 신하인 치우(蚩尤)와 형천(刑天)의 비극적 최후를 우리에게 들려주고 있다.

　　치우가 무기를 만들어 황제를 치자 황제가 이에 응룡으로 하여금 기주야에서 그를 공격하게 하였다. 응룡이 물을 모아 둔 것을 치우가 풍백과 우사에게 부탁하여 폭풍우로 거침없이 쏟아지게 했다. 황제가 이에 천녀(天女)인 발(魃)을 내려보내니 비가 그쳤고 마침내 치우를 죽였다. 발이 다시 하늘로 올라갈 수 없게 되자 그가 머무는 곳에서는 비가 내리지 않았다.[3]

전쟁에서 승리한 황제는 이후 중원의 지배자가 되었으며 중국인과 중국 문명의 시조로 추앙받는 인물이 된다. 천녀인 발은 황제의 딸이다. 전설에 의하면 그녀의 몸속에는 용광로와 같은 거대한 불덩어리가 있었다고 한다. 그래서 어떤 폭풍우도 순식간에 말려 버릴 수 있었다고 하니 치우가 패한 건 당연한 일이었을 것이다. 천녀는 전쟁이 끝난 뒤에도 하늘로 돌아가지 않고 지상에 머물렀는데 그녀가 가는 곳마다 모든 물기가 말라 버렸다. 그때부터 사람들이 그녀를 미워하게 되었고, 흥미로운 것은 그녀를 이때부터 '한발(旱魃)'이

---

3 「대황북경」, 『산해경』, p.323.

라고 부르기 시작했다는 점이다.

하지만 이 신화가 우리의 관심을 끄는 이유는 다른 데 있다. 단군 신화에 등장하는 풍백과 우사는 물론 '붉은 악마'의 로고인 치우 천황이 우리에게 익숙한 신화적 인물이기 때문이다. 후대의 기록에 따르면 치우는 구리로 된 머리와 쇠로 된 이마를 하고 모래와 돌을 밥으로 먹었다고 한다. 강인한 이미지와 기괴한 인상의 치우가 고대 한국 등 동이계 종족의 신이었을 가능성은 새로운 사실이 아니다. 이렇게 『산해경』의 범위는 중국 고대의 중원을 넘어 주변부 문화까지 포섭하고 있다.

치우의 뒤를 이은 형천과 황제의 전쟁은 두 번째 '리벤지 매치'였다. 형천은 염제의 신하이면서 음악의 신으로 알려져 있다. 치우의 패배 소식을 들은 형천은 도끼와 방패를 들고 황제의 근거지에서 가까운 상양산으로 진군하였다. 『산해경』은 싸움의 경과를 간략하게 적고 있다.

형천이 이곳에서 천제와 신의 지위를 다투었는데 천제가 그의 머리를 잘라 상양산에 묻자 곧 젖으로 눈을 삼고 배꼽으로 입을 삼아 방패와 도끼를 들고 춤추었다.[4]

형천 또한 황제의 적수가 되지 못했다. 형천이 자신의 잘린 머리를 찾으려고 하자 황제가 재빨리 머리를 땅속에 묻어 버렸다. 순간 형천의 젖가슴은 눈으로, 배꼽은 입으로 변하는 이적이 일어났다. 머리를 잃어버린 채 여전히 방패와 도끼를 들고 춤을 추듯 황제에게

---

4 「해외서경」, 『산해경』, p.237.

대항하는 기묘한 사태가 발생한 것이다.

형천에 대한 시각 이미지는 매우 기이하고 복합적이다. 비장하고 처절하지만 또 발랄하고 코믹하다. 부재하는 신체의 참극은 분명히 비극적이지만 눈과 입의 기능을 대체한 젖가슴과 배꼽의 이미지는 어쩐지 희극적 상상력에 가깝다. 방패와 도끼를 든 채 춤을 추는 그의 이미지가 비극과 투지의 화신만은 아니다. 그가 원래 음악의 신이었다는 점이 흥미롭다. 전쟁과 음악처럼 상충하는 이미지의 폭발이『산해경』신화의 한 매혹이다.

4. 이상한 나라의 괴수와 괴인들

『산해경』에는 수많은 기형의 동물들이 등장한다. 고대인들이 상상 속에서 빚어낸 기이한 동물들이다. 대개 여러 동물들의 복합적인 모습이거나 반인반수의 형상이다. 그것들은 모두 인간에게 길흉화복을 초래하는 신이한 능력을 지니고 있다. 화재, 전쟁, 풍년, 가뭄, 홍수 등을 불러들이거나 막는다. 혹은 먹거나 몸에 지니면 일정한 약효가 발생한다. 자연과 인간은 분리되지 않고 함께 호흡하며 교감한다는 고대인들의 굳은 믿음의 결과이다.

가령 '녹촉(鹿蜀)'이란 짐승은 말처럼 생기고 호랑이 무늬에 붉은 꼬리를 가지고 있는데 이 짐승의 가죽이나 털을 몸에 지니면 자식이 많이 생겼다고 한다. 또 수탉 같은 생김새에 사람의 얼굴을 한 '부혜(鳧徯)'라는 새가 있는데 이 새가 나타나면 꼭 전쟁이 일어난다고 한다. 이처럼『산해경』문장의 반복적 리듬과 가정법에 의한 징후적 주술성은『산해경』신화의 중요한 특징이다.『산해경』속에 살고 있는 수많은 동물 중에서 '정위(精衛)'라는 새가 가장 아름답고 슬픈 이야기의 주인공이 아닐까 싶다.

이곳의 어떤 새는 생김새가 까마귀 같은데 머리에 무늬가 있고 부리가 희며 발이 붉다. 이름을 정위라고 하며 그 울음은 자신을 부르는 소리와 같다. 이 새는 본래 염제의 어린 딸로 이름을 여왜라고 하였다. 여왜는 동해에서 노닐다가 물에 빠져 돌아오지 못하였는데 그리하여 정위가 되어 늘 서쪽 산의 나무와 돌을 물어다가 동해를 메우는 것이다.[5]

익사하는 순간 한 마리 새로 부활한 '여왜'의 '동해 메우기'는 신화의 재생 모티프의 반영인 동시에 시시포스의 신화를 닮았다. '무망한 희망'의 동양판 버전은 고단하고 애달픈 시정으로 넘친다.『산해경』에는 기형의 동물뿐만 아니라 신기한 이방(異邦)의 이인(異人)들이 무수하게 출몰한다. 주변 이국에 대한 상상적 지리학이 낳은 낯선 이미지들이다.

팔이 하나뿐인 '일비국(一臂國)' 사람들, 머리가 셋인 '삼수국(三首國)' 사람들, 가슴에 구멍이 뚫린 '관흉국(貫胸國)' 사람들이 있는가 하면 물속에 선 채로 긴 팔로 물고기를 건져 올리는 '장비국(長臂國)' 사람들도 있다. 얼굴은 사람이고 몸은 물고기인 '저인국(氐人國)' 사람들이나 어깨에 날개가 달린 '우민국(羽民國)' 사람들은 어쩐지 기시감이 들지만 커다랗게 늘어진 두 귀를 양손으로 받치고 걸어가는 '섭이국(聶耳國)' 사람들이나 배에 창자가 없는 '무장국(無腸國)' 사람들의 이미지는 이역에 대한『산해경』상상의 정점을 보여 주는 듯하다.

5.『산해경』과 한국 현대시
한국 현대시에서『산해경』의 수용 흔적을 발견하는 일은 무척 흥

5「북차삼경」,『산해경』, pp.133-134.

미로운 일이다. 『산해경』에 대한 시적 차용은 1987년에 황지우가 선점한 이래 근래에 들어서는 권혁웅으로 이어진다. 황지우의 연작시 「산경(山經)」은 그가 얼마나 『산해경』 신화의 성실한 독자였는가를 잘 보여 준다.

다시 서쪽으로 5백 리 가면 日山이라는 곳이다. 해와 달리기 시합을 하여 이기면 新帝가 되기로 한 大周가 이곳에서 해와 경주를 했는데, 일산에서는 아침에 해가 세 개나 떴다. 해 질 무렵 목이 말라 한수를 마시러 갔다가 거기에 도착하기 전에 목말라 죽었다. 그가 꽂고 쓰러진 지팡이가 변하여 눈부신 桃林이 되었다.

—「산경」 부분[6]

이 시는 『산해경』의 다음과 같은 「과보추일(夸父追日)」 신화를 패러디한 작품이다.

과보가 태양과 경주를 하였는데 해 질 무렵이 되었다. 목이 말라 물을 마시고 싶어 황하와 위수의 물을 마셨다. 그러나 황하와 위수로는 부족하여 북쪽으로 대택의 물을 마시러 갔다가 도착하기도 전에 목이 말라 죽었다. 그 지팡이를 버렸는데 그것이 변하여 등림이 되었다.[7]

태양과 경주를 한 거인 과보에 빗대 지난 1987년 대통령 선거 당시 한 유력 후보자의 정치적 상황을 우화처럼 들려주고 있다. 시 속

---

6 황지우, 『게 눈 속의 연꽃』, 문학과지성사, 2009.
7 「해외북경」, 『산해경』, p.247.

의 '신제' '대주' '세 개의 해' '지팡이' '도림' 등은 지난 시대 불굴의 의지의 표상이었던 한 정치 지도자의 도전과 좌절 그리고 영광을 '신화적'으로 이식한 매개물이다.

『산해경』 패러디를 통해 황지우 시가 드러내는 가장 큰 효과는 정치사회적 풍자와 희화, 조롱을 통해 시대의 초상을 보여 주는 것이다. 야수의 형상을 한 동물들은 모두 정치사회적으로 극복되어야 할 한 시대의 괴물들이다. 가령, "살무사 같은데 날개가 달려 있는 괴불산의 蛇僕 혹은 잡새", "눈이 네 개에다, 입이 앞뒤로 둘이고, 오리발을 하고 있는, 성북산의 蛔丈", "앞발이 다섯이요 뒷발이 셋인, 상계산의 狗鯖"이 그렇다. '사복(蛇僕)'은 '사복형사'이며, '회장(蛔丈)'은 '재벌 회장', '구청(狗鯖)'은 '구청(區廳)'을 에둘러 말하는 것일 때 황지우 시는 신화적 발화를 통해 왜곡되고 굴절된 당대의 지형을 희화적으로 고발한다.

다시 북쪽으로 5백 리 가면 招搖山이다. 이곳에는 바다 건너온 猩猩이들이 드글드글하다. 어떤 것들은 생김새가 사람 얼굴에 닭깃 같은 머리를 하고, 온몸에 노란 털이 났으며, 다리가 세 개인데 가운데 하나는 성기이다. 또 어떤 것들은 고릴라같이 새까맣다. 사람이 다가가면 잘 웃기도 하는데, 워낙 이 짐승들은 떼거리로 몰려 교미하기를 좋아하고, 난폭하다. 이것들은 고을의 젊은 여자들을 잘 잡아먹는다.

—「산경」 부분[8]

『산해경』에서 '성성'이는 긴꼬리원숭이 같은데 귀가 희고 기어 다

---

8 황지우, 『게 눈 속의 연꽃』.

니다가 사람 같이 달리기도 하는 유인원의 일종이다. 황지우는 '성성'이의 괴이한 모습과 성격을 극대화하여 분단 조국과 외국 군대의 주둔이라는 역사와 시대의 모순을 아프게 형상화한다. 최근의 권혁웅 역시 『산해경』 신화의 어조를 빌려 우리의 정치적 현실과 세태를 핍진하게 보여 준다.

남해로 나가면 처음 만나는 나라가 삽질국(揷質國)이다 해내로 자식을 위장 전입 보낸 아비 하나가 그리움에 못 이겨 큰 삽으로 흙을 퍼 강이란 강을 죄다 메우고 있다 그 너머에 고소영국(高所嶺國)이 있는데 이곳 사람들은 다리가 넷이요 집이 여섯이며 군이 면제다 강부자국(江富子國)이 인근에 있는데 둘이 같은 나라라 말하는 이도 있다 어린지국(魚鱗支國)이 그 남쪽에 있다 이곳 사람들은 몸에 어린이 돋아서 민망한 짓을 잘하며 그 말은 짖다 만 영어 같다 (중략)

북해의 밖에 안습국(雁濕國)이 있다 이 나라에는 아이를 낳으면 부인을 딸려 원방에 보내는 관습이 있어 아비의 눈물이 마를 날 없다 북으로 더 가면 명퇴국(名退國)이 나온다 이곳 사람들은 목 위가 없어서 젖꼭지로 보고 배꼽으로 숨을 쉰다 말을 할 때에는 숨을 멈추어야 한다 그 옆에 계약국(契約國)이 있는데 이곳 사람들의 평균 수명은 2년이다 백일에 결혼하고 첫돌에 아이를 낳으며 500일에 은퇴한다 북해의 끝은 사철 춥고 밤이 길다 이곳에 십장생국(十長生國)이 있다 이곳 사람들은 불로인이어서 내내 청년으로 산다 칠순에 취업을 하고 미수에 은퇴를 하는데 그 후에도 수십 년을 더 산다

―「오호십육국시대」 부분[9]

9 권혁웅, 『애인은 토막 난 순대처럼 운다』, 창비, 2013.

신화와 현실 그 아득한 간극에서 희화, 풍자, 냉소, 조롱, 유희의 효과가 발생한다. "삽질국" "고소영국" "강부자국" "어린지국"이 지난 시기 보수 정권에 대한 정치적 풍자이자 야유, 조롱, 희화였다면, "안습국" "명퇴국" "계약국" "십장생국"은 현재 우리가 직면한 세태의 고통을 가파르게 드러내는 기호들이다. "목 위가 없어서 젖꼭지로 보고 배꼽으로 숨을 쉰다"는 명퇴국 사람들은 바로 형천 신화의 패러디다. 신화 차원에서 잘린 목이 현실 차원으로 급전할 때 발생하는 낙차 사이에서 '명퇴'라는 현실의 절벽은 캄캄한 높이로 우리 앞에 솟구친다.

황지우와 권혁웅의 시에서 『산해경』 언어의 차용은 단순한 언어유희가 아니다. 익숙한 낱말의 의미와는 무관한 한자를 병기하여 그 낱말이 조장해 왔던 관습과 관행의 사고를 중지시키고 낯설게 만든다. 이 낯선 감각이 신화적 지형 위에 포개진 당대 현실의 난경(難境)을 생생하게 드러낸다. 하지만 『산해경』 신화가 매번 차갑고 메마른 현실 비판의 기제로만 차용된 것은 아니다. 『산해경』 신화가 유발한 시적 상상력은 의외의 시 한 편을 우리 앞에 부려 놓는다.

해외(海外)의 동남쪽에 관흉국이 있다 이 나라 사람들은 가슴에 구멍이 뚫려 있어서, 귀한 사람을 모셔 갈 때, 앞뒤에 선 사람들이 긴 장대를 가슴에 꽂고 그걸로 귀인을 꿰어 간다

상처받은 사람을 곧장 떠올린다면
당신도 한때는 관흉국에 살았다
그 사람이 오래된 타일처럼 떨어져 나갔다
대신에 그곳을 바람이 들고 난다

'어떤 상처 혹은 실연이 사람의 가슴에 구멍을 뚫는다'라고 우리가 흔히 말할 때, 이 말은 다분히 과장된 수사적 표현이겠지만 신화 차원에서는 사실일지 모른다고 시인은 생각한다. 그러기에 1연이 수천 년 전 『산해경』 원문에 대한 '주석'이라면, 2연은 사랑의 상상력이 빚어낸 21세기 '권혁웅 표' 시적 주석이다. 시인은 1연과 2연 사이의 심연을 사랑이라는 사다리를 통해 가볍게 횡단한다. 동아시아의 이미지 혹은 『산해경』 신화의 상상력이 한국 현대시 속에서 어떻게 진화하고 있는가를 보여 주는 풍경이다.

---

10 권혁웅, 『그 얼굴에 입술을 대다』, 민음사, 2007.

욕망과 금지의 이중주, 장아이링의 『색, 계』

1. 딩모춘 암살 미수 사건과 소설 『색, 계』

바야흐로 중일전쟁 시기(1937-1945), 암살과 테러가 난무하던 식민지 상하이. 왕징웨이(汪精衛) 친일 정부의 특무기관 소속 딩모춘(丁默邨)이란 사내가 있다. 상하이 샤페이루(霞飛路) 76번지에 특무기관이 있었기 때문에 그는 이른바 '76호 주임'이라 불린다. 당시 국민당 요인과 항일 인사에 대한 암살과 테러를 지휘하는 것이 그의 임무다. 장제스(蔣介石)의 국민당 측에서는 하루빨리 제거해야 할 친일파 매국노인 셈이다. 국민당 중앙위원회 조사통계국(중통) 상하이 지부는 그를 암살하기 위해 정핑루(鄭蘋如, 1918-1940)라는 젊은 여인을 미인계로 활용한다. 마침 그녀는 딩모춘이 명광중학의 교장 재직 시절 아꼈던 제자이기도 했다.

정핑루는 일본인 어머니와 국민당 관료인 중국인 아버지 사이에서 태어난 인물이다. 그녀는 당시 사교계에서 널리 알려진 재원이자 패션 잡지 『양우화보(良友畫報)』에 표지 모델을 할 만큼 뛰어난 미모

의 소유자였다. 이런 그녀가 국민당 중통 소속의 항일 지하 정보원
이란 사실은 아무도 알지 못했다.

마침내 1939년 12월, 딩모춘은 일본 특무대장과의 만찬에 정핑루
와 동행한다. 이 기회를 놓치지 않기 위해 그녀는 화장을 핑계로 시
간을 끌면서 비밀리에 중통과 연락을 취한다. 만찬 장소로 가는 도
중 "입고 있는 코트가 유행이 지났다. 시베리아 모피점에 들러 한 벌
사야겠다"고 하고는 모피점으로 들어간다. 중통과 미리 약속된 암살
장소였다. 하지만 결정적인 순간 사태를 눈치챈 딩모춘이 혼자 도망
가는 바람에 저격은 실패했고 정핑루는 체포되어 사살되었다. 이때
그녀의 나이 23세였다.

장아이링(張愛玲, 1920-1995)의 대표작 중의 하나인 『색(色), 계(戒)』
는 바로 이 암살 미수 사건을 모티프로 한 소설이라고 많은 사람들
이 믿어 왔다. 장아이링은 자신의 작품과 이 사건과의 관계를 극구
부인했지만 그녀의 말을 믿는 사람은 많지 않았다. 더욱이 왕징웨이
친일 정부의 고위 관리였던 친일파 후란청(胡蘭成)과 결혼한 장아이
링의 개인사, 소설 『색, 계』의 주인공 왕지아즈(王佳芝)와 이(易) 선생
의 관계, 그리고 "이 사건을 아주 흥미롭게 지켜본 후란청이 자신의
상상까지 덧붙여 장아이링에게 이야기해 주었다"[1]는 증언을 참조할
때, 실제 사건과 소설 사이의 밀접한 관계를 부인하기는 어려워 보
인다.

주지하듯이 영화감독 리안(李安)은 소설을 원작으로 영화 「색, 계」
를 연출했으며, 2007년 베니스 영화제에서 황금사자상을 수상했다.
영화상 수상은 다시 한 번 장아이링의 개인사와 소설의 모티프, 소

---

1 김명호, 『중국인 이야기 2』, 한길사, 2013, p.50.

설과 영화의 관계 등 작가와 소설을 둘러싼 다양한 관심과 논쟁을 촉발하는 계기가 되었다.

2. 장아이링 붐과 문학적 귀환

장아이링은 중국인들이 가장 좋아하는 작가 중의 한 사람이다. 상하이에서 출생한 그녀는 청 말의 대정치가 리훙장(李鴻章)을 외증조부로 둔 상류 계층 출신이었다. 하지만 어려서 부모님이 이혼한 이래 불우한 환경에서 성장한다. 기독교 계통의 성 마리아 여학교 시절, 그녀는 린위탕(林語堂)처럼 영어로 소설을 쓰는 작가가 되기를 꿈꾸었고, 런던대학에 합격했으나 태평양전쟁의 발발로 유학이 좌절되자 홍콩대학에 입학한다. 일본의 홍콩 점령으로 다시 상하이로 돌아와 본격적인 글쓰기에 몰두하다가 1943년 첫 소설『침향설―첫 번째 향로(沉香屑―第一爐香)』를 발표하면서 상하이 문단에 데뷔했다. 데뷔와 함께 그녀는 수많은 작품을 창작하며 상하이 문단의 베스트셀러 작가로서의 지위를 굳힌다. 이 무렵 14살 연상인 후란청을 만나 결혼하게 된다. 이 친일파와의 관계는 1945년 항전 승리 후 장아이링이 '문화한간(文化漢奸)'이라는 지탄을 받게 되는 빌미를 제공했다. 일본 패망 직후 연일 언론 매체에서는 왕징웨이, 저우포하이(周佛海)의 부인과 함께 후란청의 부인 장아이링을 한간으로 지목하여 비난하기 시작했다.

1947년 후란청과 이혼한 장아이링은 1949년 중화인민공화국이 수립되자 1952년 홍콩으로 떠났고 1955년에는 다시 미국으로 이주했다. 당시 36살의 나이로 29년 연상인 미국 작가 페르디난드 레이어(Ferdinand Reyher)와 결혼하였으나 11년 만에 이혼하고 혼자 살다가 1995년 타계했다. 그녀의 만년은 몹시 적막했고 사망한 지 오랜 시간이 지나 발견되어 정확한 사망 날짜조차 모른다고 한다.

장아이링 문학과 관련해서 지적해야 할 특징 중의 하나는 비/탈정치적 성격이다. 항일 구국과 민족해방운동의 열기로 뜨거웠던 1940년 초 상하이의 문화계에서 장아이링은 늘 일정한 거리를 두고 있었고 정치에 무관심했다. 탈식민, 민족 해방과 같은 거대 서사, 거대 담론이 당시의 문화계를 뜨겁게 달구고 있을 때에도 장아이링 문학은 정치적 색채를 배제하고 여성의 결혼, 연애와 같은 개인의 일상과 사소한 삶에 치중했다. 장아이링 스스로 정치적 무관심을 드러내는 독백을 한 적이 있다.

일반적으로 말하는 '시대적 기념비'와 같은 작품을 나는 쓰지 못한다. 또한 쓸 계획도 없다. 왜냐하면 현재는 그렇게 주목되는 객관적 소재가 없는 것 같아서다. 나는 단지 남녀 간의 자잘한 이야기를 쓴다. 나의 작품엔 전쟁도 없고 혁명도 없다. 남녀가 연애를 할 때 전쟁이나 혁명보다 더 소박하고 분방하다고 생각한다.[2]

장아이링 문학의 이러한 비/탈정치적 성격으로 인해 논자들은 공통적으로 그녀의 문학은 역사나 민족과 같은 거시적 담론과 사고에 흠결이 있고, 역사성과 사상적 통찰이 부족하다고 평가한다. 사실을 말하자면 항전 시기 상하이와 같은 이른바 윤함구(淪陷區)에서는 대개의 여성 작가들의 문학 또한 크게 다르지 않았다. 윤함구란 항전 시기 일본과 국민당 지배 하에 있었던 지역을 말하는데 가령 난징과 상하이가 대표적인 곳이다. 항전 승리라는 공적 역사에서 보자면 윤

---

2 장애령, 『장애령 산문선』, 이종철 역, 학고방, 2011, pp.130-131.

함구는 사실상 역사의 공백 지역인 셈이다. 따라서 이 지역은 공적 역사에서 따로 분류하여 취급한다.[3]

장아이링의 소설 『색, 계』는 1950년에 초고를 쓰고 이후 30여 년에 걸쳐 고치고 다듬어 1978년 타이베이에서 발행하는 『중국시보(中國時報)』의 「인간부간(人間副刊)」을 통해 처음 발표했다. 작품이 발표되자마자 장아이링 붐과 함께 소설의 친일 논란이 불거졌다. 친일 매국노와 결혼했던 자신의 삶을 변호하고 매국노를 미화하기 위해 소설을 썼다는 것이 논란의 핵심이었다. 장아이링의 친일 논란은 대륙에서도 예외가 아니었다. 그런 이유로 신중국 수립 이후 30여 년 간 장아이링은 문학사에서 소외되어 있었다. 그녀의 이름이 처음으로 문학사에 기입된 것은 1984년의 일이다.[4] 그러니까 개혁개방 이전까지 장아이링은 중국 문학사에서 공백이었던 셈이다.

그런 점에서 1990년대 대륙에서 일어난 장아이링 붐은 흥미로운 현상이었다. 그녀의 작품이 반세기 만에 다시 베스트셀러가 되었고 그녀의 생애가 소설, 드라마로 각색되거나 영화화되어 대중적 상품으로 소비되기에 이르렀다. 올드 상하이의 노스탤지어 현상 또한 장아이링 문학 붐과 깊은 관련이 있었다. 장아이링 문학의 배경이었던 모던하고 화려했던 식민지 상하이 그리고 그녀의 작품에 깃든 귀족 취향과 세속적 열망은 1990년대 자본주의로 내달리면서 중화 민족의 부활을 꿈꾸던 현대 중국인들의 욕망을 자극하거나 기호에 부합하는 기제가 되기에 충분했다.

---

3 백지운, 「화해를 위한 두 진혼곡—'색/계'와 '난징! 난징!'」, 『중국현대문학』 50호, 한국중국현대문학학회, 2009, p.169.
4 백지운, 「화해를 위한 두 진혼곡—'색/계'와 '난징! 난징!'」, p.172.

3. 영화 「색, 계」—몸, 도구에서 주체로

2007년 영화 「색, 계」가 개봉되자 대만, 홍콩, 중국 등 중화권뿐만 아니라 우리나라에서도 관심이 폭발했다. 무엇보다 대중의 호기심을 자극한 것은 파격적인 정사 장면이었다. 이와 함께 장아이링의 친일 논란, 소설의 모티프가 되었던 실제 암살 사건과 영화의 내용이 겹치면서 격렬한 논쟁이 촉발되었다. 논란과 비판의 핵심은 노골적 성 묘사와 친일 미화에 모아졌다.[5]

비판하는 쪽에서는 「색, 계」가 성적 선정성을 앞세워 항일 영웅들을 폄훼하고 친일을 미화하거나 찬양한 매국노 영화라고 퍼부어 댔다. 이들의 목소리에는 딱딱한 민족주의와 남성 중심적 성 담론의 그림자가 어른거린다. 이들의 주장은 「색, 계」를 민족, 영웅, 애국 따위와 같은 거대 서사를 중심에 두고 항일 영화로 보고 싶어 하는 국가적·집단적 욕망을 감추지 않는다.

하지만 「색, 계」는 그리 단순한 구도의 영화가 아니다. 영화를 지탱하는 갈등과 대립의 양대 축인 항일/친일, 민족/반민족, 애국/매국, 식민/탈식민 같은 공적 서사는 영화의 표면이자 반쪽일 뿐이다. 영화를 구축하는 핵심은 다른 데 있다. 왕지아즈와 마이(麥) 부인이라는 이중의 정체성을 지닌 여주인공(탕웨이(湯唯))의 심리 상태 그 자체가 영화의 중핵이다. 복잡한 심리 속에서 사적 욕망과 공적 애국이란 구심력과 원심력이 벌이는 싸움이 이 영화의 진짜 전투 장면이다. 끝내 욕망의 구심력에 이끌리며 거짓으로 구축된 정체성이 붕괴되어 가는 과정, 도구에서 주체로 나아가는 몸과 정신의 고투를

---

5 임우경, 「「색, 계」 논쟁, 중국 좌파 민족주의의 굴기 혹은 위기」, 『황해문화』, 2008. 여름, pp.290-291.

보여 주는 여정, 영화 「색, 계」의 진짜 의미는 여기에 있다.

그런 점에서 「색, 계」의 파격적 성 묘사는 관음증적 시선의 소모품이 될 수 없다. 대담한 정사신은 가학/피학, 거짓/진실, 욕망/이성이 뒤엉킨 착란의 심리 상태에 대한 압도적이고 처절한 시각적 발현이다. 바로 이 지점에서 영화는 주류-항일 서사에서 방향을 틀어 변방과 비주류, 이를테면 거대 서사에 눌려 있던 개인과 여성 혹은 욕망과 같은 주변부 서사를 전경화한다.

왕지아즈의 이중의 정체성은 '격렬한' 모순이다. '유부녀-마이 부인-친일 앞잡이의 연인'으로 이어지는 가면과 '처녀-대학생-스파이'로 이어지는 민낯이 대립 충돌한다. 이 이중의 정체성을 매개하는 것이 바로 '성'이며 정체성과 관련된 혼돈과 모순이 영화 「색, 계」를 추동하는 힘이다. 다르게 말하면 사적 서사(여성의 몸)와 공적 서사(민족, 국가)의 간극에서 발생하는 팽팽한 모순과 긴장이 영화를 밀어 올리는 부력이다. 그 중심에 적나라하게 드러나는 것이 여주인공이 처한 이중적 식민 상황이다. 거시적 민족 차원의 식민 상태, 그리고 대의와 이념을 위해 아무렇지도 않게 여성의 몸을 도구화하려는 일상에 편재하는 의식의 식민 상태.

영화는 어떤 대의나 이념도 인간의 몸을 구속하거나 억압할 수 없음을 보여 준다. 또 인간의 육체란 이념의 도구가 될 수 없으며 그 자체로서 독립적이고 자율적인 주체임을 드러낸다. 좋은 메시지이긴 하지만 「색, 계」가 보여 주는 깊은 울림은 보다 심층적인 데 있다. 조국을 배반했으나 여성으로서의 피식민이란 자신의 몸을 스스로 해방시켜 가는 과정을 영화는 아름답고 위태롭게 보여 준다. 몸이 기억하는 사랑과 욕망을 보존하고 추억하고 승인하는 방식으로 그녀는 주체로서의 몸을 조금씩 회복해 간다. 마침내 그 대가로 지불

한 것이 자신의 목숨이었으므로 영화「색, 계」는 아주 많이 쓸쓸하고
슬픈 영화이다.

4. 소설『색, 계』─여성 서사와 문학적 진실

영화와 소설의 첫 장면은 모두 마작 테이블로부터 시작한다. 친일
정부 고관 부인들의 화려하고 사치스러운 차림새와 외모는 상류층
여성들의 세속적 욕망과 기호를 과시적으로 드러낸다. 그 중심에 다
이아몬드 반지가 있다. "마작 패를 섞는 여인들의 손가락에서 뿜어
나오는 다이아몬드 광채가 사방으로 번"[6]지고 있는 것이다. 이런 귀
족적 분위기 속에서 저 혼자 비취반지를 끼고 있는 왕지아즈가 심히
부끄러움을 느낄 때 그녀는 세속적 욕망에 마음이 흔들리는 평범한
여자임을 스스로 드러낸다.

사실 다이아몬드 반지는 왕지아즈의 행위 선택에 있어서 매우 의
미 있게 작용하는 매개물이다. 그녀에게 있어서 다이아몬드 반지는
세속의 지위와 명예 그리고 욕망의 충족을 상징하는 대리물로 기능
한다. 스파이인 왕지아즈가 암살 대상인 이 선생을 살려 주고 자신
과 동료들을 죽음으로 몰아간 심리적 전복이 발생한 원인 또한 확실
히 다이아몬드 반지와 관련이 있다. 실제 정핑루의 딩모춘 암살 시
도가 일어났던 장소가 모피 상점이었던 데 반해 소설에서는 보석 가
게로 바뀐 것 역시 왕지아즈와 다이아몬드 반지의 관계를 강조하기
위한 작가 장아이링의 의도적인 전략이었을 것이다.

왕지아즈가 이 선생을 유인한 보석 가게는 미리 계획된 암살 장
소였다. 보석 가게에서 다이아몬드 반지를 고르는 순간 엄습해 오는

---

6 장아이링, 『색, 계』, 김은신 역, 랜덤하우스, 2008, p.17.

암살 직전의 긴장과 함께 왕지아즈는 갑자기 시간이 정지된 듯한 묘한 환상적 상황에 빠진다.

전시(戰時), 자동차가 거의 없는 거리에서 경적 소리조차 듣기 힘들었다. 깊은 잠에 빠진 듯한 가게 안으로 도시의 소리가 희미하게 전달되고 있었다. 차분하게 가라앉은 공기에서 느껴지는 따뜻한 중압감은 두꺼운 면 이불로 얼굴을 덮었을 때와 같은 느낌이었다. 그녀는 절반쯤 깊은 잠에 빠져 있었다. 꿈속에서 그녀는 곧 사건이 터질 것을 알고 있었지만 그게 꿈에 불과하다는 사실을 어렴풋이 느끼고 있었다.[7]

모호한 환영과 환상 속에서 왕지아즈의 눈에 비치는 이 선생은 예전과는 완연히 다른 모습으로 투영된다. 6캐럿의 다이아몬드 반지를 앞에 두고 자신들만의 세계에 빠진 듯 서로 이야기를 주고받으며 속삭인다. 그리고는 예전에 단 한 번도 느껴 보지 못한 감정에 휩싸인다.

가게 주인이 곁에 있음에도 불구하고 그들은 불빛 아래 둘만이 서로 마주 보고 있다고 느꼈다. 친밀감과 소속감…… 단 한 번도 느껴 보지 못한 감정이었다. 하지만 이 순간에도 그녀는 자신이 그를 사랑하는지 아닌지를 생각할 수 없었다. 그러나…….
그는 그녀를 보고 있지 않았다. 얼굴에 담긴 미소가 왠지 슬퍼 보였다. (중략) 그러나 이 순간의 미소에는 어떤 비웃음도 담겨 있지 않았다. 하지만 조금 서글퍼 보이는 미소였다. 스탠드에 비친 그의 옆모습

---

7 장아이링, 『색, 계』, pp.52-53.

에서 그녀는 부드러움과 왠지 모를 연민의 기운을 느꼈다.[8]

스탠드의 불빛에 비친 이 선생의 옆모습을 슬프게 느끼는 왕지아
즈의 심리는 사랑이란 환상에 속수무책 무너지는 여자의 약점을 고
스란히 드러내고 있다. 세상에 두 사람만 존재하는 것 같은 순간과
임박한 암살의 순간이 겹칠 때 소설은 최고의 긴장에 도달한다. 그
절정의 순간에 왕지아즈에게 들려오는 것은 매국노 이 선생을 향해
당기는 총탄 소리가 아니었다. 그녀에게 들려오는 소리는 "이 사람
나를 진심으로 사랑하고 있구나"라는 제 마음속의 울림이었다. 그
내면의 울림에 대한 그녀의 응답은 "어서 가요"라고 이 선생을 향해
외친 짧은 한마디였다.

여기까지 이르면 소설 『색, 계』는 민족, 애국, 항일의 거대 서사,
주류 서사에 억압되어 있던 개인, 여성, 사랑, 욕망과 같은 비주류
서사, 사적 서사를 복원해 낸 작품이라는 사실이 명료해진다. 이와
같이 『색, 계』는 시종일관 공적 서사와 사적 서사 사이에서 진동하는
데 그 관계를 집약적으로 보여 주고 있는 것이 바로 소설의 제목이
다. 작가 장아이링은 제목 사이에 의도적으로 쉼표를 찍어 넣음으로
써 색과 계 사이의 팽팽한 긴장과 대립 국면을 조성했다. 색이 감성
이자 욕망이며 사랑, 육체, 개인, 일탈일 때, 계는 색의 대척점에서
작동하는 견고한 이데올로기다. 감성에 대한 이성, 욕망에 대한 금
기, 육체에 대한 정신, 일탈에 대한 경계 등이 그 이데올로기의 세목
이다. 한편 제목의 의미와 관련해서 계를 반지로 보는 견해도 있다.
반지를 중국어로 '계지(戒指)'라고 하는데, '여성의 세속적 욕망이 집

---

8 장아이링, 『색, 계』, pp.58-59.

약된 상징'으로 보거나 '사랑을 지키고 경계하는 증표'로 보는 경우가 여기에 해당한다.

어쨌든 중요한 것은 왕지아즈가 진실한 사랑이라고 믿었던 그 환영에 목숨을 걸었고 거짓 관계 속에서 진실한 순간을 경험했다는 데 있다. 소설의 역설적 묘미는 또 있다. 한 인간으로서 또 한 여인으로서의 그녀를 곤경에 빠뜨린 것은 애국적 동료들이고 그것을 회복하는 순간을 제공한 것은 오히려 매국노 이 선생이었다는 점이다. 이렇게 거대 서사가 누락한 진실을 역설을 통해 규명해 내는 자리가 바로 문학적 진실이 발생하는 지점이기도 하다.

장아이링이 왕지아즈의 곤경을 통해 일상에서 여성이 겪어야 하는 식민 상황을 우회적으로 드러내고 있는 점 또한 문학적 진실과 깊은 관련이 있다. 사실 왕지아즈가 직면하는 어려움은 매국노를 암살하기 위해 자신의 몸을 도구화해야 하는 곤경에만 국한되지 않았다. 매국노의 연인이 되기 위해 처녀의 몸으로 어쩔 수 없이 치러야 했던 동료 량룬성과의 '관계 연습'은 그녀에게 민족적 대의라는 명분이 있긴 했지만 그녀의 여성성에는 깊은 상처를 남겼다. 이 사건이 있은 후 주위 동료들의 따가운 시선과 심지어 이 상황을 선정적으로 즐기는 듯한 "회심의 미소"가 그녀에게는 모두 성차별에 기반한 폭력적 상황으로 다가온다. 왕지아즈의 이런 곤경을 통해 일상에 은밀히 스며 있는 남성 중심의 왜곡된 성 관념과 이로 인한 남녀의 성차별 자체가 여성에게는 이미 식민 경험이란 사실을 장아이링은 우회적으로 비판하고 있는 것이다. 이렇게 여성에게 있어 식민 상황이란 거시적 국가와 이념 차원에서뿐만 아니라 가까운 일상에 두루 편재한다는 사실을 드러내는 것, 여성 서사로서 소설 『색, 계』가 품고 있는 문학적 진실 중의 하나일 것이다.

시와 그림의 만남, '시화일률론'

1. 시와 그림의 만남

북송의 8대 황제인 휘종은 정치적으로는 매우 무능했지만 예술가로서는 탁월한 재능을 지닌 인물이었다. 시·서·화에 모두 능통했던 그를 역사가들은 '풍류 천자'라고 부르는 데 주저하지 않는다. 특히 뛰어난 화가이기도 했던 그는 전문적인 직업 화가들을 양성하고 우대하는 데 많은 힘을 기울였다. 전해 오는 이야기에 따르면 그는 종종 유명한 시구절을 그림의 제목으로 내걸고 화공들을 선발하는 시험을 치렀다고 한다.

첫 번째 이야기는 이렇다. 휘종은 다음과 같은 시구절을 화제로 내걸었다.

亂山藏古寺 첩첩산중이 오래된 절을 감추고 있네

대부분의 화가들이 그린 그림은 서로 비슷했다. 무수하게 어지러운 산봉우리 사이에 자리 잡은 낡고 조그만 절을 그리는 데 몰두했다. 하지만 한 사람의 그림에는 어디에도 절의 모습은 찾아볼 수 없었다. 대신 깊은 숲속에 조그만 길이 하나 있고 그 길을 따라 물동이를 짊어지고 올라가는 중의 뒷모습을 그렸을 뿐이었다. 일등으로 뽑힌 그림이었다.

또 이런 이야기도 전한다. 이번에는 아래와 같은 구절을 화제로 삼았다.

竹鎖橋邊賣酒家 다리 옆 대나무에 가려진 주막집

모두들 대나무와 주막집을 그리는 데 여념이 없었다. 오직 한 사람만이 대나무 숲 사이에서 깃발 하나가 펄럭이는 그림을 그렸다. 깃발에는 술 주(酒) 자 한 글자가 적혀 있었다. 일등을 차지한 그림이었다.

그런가 하면 이런 이야기도 전한다. 화제로 제출된 시구절은 이러했다.

踏花歸去馬蹄香 꽃잎 밟고 돌아가는데, 말발굽에서 향기가 나네

말발굽에서 나는 꽃향기를 그리라는 것이다. 모든 화가들이 어쩔 줄 몰라 어리둥절하고 있을 때 한 사람이 그림을 그려 내놓았다. 걸어가는 말의 발굽 뒤로 나비 몇 마리가 살랑살랑 따라가는 그림이었다.[1]

---

1 이상 세 가지 이야기는 『한시 미학 산책』(정민, 솔, 2001, pp.27-28)과 『美의 歷程』(이택후, 윤수영 역, 동문선, 1991, pp.427-429) 참조.

위의 세 가지 예화는 우리에게 시와 그림의 관계성에 대해 흥미로운 사실들을 시사해 준다. 세 가지 이야기의 공통점은 보이지 않는 것을 그리라는 것이다. 깊은 산중에 잠겨 있는(藏) 절, 대나무 숲에 가려진(鎖) 주막, 말발굽에서 나는 향기(香)는 모두 보이지 않는 대상들이다. 묘하게도 '장(藏)' '쇄(鎖)' '향(香)'은 제시된 시구에서 각각 시안(詩眼)에 해당되는 글자들이다. 그림은 보이지 않는 대상 즉 절, 주막, 향기를 '물동이를 짊어지고 가는 중', '술 주(酒) 자가 적힌 깃발', '말발굽을 따라가는 나비'의 이미지를 통해 에둘러 표현했다. 다 그리지 않고 그린 것이다.

좋은 시의 묘미 또한 다 말하지 않고 말하는 언어미학에 있다. 오래된 시학을 빌려 표현하자면 시란 "한 글자도 나타내지 않았으나, 풍류를 다 얻는(不著一字, 盡得風流)" 시정의 참맛에 있다. 그림이 '경외지의(景外之意)'에 몰두할 때, 시는 '언외지미(言外之味)'를 갈고 닦는다. '풍경 밖의 뜻' '언어 밖의 맛'을 얻는 방법은 함축과 암시이다. 시와 그림은 이렇게 함축과 암시의 기법을 공유한다는 점에서 상호 소통하고 융합될 수 있는 자리가 마련된다.

2. 소식의 '시화일률론'

시와 그림의 상호성에 관해 본격적인 논의를 촉발시킨 인물이 바로 북송대의 소식(蘇軾)이다. 그가 왕유(王維)의 시와 그림에 대해 발설한 명제는 이후 중국의 시화론과 회화 비평의 중요한 준거가 되었다.

마힐(왕유)의 시를 맛보면 시 가운데 그림이 있고, 마힐의 그림을 보면 그림 가운데 시가 있다. 시에서 '남전에는 흰 돌이 삐죽삐죽, 옥천에는 단풍이 드문드문, 산길엔 본래 비 내리지 않았지만, 푸른 숲 기운

이 옷깃을 적시네'라고 했다.(味摩詰之詩, 詩中有畵, 觀摩詰之詩, 畵中
有詩, 詩曰 '藍田白石出, 玉川紅葉希, 山路元無雨, 空翠濕人衣.')**2**

우리에게 익숙한 "시중유화(詩中有畵) 화중유시(畵中有詩)"의 출처
가 바로 여기이다. 소식은 어째서 왕유의 시 가운데 그림이 있고 그
림 가운데 시가 있다고 했을까? 소식보다 앞선 당대에 살았던 왕유
는 탁월한 시인인 동시에 뛰어난 화가이기도 했다. 그의 그림은 현
재 모두 실전되었지만 소식 시대에는 볼 수 있었던 것 같다. 위에서
소식이 인용한 시는 왕유의 「산중(山中)」이라는 시다. 과연 '시중유화'
의 경지에 이른 시인지 다시 한 번 찬찬히 살펴볼 필요가 있다.

　　藍田白石出 남전에는 흰 돌이 삐죽삐죽
　　玉川紅葉希 옥천에는 단풍이 드문드문
　　山路元無雨 산길엔 원래 비 없었고
　　空翠濕人衣 푸른 숲 기운이 옷깃을 적시네

아담한 오언절구에 가을 풍경이 깃들어 있다. 우선 선명한 색채
이미지가 압도적이다. 남빛과 흰색, 옥색과 붉은빛이 청명한 가을
하늘 아래 눈부실 듯하다. 시각과 촉각이 어우러진 결구의 묘사는
뛰어난 공감각적 표현이다. 언어로 붓질한 그림 속에 투명한 오색의
가을빛과 축축한 숲속의 푸른 촉감이 동시에 잡힐 듯하다. 시정(詩
情) 속에 화의(畵意)가 충만하다.
　　소식은 '시중유화 화중유시'를 거쳐 '시화일률론(詩畵一律論)'을 제

---

2 소식, 『東坡題跋』 권5, 「書摩詰藍田煙雨圖」.

시한다. 시와 그림은 같은 법칙을 공유한다는 뜻이다. 그는 「서언릉
왕주부소화절지 2수(書鄢陵王主簿所畵折枝二首)」 중에서 이렇게 말한다.

論畵以形似 외형만 비슷하게 그리는 것으로 그림을 논한다면
見與兒童隣 그 견해의 수준은 어린아이와 같은 것이네
賦詩必此詩 시를 지을 때에도 한 가지 방법에만 매달린다면
定非知詩人 결코 시를 아는 사람이라고 할 수 없네
詩圖本一律 시와 그림은 본래 한 가지 법칙을 따르니
天工與淸神 천공과 청신이 바로 그것이네

훌륭한 그림이란 형상을 똑같이 묘사하는 데 있지 않다. 오히려
형상 밖에 숨겨진 의미를 추구해야 한다. 좋은 시 역시 의미는 언어
의 표면에 있지 않다. 표면에서 부단히 미끄러지며 언어의 밖에서
의미를 구축하고자 한다. 그런 점에서 그림에서의 '형외지의(形外之
意)', 시에서의 '언외지미(言外之味)'는 시와 그림이 각각 추구하는 미
적 원리이다. 중국 예술에서 중시하는 의경(意境)이란 바로 형상과
언어 밖에서 미적 감흥을 불러일으키는 심미 차원의 경계이다. 소식
은 그 실천 원리로서 "천공(天工)"과 "청신(淸神)"을 말한다.
'천공'은 무엇보다도 작품에 드리워진 자연스러운 하모니이다. 억
지로 꾸미지 않은 것이다. '청신'은 작품에 깃든 신선한 독창성과 관
련된다. 진부하지 않고 상투적이지 않은 것이다. 클리셰가 일소된
상태다. 소식은 '천공'과 '청신'이 시와 그림이 공통적으로 추구해야
하는 심미적 표준으로 판단한다.

3. 곽희의 『임천고치』와 사의화

북송의 소식이 '시화일률론'을 제시한 이후 송원대는 시와 그림의 상호 소통과 융합에 대한 논의가 본격적으로 시작된 시기이다. 특히 송대에는 문인들에 의한 산수화의 창작과 감상, 비평은 지식인들의 보편적 행위로 받아들여졌다. 이에 따라 송대의 회화는 문학의 창작 원리와 깊이 교섭하며 이른바 회화의 문학화 시기로 접어들게 된다.

곽희(郭熙)의 『임천고치(林泉高致)』는 이러한 문화적 분위기 속에서 저술된 화론서로 의미 있는 시화론을 개진한다.

옛사람이 말하기를 '시는 형체 없는 그림이요, 그림은 형체 있는 시이다' 하였는데, 이는 철인들이 많이 이야기한 것으로 나도 이 말을 스승으로 삼고 있다. 내가 한가한 날에 진·당과 고금의 시편들을 읽어 봤더니, 그중 아름다운 구절들은 사람의 가슴속에 품은 일을 남김없이 표현하였고, 눈앞의 경물들을 신기하게 드러내었다. 그러나 조용한 곳에 편안히 앉아서 밝은 창 아래 깨끗한 책상을 펼쳐 놓고 향을 피워서 온갖 상념을 가라앉히지 않는다면, 아름다운 시구의 좋은 뜻 역시 보이지 않을 것이며, 그윽하고 아름다운 정취 또한 떠오르지 않을 것이다. 그림에 있어서 중요한 정취도 마찬가지일 것이니, 어찌 그 정취가 쉽게 얻어지겠는가?(更如前人言, '詩是無形畵, 畵是有形詩.' 哲人多談此言, 吾人所師. 余因暇日, 閱晉唐古今詩什, 其中佳句有道盡人復中之事, 有裝出目前之景, 然不因靜居燕坐, 明窓淨几, 一炷爐香, 萬慮消沈, 則佳句好意亦看不出, 幽情美趣亦想不成. 卽畵之主意, 亦豈易及乎?)[3]

---

3 곽희, 『임천고치』 「畵意」: 서복관, 『중국예술정신』, 권덕주 외역, 동문선, 2000, pp.373-374 참조.

시와 그림의 근본 취지는 모두 뜻을 위주로 하는 데 있다. 그러기 위해서는 창작자와 대상이 혼연일체가 되는 경지에 이르러야 한다. 이때 필요한 덕목이 관조와 직관 같은 고요함이다. 곽희는 창작자 자신의 관조와 직관을 통해서만이 사물에 내재한 본질적 뜻을 이해하고 그려 낼 수 있다고 강조한다. 송대에 발달한 산수화는 직업적 화공들의 기예나 테크닉에서 나온 그림이 아니었다. 산수화는 문인으로서의 정신과 학문 세계를 드러내는 예술 양식이었다. 문기(文氣)를 그림으로 표현해 낸 것이다. 그런 점에서 산수화는 사의화(寫意畵)였다. '사의'란 객체와 대상의 형상을 묘사하는 데 몰두하지 않는다. 주체의 내면세계 즉 정신을 표현하는 데 중점을 두는 예술 개념이다. 사의의 경지에 이르기 위해 필요한 정신 작용이 바로 관조와 같은 고요함이다.

송대 황산곡(黃山谷)과 구양수(歐陽脩)의 아래와 같은 언급은 사의를 추구하는 시화론에 대한 명증이다.

나는 그림을 잘 알지 못하지만, 내가 시를 짓는 것이 그림과 같은 것이어서 사물의 뜻을 깊이 헤아려 내는 것임을 알겠다.(吾不能知畵, 而知吾事詩如畵, 欲命物之意審.)[4]

옛 그림은 뜻을 그렸지 형태를 그리지 않았고, 매요신의 시는 사물을 노래하면서 정을 드러내었네. 형을 잊고 의를 터득하는 것을 아는 자가 드무니, 그림을 보기보단 시를 읽는 것이 낫겠구나.(古畵畵意不

---

4 황산곡, 『鷄肋集』; 서복관, 『중국예술정신』, pp.424–425 참조.

畵形, 梅詩詠物無隱情. 忘形得意知者寡, 不如見詩如見畵.)[5]

　시와 그림의 근본 취지는 언어와 이미지로 표현된 대상, 즉 형태 자체에 있지 않다. 형태가 거느리고 있는 배후 혹은 밖에 시와 그림의 진정한 뜻이 있는 것이다. 이것을 시론의 측면에서 말하자면 "言有盡而意無窮(말은 다했는데 뜻은 다함이 없다)"이고, 화론의 입장에서 말하자면 "寫意傳神(뜻을 묘사하고 내면의 정신을 전한다)"이 될 것이다. 이러한 시론과 화론의 종합이 구양수가 말한 "망형득의(忘形得意)"이다. 시정과 화의가 어우러진 시들 속에서 우리는 종종 '망형득의'의 진의를 체험하기도 한다.

4. 시정과 화의

　왕유의 「종남별업(終南別業)」이란 시다. 불교에 심취한 왕유는 만년에 종남산에 별장을 짓고 은거한다. 시 제목은 '종남산의 별장'이란 뜻이다.

　　中世頗好道 중년이 되면서 불도를 참 좋아해서
　　晩家南山陲 만년에 종남산 기슭에 집을 마련했네
　　興來每獨往 흥이 나면 늘 혼자 돌아다니고
　　勝事空自知 좋은 일은 그저 나 혼자만 알 뿐
　　行到水窮處 다니다가 물이 다한 곳에 이르면
　　坐看雲起時 앉아서 구름이 피어나는 때를 바라보네
　　偶然値林叟 우연히 숲속에서 노인이라도 만나면

---

5 구양수, 「盤車詩」: 서복관, 『중국예술정신』, pp.404-405 참조.

談笑無還期 담소하느라 돌아갈 줄 모르네

세속을 초월한 은자의 한적과 여유가 전편을 휘감는다. 그러나 이 시가 풍기는 한적과 여유는 '화조월석(花朝月夕)'에 '음풍농월(吟風弄月)'하는 단순한 자연시의 그것과는 좀 다르다. 왕유와 불교, 특히 그의 선적 취향을 염두에 둘 때 이 시의 분위기는 선경(禪境)과 깊은 관련이 있다. 선적 사유로부터 유발된 고도의 정신적 초월성이 시의 바탕에 드리워져 있다. 그런 점에서 5, 6구가 불러일으키는 시각 이미지는 이 시가 지닌 미덕의 8할을 차지한다. '운수행각(雲水行脚)'이란 말이 있듯이 물과 구름이 환기하는 탈속과 피세의 초월적 정신성은 언어 밖에서 이미지화된다. 그래서였을까. 남송의 화가 마린(馬麟)은 이 시의 구절을 소재로 한 「좌간운기도(坐看雲起圖)」를 그렸다. 물가 언덕에 기대어 먼 하늘의 구름을 관조하는 은자의 초월적 자세가 화폭에 고스란히 담겨 있다. 물이 끝나는 곳에서 구름을 바라보는 순간은 실제의 경물(景物)과 심리 차원의 정의(情意)가 교융하는 순간이다. 이 지점에서 미적 경계가 발생한다. '정경교융(情景交融)'은 시와 그림이 공유하는 미학이다.

사실 왕유의 이 시는 중국뿐만 아니라 우리나라 조선 시대에도 널리 화제로 삼았던 작품이다. 그중에서 조선 후기 이인문(李寅文)의 「송하한담도(松下閑談圖)」는 마지막 두 구를 소재로 한 그림이다. 고금을 넘나들며 시정과 화의는 이렇게 계승되고 있다.

왕유의 시 한 편을 더 보기로 하자. 「산거추명(山居秋暝)」이다.

空山新雨後 빈산에 비가 막 그친 뒤
天氣晚來秋 저물녘 날씨는 가을이 완연하네

明月松間照 밝은 달은 솔숲 사이를 비추고

淸泉石上流 맑은 샘물은 돌 위로 흐르네

竹喧歸浣女 빨래하던 여인들 돌아가는지 대숲이 소란하고

蓮動下漁舟 연잎 흔들리는 걸 보니 고깃배 내려가나 보다

隨意春芳歇 봄풀이야 제멋대로 시든다 해도

王孫自可留 나는 스스로 여기에 머물리라

'산중 거처의 가을 저물녘'이란 뜻의 시이다. 비가 막 그친 뒤 드리워지는 저물녘 풍경이 눈앞에 보이는 듯하다. 때는 가을이니 빈산에 찾아오는 쓸쓸한 기운에 오소소 소름이 돋을 것 같다. 흰 달빛과 푸른 솔숲, 녹색의 대나무와 붉은 연꽃이 환기하는 색채 이미지가 선명하다. 여기에 청각 이미지가 조화를 이룸으로써 시 전체를 입체적인 한 폭의 화면으로 떠오르게 한다. 빨래하며 떠드는 여인들과 강을 따라 내려가는 고깃배는 사실상 화면 밖 보이지 않는 모습일 것이다. 다만 대숲에서 들려오는 소리, 흔들리는 연꽃의 정황으로 미루어 짐작할 뿐이다. 빨래하는 여인들의 이미지가 동적이라면 살짝 흔들리는 연꽃은 차라리 정적 이미지 속으로 우리를 유인한다. 동중정(動中靜)의 시학인 셈이다. 이 시가 거느린 촉각과 시각, 청각 등 개별적 이미지는 종합적인 회화미로 통합되며 한 폭의 그림을 우리 눈앞에 선명히 펼쳐 놓는다. 송대 문인들이 말했던 것처럼 왕유의 시는 "소리 있는 그림(有聲畵)"이요 "형태 없는 그림(無形畵)"의 경지를 유감없이 보여 주고 있다.

소식의 「곽희 '추산평원' 2수(郭熙秋山平遠二首)」는 곽희의 그림 「추산평원(秋山平遠)」을 소재로 쓴 일종의 제화시(題畵詩)이다. 곽희의 그림은 실전되어 오늘날 볼 수 없으나 소식의 제화시는 그의 그림을

상상해 볼 수 있는 단서를 제공한다. 아울러 시와 그림이 소통하고 융합하는 과정 또한 보여 주고 있다. 그중의 한 수이다.

目盡孤鴻落照邊 눈이 끝닿는 곳, 기러기 한 마리 낙조 속을 날고
遙知風雨不同川 멀리서도 알겠구나, 비바람에 냇물이 일렁이는 것을
此間有句無人識 이런 풍경 속에 시가 있으나 알아보는 이 없으니
送與襄陽孟浩然 양양 땅의 맹호연에게나 보낼까 하네

눈이 끝닿는 곳이라 했으니 곽희의 그림은 아마도 아주 먼 곳을 그린 풍경화인 듯싶다. 그 아득한 곳에서 노을이 지고 노을 속을 기러기 한 마리 날아가고 있다. 비바람에 일렁이는 냇물이 멀리서도 보인다 했으니 섬세한 회화적 기법의 그림이란 걸 짐작할 수 있다. 소식은 이 그림 속에 깃든 시정(詩情)에 매료된다. 이른바 '화중유시'의 경지인 셈이다. 그러나 아무도 알아보는 이 없으니 소식의 입장에서는 안타까울 뿐이다. 그러니 당대의 뛰어난 자연시파의 시인이었던 맹호연에게나 이 그림을 보여 주고 싶다는 아쉬움을 드러낸 것이다.

당대 유종원(柳宗元)의 시 「강설(江雪)」은 '시중유화'를 예증하는 절정의 작품이다.

千山鳥飛絶 온 산에는 날던 새 사라지고
萬徑人蹤滅 모든 길에는 인적이 끊겼다
孤舟蓑笠翁 빈 배엔 도롱이에 삿갓 쓴 노인 하나
獨釣寒江雪 눈 내리는 강 홀로 드리운 낚싯대

딱 스무 개의 글자로 한 편의 시를 직조했다. 덧붙일 글자도 덜어낼 글자도 없다. 오직 객관적 풍경만을 묘사했을 뿐 시인의 주관적넋두리나 설명이 없다. 묘사된 풍경은 한 폭의 선명한 시각 이미지를 독자에게 각인한다. 이 시를 쓸 즈음 중앙 정치 무대에서 실각한시인의 심리를 고려할 때 이 시의 시각 이미지는 차라리 삼엄하다.나아감과 물러남, 출세와 탈속의 긴장 속에서 물러난 은자의 심리는홀로 낚싯대를 드리운 추운 강처럼 절대 고독의 임계점에 이르렀을것이다.

「강설」은 시인의 심리에 대해 구구절절 말하지 않는다. 다만, "절(絶)" "멸(滅)" "고(孤)" "독(獨)"처럼 풍경과 사물의 정황을 명징하게지시하는 시어만을 구사했을 뿐이다. 그러나 우리는 그 언어 너머에서 작동하는 시인의 실의와 좌절, 그것을 초극하려는 은일과 초월의정신성을 넉넉히 느끼게 된다. 시학에 있어 '언외지의(言外之意)', 화론에 있어 '경외지의(景外之意)'란 바로 이런 것이다. 「강설」은 언어로그린 그림이요 물감으로 쓴 시 같다.

「우연」의 시인, 쉬즈모와 그의 여인들

1. '우연' 혹은 「우연」의 추억

돌이켜 보니 40여 년 전 일이다. 1976년 여름 어느 날 영화 한 편을 본 적이 있다. 지금은 영화의 줄거리도 잘 생각나지 않지만 「사랑의 스잔나」란 영화 제목처럼 그저 통속 멜로드라마가 아니었을까 싶다. 아무러나 그해에 영화는 제법 흥행에 성공했다. 지금도 또렷이 기억하는 것은 당시 홍콩의 유명 가수이자 여배우였던 진추하(陳秋霞)와 그녀가 영화 속에서 불렀던 몇몇 노래들이다. 한때 사춘기 남자아이들의 '로망'이었던 여배우도 이제는 펑퍼짐한 초로의 여인이 되었다. 그녀가 불렀던 노래들은 올드 팝을 틀어 주는 라디오에서나 아주 가끔 들려올 뿐이다. 지금도 「One summer night」이나 「Graduation tears」를 들으면 시간의 태엽은 단박에 40년 전으로 되감긴다.

그런데 당시 영화 속 노래와 관련하여 진짜 호기심을 자극했던 것은 영어로 부르는 노래가 아니라 '우연'이라는 제목의 노래였다. 그 당시 나에게 「우연」은 중국어라는 '이상한' 말로 부르는 노래였다. 이국의 언어와 발음은 낯설고 신기했다. 그냥 멜로디가 풍겨 내는 멜랑꼴리에 취해 자꾸 따라 부르곤 했다. 엉터리 중국 노래는 뜻도 모른 채 저절로 외워졌다.

「우연」을 우연처럼 다시 만나게 된 건, 대학 시절 '중국현대문학사' 시간이었다. 그때서야 비로소 한때 사춘기 시절을 몽롱하게 했던 노래의 정체와 쉬즈모라는 시인을 알게 되었다. 영화 속 노래 「우연」은 쉬즈모(徐志摩)의 시 「우연(偶然)」에 진추하가 곡을 붙인 노래였다. 사춘기 시절 뜻도 모른 채 따라 불렀던 '엉터리 중국 노래'의 의미를 이제야 차근차근 새겨 본다.

我是天空里的一片云 나는 하늘에 떠도는 한 조각 구름

偶爾投影在你的波心 어쩌다 물결 같은 그대 마음에 그림자 드리웠지요

你不必訝異 그대, 놀라거나 의아해하지 마세요

更無須歡喜 더더욱 기뻐할 것도 없고요

在轉瞬間消滅了踪影 잠시 머물다 사라질 자취일 뿐이니까요

你我相逢在黑夜的海上 그대와 나, 캄캄한 밤바다에서 만났던가요

你有你的, 我有我的, 方向 그대는 그대의, 나는 나의 갈 길이, 따로 있겠지요

你記得也好 그대가 나를 기억하는 것도 좋지만

最好你忘掉 가장 좋은 것은 나를 아예 잊는 일

在這交會時互放的光亮 우리 만났을 때 쏟아졌던 눈부신 빛조차도

통절한 이별의 시다. 대중적 화법에 실린 실연의 아픔이 꽤 절실

하다. '나'는 한낱 한 조각 '구름'이다. 이미 소멸이 예정된 헛것이다. 부유하는 자연물에 자신을 비유함으로써 사랑의 덧없음을 실감나게 환기한다. 우연히 그대 마음에 드리워진 나의 그림자, 우연한 사랑의 시작이다. 하지만 화자는 놀라지도 기뻐하지도 말라고 지레 손사래를 친다. 잠시 머물다 사라질 그림자처럼 이루어질 수 없는 사랑임을 화자는 이미 알고 있기 때문이다. 용납될 수 없는 사랑은 두 사람만 서 있는 캄캄한 바다처럼 외로운 풍경이다. 서로 다른 운명의 길이 두 사람 앞에 놓여 있을 뿐이다. 그 길 앞에서 화자는 '우리의 사랑을 오래 기억하자' 따위의 말을 결코 하지 않는다. 그는 단호하다. 나를 잊어 주는 것이 가장 좋은 일이라고 말할 때 이별의 고통은 정점을 향해 치닫는다.

마지막 구절은 시의 절정이자 시안(詩眼)에 해당될 듯싶다. 사랑에 빠져 본 사람은 안다. 서로가 서로에게 사정없이 꽂아 대던 신비로운 빛들, 미묘하고 황홀해서 무엇이라 이름 붙일 수 없는 사랑의 시선들. 서로를 향해 난사하듯 빛과 시선을 퍼붓는 사태가 "호방(互放)"이고, 오직 두 사람만 감각하고 느낄 수 있는 불가시한 광선, 그 신비로운 사랑의 빛이 "광량(光亮)"이다. 화자는 그대에게 이것을 잊어 달라고 한다. 역설에 다름 아니다. "나 보기가 역겨워 가실 때에는 죽어도 아니 눈물 흘리오리다"라고 한 소월의 승화된 슬픔과 동궤에 놓인다.

우연히 시작된 사랑이지만 이별이 불가피했던 시인 쉬즈모의 짧았던 생과 그 짧은 생애에서 만나고 사랑하고 헤어졌던 여인들과의 이야기는 이렇게 한 편의 시를 읽는 일로부터 시작해야 할 것 같다.

2. 첫 부인 장유이와 '문학적 배우자' 린후이인

쉬즈모(1897-1931)는 중국 현대문학에서 독특한 개성을 지닌 시인이다. 그가 시인으로 살다 간 시간은 20대 중반부터 대략 10여 년간이다. 남긴 작품도 150여 편에 불과하니 과작의 시인인 셈이다. 그는 당대의 문단에서 애정 지상주의자, 이상적 낭만주의자의 성향을 지닌 작가였다. 그래서였을까, 신중국 수립 이후 경직된 정치 환경 속에서 그의 시들은 부패한 부르주아 시들로 비판받으며 소외되었다. 1968년 문혁 시절에는 그의 무덤이 부관참시되는 참변을 겪기도 했다. 그의 무덤이 복구되고 시집이 다시 간행되면서 재평가를 받게 된 것은 1983년 이후의 일이다.

사실 쉬즈모가 본격적으로 대중의 호기심과 흥미를 끌게 된 것은 1999년 타이완에서 방영된 20부작 「세상의 사월 하늘(人間四月天)」이란 드라마를 통해서였다. 이듬해 대륙에서도 이 드라마가 수입 방영되어 쉬즈모와 그의 연인 린후이인(林徽因, 1904-1955) 열풍을 동시에 일으켰다. 드라마의 제목인 「세상의 사월 하늘」은 린후이인이 1934년에 발표한 시 「그대는 세상의 사월 하늘(你是人間的四月天)」에서 빌려 온 것으로 이 드라마를 통해 다시 한 번 쉬즈모의 삶과 사랑이 대중에게 회자되는 계기가 되었다.

절강성 해녕의 부호의 집안에서 태어난 쉬즈모는 1915년 장유이(張幼儀, 1900-1988)와 결혼한다. 장유이는 당시 국민당의 유력한 정치인 집안의 딸로 두 사람의 결혼은 쉬가(徐家)의 경제력과 장가(張家)의 정치력이 결합한 전형적인 상류 계층의 중매혼이었다. 쉬즈모는 결혼 후 베이징대학에서 법학을 공부했는데 이때 평생의 스승이 된 량치차오(梁啓超, 1873-1929)를 만나게 된다.

1918년 부친의 뜻에 따라 미국으로 유학을 간 쉬즈모는 클라크대학에서 사회학과 역사학 등을 공부하고 1920년 컬럼비아대학에서 경제학 석사 학위를 취득했다. 그는 당시 중국의 해밀턴이 되겠다는 포부가 있었으나 오히려 유학 생활을 통해 산업화로 인한 서구 문명의 폐해와 탐욕스러운 자본주의 행태에 대해 회의하게 된다. 이즈음 그에게 대안으로 떠오른 사람이 영국의 버트란트 러셀(Bertrand Russel, 1872-1970)이었다. 쉬즈모는 러셀의 반서구 문명, 반식민주의 같은 사상에 크게 매료되어 1920년 가을 다시 영국 유학길에 올랐다. 하지만 그가 런던에 도착했을 때 러셀은 케임브리지에서 해임되고 중국으로 장기간 순회강연 여행을 떠나고 없었다.

대신 17개월 남짓한 영국 유학 기간 동안 쉬즈모는 평생 그의 삶에 중대한 영향을 끼치는 인물들과 만나게 된다. 우선 그는 당시 국제연맹 회의에 참석하기 위해 영국에 와 있던 린창민(林長民, 1876-1925)과 조우한다. 린창민은 북양 정부 시절 사법부장을 지낸 유력한 정치인으로, 16살인 딸 린후이인을 데리고 런던에 체류 중이었다. 쉬즈모는 국내에서부터 린창민의 명성을 이미 알고 있었기 때문에 그를 만나기 위해 강연장을 찾았다. 이것이 인연이 되어 이후 쉬즈모는 린창민의 집을 자주 방문하면서 그의 딸 린후이인을 알게 되고 그녀에게 깊이 빠지게 되는 사태가 발생한다.

한편 쉬즈모는 린창민의 소개로 당시 영국의 정치학자이자 철학자로 명성이 높았던 골즈워디 디킨슨(Goldsworthy Lowes Dickinson, 1862-1932)과 만나게 된다. 디킨슨의 주선으로 쉬즈모가 케임브리지 대학의 특별생으로 입학한 것 또한 커다란 행운이었다. 케임브리지 시절, 쉬즈모는 디킨슨을 통해 다양한 지식인이나 예술가들과 친분을 쌓으며 19세기 초 영국의 낭만주의 문학과 예술에 깊이 심취하기 시작했다. 정치경제학에서 문학으로 전향하게 되는 계기가 되었던 것이다. 쉬즈모는 1922년 8월 그의 친구이자 화가인 로저 프라이에게 보낸 편지에서 디킨슨에 대해 이렇게 말하고 있다.

나는 항상 내 인생에서 가장 큰 사건은 미스터 디킨슨을 만난 것이라고 생각한다. 내가 케임브리지에 오게 되고, 이런 행복한 삶을 누리게 된 것, 그리고 나의 문학과 예술에 대한 관심이 형성되고, 고정된 것은 모두 그의 덕분이다.

쉬즈모는 자신의 인생 방향의 전환에 큰 영향을 끼친 디킨슨을 은인으로 생각하고 있는 것이다. 그러나 쉬즈모의 삶과 문학 인생에 디킨슨 못지않게 깊은 영향을 끼친 사람으로 린후이인을 빼놓을 수 없다. 미모의 린후이인은 어린 나이임에도 불구하고 문학과 예술, 회화와 연극 등 다방면에서 쉬즈모와 대화가 통하는 보기 드문 재원이었다. 쉬즈모는 그녀와의 만남을 통해 난생처음 사랑이라는 감정을 느꼈다고 한다. 그러므로 영국 유학 동안 지속적으로 그녀에게 구애한 것은 당연한 일이었으나 사실 아직 나이 어린 린후이인에게 있어 유부남의 구애는 감당하기 어려운 일이었을 것이다. 하지만 린후이인에게 완전히 마음을 빼앗긴 쉬즈모는 아내와 이혼하면 그녀를 얻을 수 있을 것이라 생각하고 아내에게 이혼을 요구한다. 이때 장유이는 두 번째 아이를 임신하고 있었지만 두 사람은 1922년 독일 베를린에서 마침내 이혼하기에 이른다. 쉬즈모가 근대적 민법에 의해 합의이혼하는 최초의 중국 남자가 되는 순간이었다.[1]

장유이는 남편 쉬즈모로부터 사랑받지 못한 비운의 여자였지만 명문가 집안의 출신답게 매우 진보적이고 유능한 여성이었다. 장유

---

1 김명호, 『중국인 이야기 2』, 한길사, 2013, p.167.

이는 이혼 후 독일에 남아 유학한 후 1926년 귀국하여 '운상패션공사(雲裳服裝公司)'라는 의류회사를 설립하여 사업가로서 크게 성공을 거두었다. 뿐만 아니라 '상하이여자상업저축은행' 설립에 주도적으로 참여하여 부총재를 지내는 등 경제계와 실업계에서 두각을 나타낸 당시로서는 보기 드문 여성이 되었다. 더 흥미로운 사실은 쉬즈모가 사망한 후 그의 유작을 모두 모아 타이완판 『쉬즈모 전집』을 출간하는 데 주도적인 역할을 했다는 점이다.

아내와 이혼하고 런던으로 돌아온 쉬즈모는 린후이인을 찾아갔지만 이미 린창민 부녀는 런던을 떠나 귀국한 후였다. 케임브리지로 돌아온 쉬즈모에게 남은 것은 케임브리지의 아름다운 자연과 실연의 상처뿐이었다. 그가 본격적으로 시를 창작하게 되는 에너지가 된 셈이다. 쉬즈모는 훗날 세 번째 시집 『맹호집(猛虎集)』 「서(序)」에서 시 창작의 계기와 관련하여 이렇게 회상한 적이 있다.

나 자신의 시작(詩作)에 대해 말하자면, 이보다 더 뜻밖의 일은 없을 것이다. 우리 집 족보를 살펴보면, 영락(永樂) 이래로 우리 집안에는 전해질 만한 시구 한 줄 쓴 사람은 아무도 없었다. 24세 이전에 시에 대한 나의 흥미는 상대론이나 민약론에 대한 흥미에 전혀 미치지 못했다. 부친께서 나를 서양에 유학 보낸 것은 앞으로 나를 금융계에 진출시키기 위해서였고, 나 자신의 최고 야심 역시 중국의 해밀턴이 되는 것이었다. 24세 이전에 시라는 것은 구시, 신시를 막론하고 나와는 아무런 상관도 없었다. (중략) 10년 전 나에게 한바탕 기이한 바람이 불었고, 아마도 어떤 이상한 달빛이 비추어졌는데, 이때부터 나의 사상은 행을 나누는 서사(抒寫)에 마음이 기울어지게 되었다.

처음으로 시를 쓰게 된 정서의 변화와 감정의 굴절에 대한 시인 쉬즈모의 진솔한 고백이다. 부호의 집안 출신답게 경제나 재정 전문가가 되고 싶었던 꿈을 접고 시인이 될 수밖에 없었던 사정을 이야기하고 있다. 10년 전이란 바로 영국 유학 시절인 1921년 린후이인을 처음 만났던 시기이다. 쉬즈모는 느닷없이 들이닥쳤던 사랑의 빛깔과 촉감을 달빛과 바람에 비유하고 있다. 그것은 말로 표현하기 어려운 기이한 사태였고 24살 이전에는 아무런 관심도 없었던 시를 쓰게 되는 운명의 변곡점이 되었음을 넌지시 고백하고 있다.

1922년 10월 영국 유학을 마치고 귀국한 쉬즈모는 스승인 량치차오를 찾아가지만 두 사람 사이에 곧 민망한 일이 생기고 말았다. 이미 귀국한 린후이인이 량치차오의 아들인 량쓰청(梁思成, 1901-1972)과 1923년 1월에 약혼하고 이듬해 함께 미국 유학을 떠나는 일이 생긴 것이다. 장차 며느리가 될 린후이인과 아끼는 제자인 쉬즈모 사이의 일을 잘 알고 있는 량치차오로서는 하루빨리 아들 내외를 유학 보내고 싶었을 것이다. 앞에서 보았던 쉬즈모의 시 「우연」은 바로 이때 린후이인의 유학 소식을 듣고 쓴 시였다. 이제는 접어야 하는 사랑과 서로 각자 가야 할 길 앞에 선 시인의 표정이 보이는 듯하다.

한편 린후이인이 미국 유학을 떠나기 직전인 1924년 4월, 아시아 최초의 노벨문학상 수상자였던 인도의 시인 타고르가 중국을 방문하는 일이 있었다. 이때 타고르를 안내하며 통역하는 일을 공교롭게도 쉬즈모와 린후이인이 함께 맡게 되었다. 두 사람은 자연스럽게 만나는 계기가 되었지만 영국에서와는 달리 린후이인의 태도가 매우 냉정했었다고 한다.

1924년 여름, 린후이인과 량쓰청은 미국 유학길에 올라 펜실베니아 주립 대학에서 공부했다. 건축학을 전공한 두 사람은 이후 중국

건축학계에 크게 기여하는 건축학자로 성장하게 된다. 특히 린후이인은 중국 역사상 최초의 여성 건축학자라는 칭호를 얻었다. 유학을 마치고 귀국한 이들은 1928년 9월부터 요녕성 심양의 동베이대학(東北大學) 건축과 교수로 부임하게 된다. 이후 두 사람은 『중국건축사(中國建築史)』를 공저로 출간하여 미국학계의 주목을 받았고, 중국 곳곳의 유적지를 방문하여 고대 건축물의 건립 연도를 밝혀내는 등 중국 건축사 연구에 크게 공헌하기도 했다. 특히 신중국 수립 이후에는 중화인민공화국 국가 휘장의 도안과 인민영웅기념비 설계에 주도적으로 참여한 경력 또한 눈에 띄는 대목이다.

이렇게 건축학자로서 일생을 보낸 린후이인이었지만, 중국 현대 문학사에서는 그녀를 시인이자 문인으로 기입한다. 그녀는 1930년대 초 베이징 문화 사교계의 꽃이었다. 그녀의 집에는 당대의 정치·문화·예술계의 최고 지식인들, 가령 철학자 후스(胡適)와 진웨린(金岳霖), 정치학자 장시뤄(張奚若), 작가 선충원(沈從文), 주광첸(朱光潛) 등이 자주 모였다. 프랑스의 살롱을 모방한 모임에서 린후이인은 이들과 더불어 지적·정서적 교류의 즐거움을 마음껏 향유했다.

사실 린후이인의 문학적·예술적 감수성은 지난 영국 체류 시절 쉬즈모와의 만남에서 촉발된 측면이 있었다. 당시 쉬즈모는 그녀에게 바이런, 워즈워스, 키이츠 같은 서구의 작가들을 소개해 줌으로써 일찍이 낭만주의 문학에 눈뜨게 해 주었다. 건강이 악화된 린후이인이 건축학자의 생활을 잠시 접고 요양하던 1928년 겨울 무렵 그녀는 쉬즈모의 격려와 주선으로 다시 시 창작을 하게 되는 기회가 있었다. 이때 창작한 작품들은 당시 쉬즈모가 주관을 하던 잡지 『시간(詩刊)』에 실리기도 하였다. 두 사람의 사랑은 이루어지지 않았으나 그들은 서로를 시인으로 만들어 준 평생의 문학적 동지이자 동반

자인 것만은 분명한 사실이다. 린후이인이 남긴 시 한 편은 마치 쉬즈모를 향한 내밀한 고백처럼 들린다. 맺어지지 못했지만 평생 이어진 두 사람의 우정과 배려는 정성스럽기 그지없다.

情愿 간절히 바라건대

忘掉曾有這世界, 有你 이 세상을 잊어버려요, 당신도
哀悼誰又曾有過愛戀戀 누군가를 애도하고 또 사랑했던 것도
洛花似的落盡 忘了去 낙화처럼 다 떨치고 잊어버려요
這些個淚點裏的情緒 이 눈물방울 속의 감정들을

到那一天一切都不存留 그날이 되면 모두 사라질 것이니
比一閃光, 一息風更少 한 줄기 빛, 한순간의 바람보다 더 작은
痕迹, 你也要忘掉我 흔적, 당신도 잊어버려요 내가
曾經在這世界裏活過 이 세상에 살아 있었음을

시 속의 '당신'이 쉬즈모라면 이 시는 그에게 바치는 한 편의 애틋한 고별사다. 비록 자신을 향한 그의 열정과 애정에는 응답하지 못했지만 그가 받았을 상처와 아픔을 섬세하게 헤아리는 우의와 배려가 행간에서 꾹꾹 배어 나오고 있다. 쉬즈모의 「우연」과 나란히 놓고 읽는다면 두 사람은 이미 오래된 '문학적 배우자'였는지도 모르겠다.

3. 재녀 루샤오만과 추락한 이상

쉬즈모가 실연으로 방황하던 시기에 나타난 여성이 루샤오만(陸小曼, 1903-1965)이다. 그녀는 미국 웨스트포인트 사관학교 출신의 군인

인 왕경(王賡)의 아내였다. 유부녀이면서도 당시 상하이 사교계에 널리 알려진 명원(名媛)이었던 그녀는 뛰어난 용모와 재능으로 쉬즈모를 사로잡게 된다. 그의 생애의 세 번째이자 마지막 여자였다. 1924년의 일이었다. 이즈음 루샤오만은 남편 왕경과의 사이가 썩 좋지 않았던 것으로 알려졌다. 마침 남편이 하얼빈으로 발령이 나자 두 사람은 자주 만나게 되었고 급속히 가까워지게 되었다. 루샤오만과 왕경의 이혼은 시간문제였다.

「눈꽃의 즐거움」은 쉬즈모와 루샤오만이 한창 사랑에 빠졌던 1924년 겨울, 여인의 품속에서 끝내 자신을 소멸시키고자 하는 에로스의 욕망과 타나토스의 욕망을 동시에 보여 주는 쉬즈모의 대표작 중의 한 편이다. 쓸쓸한 시다.

雪花的快樂 눈꽃의 즐거움

假若我是一朶雪花 내가 만약 한 송이 눈꽃이라면
翩翩的在半空裏瀟灑 훨훨 하늘을 날아다니리
我一定認淸我的方向 내가 갈 곳 분명히 알고 있으니
飛颺, 飛颺, 飛颺 휠, 휠, 휠 날아가리
這地面上有我的方向 이 땅에 내 갈 곳 있으니

不去那冷寞的幽谷 차갑고 적막한 골짜기에는 가지 않으리
不去那凄淸的山麓 쓸쓸한 산기슭에도 가지 않으리
也不上荒街去惆悵 황량한 거리로 나가 슬퍼하지 않으리
飛颺, 飛颺, 飛颺 휠, 휠, 휠 날아가리
你看, 我有我的方向 그대 보라, 내 갈 곳 있음을

在半空裏娟娟的飛舞 하늘에서 어여쁘게 춤추며 날아다니다

認明了那淸幽的住處 저 맑고 고요한 거처를 찾았네

等著她來花園裏探望 그녀가 화원으로 찾아오길 기다리며

飛颺, 飛颺, 飛颺 휠, 휠, 휠 날아가리

啊, 她身上有朱砂的淸香 아, 그녀 몸에서 나는 붉은 매화의 맑은 향기

那時我憑借我的身輕 그때 나의 가벼운 몸으로

盈盈的, 沾住了她的衣襟 사뿐히 그녀의 옷깃에 묻어

貼近她柔波似的心胸 그녀의 잔물결 같은 가슴으로 다가가리

消溶, 消溶, 消溶 사르르, 사르르, 사르르 녹아들리

溶入了她柔波似的心胸 그녀의 잔물결 같은 가슴에 녹아들리

그대를 향해 가는 '눈꽃'은 자유롭지만 필경 소멸이 예정된 '눈꽃'
이다. '구름'이나 '맑은 바람', '눈꽃' 등으로 시적 자아를 곧잘 비유하
는 쉬즈모의 시어는 아마도 그의 비극적 세계 인식을 드러내는 기
호가 될 듯하다. 여기에는 사랑이나 청춘도 찰나에 덧없을 것이라는
인생의 애잔한 정서가 깃들어 있다.

루샤오만이 남편과 이혼하자 두 사람은 1926년 10월 베이징에서
재혼한다. 가족과 지인들이 모두 반대하는 결혼이었지만 이들의 재
혼 소식은 당시 베이징 문화계를 뒤흔드는 일대 사건이었다. 주례를
맡았던 량치차오는 제자인 쉬즈모의 자유분방한 연애와 이혼 경력
을 다 알고 있는 처지에서 덕담 대신 독설로 주례사를 했다는 일화
가 지금까지도 전해지고 있다.

결혼 후 쉬즈모는 루샤오만과 함께 인사차 부모님의 집을 찾아갔

지만 그의 부모들은 그들의 결혼을 용납하지 않았다. 사실 쉬즈모의 첫 부인이었던 장유이는 이혼 후에도 두 아이들을 홀로 키우며 여전히 쉬즈모의 부모들을 모시고 함께 살고 있었다. 쉬즈모의 부모들 또한 장유이만을 집안의 유일한 며느리로 여기며 적지 않은 재산까지 며느리 몫으로 고려하고 있었다. 쉬즈모에게는 오히려 이제까지 지원하던 경제적 도움마저 끊어 버리고 만다.

신혼 초부터 쉬즈모는 경제적 어려움에 부딪히게 되었다. 더욱이 루샤오만은 사교계의 여인으로 사치와 낭비, 허영이 심한 여자였다. 두 사람의 결혼 생활이 점차 이상과 어긋나고 불화하기 시작한 건 당연한 일이었다. 쉬즈모는 경제적 문제를 해결하기 위해 여러 대학에 강의를 나가고 주위 친구들에게 돈을 빌려야 하는 수모조차 점점 흔한 일이 되어 가고 있었다. 이즈음 루샤오만은 사교계와 연예계를 출입하며 연예인들과 마약에까지 손을 대는 일이 벌어졌다. 그녀는 건강까지 급속히 악화되며 경극 배우 웡루이우(翁瑞午)와의 불륜 소문까지 나돌아 쉬즈모를 더욱 곤경으로 몰아넣었다.

1931년 가을 어느 날, 쉬즈모는 린후이인으로부터 11월 19일 베이징 셰허(協和)대학 강당에서 외국사절들을 위해 '중국의 궁실 건축예술'이란 강연을 하는데 참석해 달라는 연락을 받는다. 11월 19일 전날까지도 쉬즈모는 루샤오만과 매우 심하게 다투었다고 한다. 11월 19일 새벽녘, 쉬즈모는 오래된 연인 린후이인의 강연에 참석하기 위해 비행기에 오른다. 그는 돈을 절약하기 위해 우편 수송용 비행기를 무료로 얻어 탔다고 한다. 베이징으로 향하던 비행기는 산동성 제남 부근에 이르자 짙은 안개에 휩싸이기 시작했다. 방향을 잃고 헤매다 산봉우리에 충돌했다. 비행기는 화염에 휩싸인 채 추락했다. 쉬즈모 또한 공중에서 산산조각 났다. 그가 쓴 시의 한 구절인 한 조각 뜬구름이나 한 송이 눈꽃처럼 스러져 갔을 것이다. 그는 이렇게 시인처럼 살다가 시인처럼 떠났다. 그의 나이 겨우 34세였다.

후스는 그를 애도하는 추도사에서 "그의 일생은 사랑으로 상징된다. 사랑은 그의 종교이자 그의 하나님이었다"라고 말했다. 이 말은 결코 과장이나 수사가 아니었다. 1925년 8월 어느 날의 일기인 「사랑하는 샤오만에게 보내는 편지(愛眉小札)」에서 쉬즈모는 이렇게 쓴 적이 있다.

필요할 때는 자신의 목숨을 걸고 사랑해야 한다. 이는 열사들이 자기의 조국을 사랑하고, 신을 신봉하는 사람들이 종교를 존중하는 것과 다를 바 없다.

쉬즈모는 평생을 애정 지상주의자, 이상적 낭만주의자로 살았다. 그는 타고난 재능과 예민한 감수성을 지닌 지식인이었다. 정신은 자유롭고 행동은 분방했다. 사회적 금기와 도덕 윤리의 금도를 거침없이 넘나들었다. 그는 짧은 생애 동안 온 힘을 다해 사랑했고, 이별했고, 배반했고, 상처받았다. 이상은 추락했으나 그는 끝까지 이 모든 것을 시로 노래한 시인이었다.

부재와 결핍의 노래, 설도의 '동심초' 사랑

1. '희미한' 여자

우리에게 익숙한 가곡 중에 「동심초」라는 노래가 있다. 켜 놓은 TV에서 우연히 성악가의 아름다운 음성에 실려 들려오기라도 하면 하던 일을 멈추고 노랫말을 곰곰이 새겨 볼 때가 있다.

> 꽃잎은 하염없이 바람에 지고
> 만날 날은 아득타 기약이 없네
> 무어라 맘과 맘은 맺지 못하고
> 한갓되이 풀잎만 맺으려는고

간결한 문장 속에 깃든 우리말이 참으로 아름답다. 이 노랫말이 소월의 스승이었던 안서 김억(金億, 1896-?)이 번역한 시라는 건 그리 새로운 사실은 아니다. 다만 번역 시의 원전이 중국 당나라 때의 시이며 시의 원작자가 기생 출신의 여류 시인이란 점은 늘 우리의 관심을 끈다. 지금으로부터 1,200여 년 전 여자이면서, 기생이면서 동시에 시인으로 살아간다는 게 그리 녹록한 일은 아니었을 테다. 시 쓰는 기생의 이름은 설도(薛濤)이고, 정확한 생졸 연대가 불분명하니 '희미한' 여자이겠으나, 그 이름은 종종 당대(唐代) 최고의 여류 시인으로 호명된다. 이 '희미한' 여자는 생의 어떤 국면에서 '동심초' 같은 사랑을 하염없이 피워 올렸던 것일까.

2. 가지와 잎사귀의 운명

설도의 어린 시절과 관련하여 전해지는 이야기 한 편이 있다.[1] 아마도 그녀가 어려서부터 문재(文才)가 남달랐다는 것을 보여 주기 위해 다소 부풀려진 이야기일 수도 있겠다. 아무튼 이야기의 전말은 재미있다. 설도가 열 살이 채 되지 않았던 시절, 부친이 마당의 오동나무를 보며 두 구절을 먼저 적었다.

庭除一古桐 뜨락의 한 그루 오래된 오동은
聳幹入雲中 우뚝 솟아 구름까지 뻗쳤네

그리고는 딸에게 뒤를 이어 완성해 보라고 했다. 어린 딸의 재능을 시험해 보고 싶었던 모양이다. 설도는 잠시 생각하더니 이렇게 적었다.

枝迎南北鳥 가지는 남북의 새들을 맞이하고

---

1 안이루, 『인생이 첫 만남과 같다면』, 심규호 역, 에버리치홀딩스, 2009, pp.184-185 참조.

葉送往來風 잎사귀는 오고 가는 바람을 배웅하네

가지와 잎사귀는 수많은 새들과 바람을 맞이하고 떠나보낸다. 늘 떠나보내야 하는 것이 머무는 가지와 잎사귀의 운명이다. '남자는 배, 여자는 항구'의 당나라 버전이라 할 만하다. 부친은 딸의 뛰어난 문학적 재능이 기쁘면서도 이 아이가 자라서 무엇이 되려나 하는 불길한 예감이 들었다고 한다. 관리였던 부친이 일찍 죽자 집안이 기울었다. 마침 설도가 살던 성도(成都)에 위고(韋皋)라는 인물이 절도사로 부임해 온다. 그는 어린 설도의 뛰어난 용모와 재능을 알아보고 연회 때마다 그녀를 초대했다. 위고는 무관이었지만 문학과 예술을 이해할 줄 아는 사람이었다. 위고의 주선으로 설도는 가기(歌妓)의 인명부인 악적(樂籍)에 이름을 올린다. 부친의 예감이 맞았던 것일까. 이때 설도의 나이 15세, 관기(官妓)가 되는 순간이었다. 위고는 설도의 용모와 재능을 아껴 그 후 20여 년 동안 그녀의 든든한 후원자 역할을 하게 된다.

3. 기생은 아무나 하나

당송 시대에 여자가 악적에 이름을 올리는 것은 용모뿐 아니라 기예와 재능을 기준으로 삼았다. 후대에 몸을 파는 창기(唱妓)와는 분명히 달랐다. 설도는 창기가 아닌 예기(藝妓)에 가까운 고급 관기였던 것 같다. 특히 풍류 문인들과 기생들 사이는 반드시 '성'을 매개로 한 관계만은 아니었다. 그들은 서로의 인격과 개성을 존중했고 무엇보다 서로의 문학적 재능을 평가하고 향유했다. 그들은 서로 '말'이 통하는 사이였다.

문인과 기생이 밀접한 관계를 유지할 수 있었던 것은 그들이 상호

의존관계에 있었기 때문이기도 했다. 풍류 문인은 대개 문화계의 명사이자 엘리트 계층이었다. 따라서 기생들 입장에서는 그들과 가까이 접합으로써 은연중에 자신들의 사회적 위상이나 체면을 높일 수 있는 계기로 삼을 수 있었다. 기생이라고 하는 낮은 사회적 신분에서 오는 열등감을 극복하거나 치유하는 수단이 되기도 했을 것이다.

한편 문인들에게 있어 기생은 그들의 작품을 전파하고 알리는 매개 역할을 암암리에 담당하고 있었다. 지금처럼 자신의 작품을 발표하거나 홍보할 수 있는 대중매체가 없던 시절을 생각하면 기생들은 문화 전파자로서의 기능을 하고 있었던 셈이다. 기생들이 특정인의 작품을 애송할 때마다 그녀들과 교류하는 불특정 문인들에게 구전으로 전달되는 효과가 있었을 것이다. 중국의 전통 사회에서 기원(妓院)은 일종의 문화 공간으로써 춤과 노래 시문과 오락이 낭자한 '문화 살롱'의 역할을 담당했다.

4. 연상의 기생, 연하의 풍운아

이런 사회적인 배경 속에서 설도의 명성은 나날이 높아졌고 그녀를 만나기 위해 찾아오는 관리와 명사, 문인들이 즐비했다. 이때 설도와 교류를 한 문인들 중에 눈에 띄는 이름들이 있다. 백거이(白居易), 원진(元稹), 장적(張籍), 왕건(王健), 유우석(劉禹錫), 두목(杜牧) 등은 모두 훗날 중국 문학사에 이름이 등재된 쟁쟁한 시인들이었다. 설도는 이들과 시를 주고받으며 문재와 우정을 나누었다. 이 중에 원진(779-831)과의 만남은 설도의 삶과 시에 깊은 흔적을 남기게 된다.

809년 3월, 원진은 감찰어사로 설도가 살고 있는 성도에 부임한다. 평소에 설도란 이름을 귀가 아프도록 들었으니 그녀를 만나고 싶어 했던 것은 당연한 일이었을 것이다. 이들이 성도에서 처음 만난 건 원진의 나이 30세, 설도의 나이 40세 전후였을 때였다.[2] 이때부터 설도는 원진을 마음에 두었던 것 같다. 1,200여 년 전, 기생 출신이자 여자 나이 마흔의 시심은 어떤 문자로 그 파문을 그려 냈을까. 10여 살 연하의 원진은 기생 시인의 재능에 대한 호기심 외에 그녀에게서 다른 매혹이라도 느꼈던 것일까. 원진은 평생 출사와 좌천을 반복한 정치적 풍운아인 동시에 여자 문제에서도 자유분방했던 풍류 문인이었다. 그러니 두 사람은 처음부터 맺어지기 어려운 인연이었을 것 같다. 이듬해 2월 원진은 다시 강릉으로 좌천되어 가면서 설도와 헤어지게 된다. 첫 만남 이후 채 1년도 안 된 시간이었다. 그것으로 마지막이었다. 그들은 다시 만나지 못했다. 시를 주고받았을 뿐이다.

5. 가장 보통 여자의 꿈

원진과 헤어진 설도에겐 남은 건 짧은 만남과 긴 이별이었다. 먼 그대에게 그녀는 진짜 「먼 그대에게」라는 제목의 시를 보낸다.

贈遠二首 먼 그대에게 2수

擾弱新蒲葉又齊 연하게 돋아난 창포 잎새 가지런히 피고
春深花落塞前溪 봄 깊어지자 지는 꽃잎 앞개울에 쌓입니다
知君未轉奏關騎 그대 변방에서 돌아올 수 없음을 알고 있으니
月照千門掩袖啼 대문에 달빛 비칠 때 소매로 눈물 훔칩니다

---

2 설도, 『완역 설도 시집』, 류창교 역해, 서울대학교 출판문화원, 2012, p.255.

芙蓉新落蜀山秋 연꽃이 막 시드니 촉산은 가을입니다

錦字開緘到是愁 비단 편지 열어 보니 그리움뿐이군요

閨閣不知戎馬事 규방에서는 전장의 일을 알지 못해

月高還上望夫樓 달 밝은 밤이면 망부루에 오를 뿐입니다

시는 새로울 것이 없는 태작(怠作)에 가깝다. 신파에서 멀리 가지 못했다. 하지만 다행스러운 건 1연 2행이 보여 주는 처연하고 아름다운 풍경이다. 늦봄 천천히 지는 꽃잎과 꽃잎이 쌓여 가는 앞개울의 풍경은 기다리는 여자의 적막한 심리를 쌓이는 꽃잎처럼 차곡차곡 시각화한다. 묘사된 풍경은 고요하지만 고요한 풍경 속에 깃든 시인의 그리움은 내연(內燃)한다. 한 번 더 이 시를 읽게 만드는 건 2연 마지막 행의 "망부루(望夫樓)" 운운한 부분이다. '망부루'는 '떠나간 지아비를 생각하며 바라보는 누각'이다. 기생의 처지인 설도에게 무슨 지아비가 있겠는가. 원진을 지아비로 호명하는 기생 설도의 상상은 그저 희망 사항이자 판타지에 가깝다. 여염집 아녀자라면 누구라도 당연히 있을 지아비가 설도에게는 허락되지 않는다. 기생이기 때문이다. '가장 보통의 여자'가 아니기에 박탈당하고 결핍된 것은 지아비만이 아닐 것이다. 그러기에 연못에서 노는 한 쌍의 새도 설도에게는 아무렇지 않은 풍경이 아니다.

池上雙鳥 연못가 한 쌍의 새

雙棲綠池上 푸른 못가에 깃들어 사는 한 쌍의 새

朝暮共飛還 아침저녁으로 함께 날아 돌아오네

更憶將雛日 곧 태어날 새끼를 생각하면서

同心蓮葉間 연꽃잎 사이에서 한마음인 것을

한 쌍의 새가 연못가에 살고 있다. 살다 보면 새끼 한 마리도 태어나는 것이 자연의 이치다. 한낱 미물도 이러할 것인데 기생 설도는 이 자연의 순환과 질서에서 소외된 존재다. 반려자도 새끼도 모두 그녀에겐 결핍의 대상이다. 보통 여자의 꿈은 물가에서 노는 한 쌍의 새처럼 분명하고 단순하지만 설도에게는 불가능한 꿈이다. 그녀에게는 오직 스쳐 가는 짧은 인연과 인연이 남긴 무정한 흔적만이 있을 뿐이다.

柳絮 버들개지

二月楊花輕復微 이월의 버들꽃은 작고도 가벼워서
春風搖蕩惹人衣 봄바람에 날아와 옷깃에 묻지요
他家本是無情物 그것이야 본래 무정한 물건이니
一任南飛又北飛 제멋대로 남으로 북으로 날아가지요

기생 설도에게 작고도 가벼운 것이 어찌 바람에 흩날리는 버들개지뿐이겠는가. 그녀를 스쳐 지나간 모든 남자들이 그랬을 것이다. 가지와 잎사귀에 잠시 머물다 떠나가는 새와 바람이 이 시에선 옷깃과 버들가지로 바뀌었을 뿐이다. 새도 바람도 버들가지도 무정하기는 마찬가지다. 떠나면 그만일 테니 떠나보내는 일에 익숙한 여자에게 남아 있는 일이란 하염없이 그리워하는 일일 것이다. 김억이 번역했고 지금도 우리 귀에 익숙한 「동심초」는 일생 그리움에 목말랐던 그녀의 삶 전체를 함축한 아름다운 작품이다.

6. 설도전

설도의 마지막 작품을 읽기 전에 먼저 눈여겨보아야 할 것이 있다. 아름다운 종이 이야기다. 설도는 젊어서부터 성도의 서쪽 교외인 완화계(浣花溪)라는 곳에서 오랫동안 머물렀는데 원진과 헤어진 후 다시 이곳으로 돌아온다. 완화계에는 종이를 만드는 직업을 가진 사람들이 많았다고 한다. 그래서인지 이때부터 설도 또한 꽃잎의 물을 들인 붉고 작은 종이를 손수 만들어 사용했다고 한다. 이것을 '설도전(薛濤箋)'이라고 부르는데[3] '전(箋)'이란 종이쪽지, 편지지, 메모지 등을 뜻한다. 그러니까 '설도전'을 요즘 말로 하면 '설도 전용 메모지 혹은 원고지' 정도의 뜻이 되지 않을까 싶다. 설도는 '설도전'에 깨알 같은 글씨로 편지를 쓰거나 시를 적어 마음에 드는 문인들이나 지인들에게 보냈다. 기생의 몸으로 전하는 지극한 마음의 정성이다. 훗날 '설도전'은 '러브레터'의 별칭이 되었다고도 한다. 이메일과 문자 메시지, 다양한 SNS 매체에 자신의 의견이나 문장을 두들겨 순식간에 전송하는 지금의 미디어 환경 속에서 '설도전' 이미지는 우리가 오래전 잃어버린 그 무엇을 새삼 생각하게 한다.

7. 어긋난 인연, '동심초' 사랑

김억이 번역하고 「동심초」라는 제목을 붙인 시는 사실 설도의 「봄날의 그리움 4수(春望詞四首)」 중 세 번째 작품이다. 작품 전편은 다음과 같다.

---

3 설도, 『완역 설도 시집』, p.256; 김선자, 『문학의 숲에서 동양을 만나다』, 웅진지식하우스, 2010, p.131.

春望詞四首 봄날의 그리움 4수

花開不同賞 꽃 피어도 함께 감상하지 못하고
花落不同悲 꽃이 져도 함께 슬퍼하지 못합니다
欲問相思處 그리운 님 계신 곳 묻고 싶어요
花開花落時 꽃 피고 지는 계절이 올 때마다

攬草結同心 풀을 뜯어 마음인 듯 엮어
將以遺知音 나를 알아주는 님에게 보내렵니다
春愁正斷絶 봄날 시름에 애가 막 끊어지는데요
春鳥復哀吟 봄 새가 한 번 더 슬피 웁니다

風花日將老 바람에 꽃잎은 나날이 시들어 가고
佳期猶渺渺 만날 날은 아득히 기약 없네요
不結同心人 그대와 나 마음으로 맺지 못하고
空結同心草 부질없이 풀잎만 맺고 있지요

那堪花滿枝 가지에 만발한 꽃송이 바라보면
翻作兩相思 그리운 그대 생각에 뒤척입니다
玉箸垂朝鏡 아침 거울 마주하면 눈물이 흐르는 걸
春風知不知 봄바람은 아는지 모르는지요

　　이 시를 원진을 염두에 두고 썼다는 객관적인 증거는 없다. 다만
원진과의 로맨스가 설도의 생애에서 차지하는 비중이 작지 않기에
그와 관련된 작품으로 가정해 보는 것이다. 가정이 틀렸다 해도 상

관은 없다. 중요한 것은 언제나 작품 자체이기 때문이다.

시는 특별히 새로울 것도 없지만 작위와 과장의 제스처도 없다. 봄날 꽃잎이 천천히 내리듯 시정이 흐른다. 상실과 체념의 정조가 스민 시의 주조음은 고요하되 절실하고 절실하되 덧없음의 아우라를 풍긴다. 설도는 아마도 작고 고운 '설도전'에 이 시를 또박또박 한 글자씩 적어 내려갔을 것 같다.

4편의 연작 중 역시 세 번째 작품이 도드라진다. 김억의 안목 역시 탁월했다. '번안'과 '번역'의 차이를 감안하더라고 세 번째 수에 대한 김억의 우리말 옮김은 아름답기 그지없다. 우리말의 결을 따라 다시 한 번 읽고 싶어진다.

꽃잎은 하염없이 바람에 지고
만날 날은 아득타 기약이 없네
무어라 맘과 맘은 맺지 못하고
한갓되이 풀잎만 맺으려는고

한 가지 덧붙일 것은 이 글을 쓰는 동안 3, 4행의 원문인 "부결동심인, 공결동심초(不結同心人, 空結同心草)"의 의미가 미묘했다. 좀 더 섬세하게 이해해 볼 수 없을까 하는 바람이 있었다. 김억이 제목으로 가져온 '동심초'가 무슨 풀의 이름이 아닌 바에야 성실한 독해가 필요할 것 같았다. 설도와 원진은 끝내 맺어지지 못한 인연이었다. 이게 "부결동심인(不結同心人)"의 의미이겠다. 맺어지지 못한 인연을 아파하며 시인은 "결동심초(結同心草)"라고 말한다. 마음 대신 풀이라도 엮어 보겠다는 것이다. 두 사람의 인연이 맺어지는 상징으로라도 삼아 보고 싶은 소망의 표현일 것이다. 소망은 안타깝고 간절하지만 결국은 부질없는 짓일 뿐이다. 부질없고, 덧없으며, 한갓지고, 쓸데없는 욕망의 표현이다. 이 허망한 의미를 원문의 "공(空)"이 모두 내포하고 있는 셈이다. "공(空)"은 설도의 대표작 「춘망사(春望詞)」의 시정과 시인의 심리를 압축적으로 보여 주는 유력한 시안(詩眼)이지 않을까 싶다. 세상의 모든 어긋난 인연, 불가피한 이별에 연연해한다면 그것은 모두 '동심초' 사랑이다.

만약 설도가 기생이 아니었다면 그녀의 생애는 어디로 흘러갔을까 생각해 본다. 양갓집 규수로서 혹은 평범한 가정의 여자로서 행복했을까. 아니면 권태와 공허한 날들을 보냈을까. 잘 모를 일이다. 가정의 질문은 부질없는 일이지만 한 가지만은 확실한 것 같다. 만약 그녀가 기생이 아니었다면 그래서 절실한 그리움이 없었다면 그녀는 시인이 되지 못했을지도 모른다. 그러면 지금의 '동심초'도 없었을 것이다. '동심초'는 부재와 결핍의 노래이기 때문이다.

일탈의 로맨스와 문자 유희, 사마상여와 탁문군

1. 「봉구황」 부르는 밤

지난 2006년 우리나라 여배우(박시연)가 출현한 중국 드라마가 국내의 한 케이블 티비에서 방영된 적이 있었다. 2002년 중국 CCTV에서 제작한 「봉구황(鳳求凰)」(34부작)이란 역사극이었다. 드라마의 주인공인 사마상여(司馬相如)와 탁문군(卓文君)의 로맨스는 내용이야 다르긴 하지만 서구의 로미오와 줄리엣만큼 중국인들에게 익숙한 사랑의 서사다. 우리나라 여배우가 맡았던 역이 바로 탁문군이었다. 사마상여와 탁문군 이야기는 2천 년의 세월을 건너왔고, 지금도 드라마뿐만 아니라 영화·연극·소설·희곡 등 다양한 장르의 소재로 긴 생명을 이어 가고 있는 중이다. 2천 년이 지난 지금까지도 이들의 이야기가 전승되며 반복 재생산되는 데에는 그만한 까닭이 있을 것이다. 이야기의 어떤 점이 대중의 호기심과 재미를 지속적으로 자극해 온 것일까.

사마상여(기원전 179-117)는 지금의 사천성 성도 사람으로 서한 때의 문인이었다. 비상한 글재주 덕분에 당시 양효왕(梁孝王)의 식객 문인으로 생계를 유지하며 제법 문명을 날렸다. 그러나 양효왕이 갑자기 죽자 문객들은 뿔뿔이 흩어졌고 그 또한 빈손인 채 고향으로 돌아왔다. 아무런 직업도 없이 하루 종일 빈둥거리며 시간을 보냈다. 35살의 노총각 '룸펜'이었다. 그의 딱한 처지를 눈여겨보던 지인의 배려가 없었다면 아마도 그는 문인은커녕 역사에서 지워진 인물이 되었을 것이다. 성도에서 가까운 임공의 현령이었던 왕길(王吉)이 바로 사마상여의 지인이었다. 상여는 임공으로 건너가 왕길에게 잠시 의지하게 된다.

임공에는 사업을 해서 크게 돈을 번 부호 탁왕손(卓王孫)이란 자가 있었다. 그는 늘 현령인 왕길에게 잘 보이고 싶어 했다. 가만히 보니 현령의 집에 웬 귀한 손님이 와 있는 것 같았다. 탁왕손은 이때다 싶어 손님을 위해 잔치를 열 테니 꼭 함께 참석해 달라는 초청 의사를 왕길에게 보냈다. 정작 성대한 잔치가 열리던 날 상여는 몸이 아픈 핑계를 대고 왕길 혼자 보냈다. 기다리던 사람들이 거듭 상여의 참석을 독려하자 왕길은 몸소 상여를 맞으러 집으로 되돌아갔다. 그때서야 상여는 못 이기는 체하며 왕길을 따라 잔치에 모습을 드러냈다. 여러 사람의 관심을 끌기 위한 일종의 '트릭'이었던 셈이다. 탁왕손을 비롯한 많은 사람들은 상여의 준수한 외모에 놀랐고 한편 현령이 직접 모시러 갈 만큼 대단한 인물이라고 생각하게 되었다.

잔치 분위기가 한창 무르익을 무렵 왕길이 거문고를 상여에게 건네며 한 곡조 연주해 줄 것을 부탁했다. 극구 사양하더니 마지못하는 척하며 상여가 무릎에 거문고를 얹을 때 아까부터 문 뒤에 숨어 상여의 일거수일투족을 지켜보던 한 여인이 있었다. 여인의 이름은 탁문군. 탁왕손의 둘째 딸이자 결혼한 지 채 일 년도 안 되어 남편과 사별하고 돌아온 17살 어린 과부였다. 문군은 처음부터 상여의 모습을 몰래 훔쳐보고 있었던 것이다. 이런 사정은 상여도 마찬가지였다. 탁왕손의 집에 재색을 겸비한 어린 청상과부가 있다는 것을 이미 알아차리고 있었다. 그가 잔치에 참석하는 것을 계기로 어린 과부를 유혹해 보겠다는 '연애 작전'을 이미 세웠는지도 모를 일이었다. 거문고를 무릎에 눕힌 상여는 근사한 연주 솜씨를 뽐내며 노래를 부르기 시작했다.[1] 이때 그가 부른 노래가 바로 「봉구황」이다.

鳳求凰 봉구황

鳳兮鳳兮歸故鄕 봉이여 봉이여 고향으로 돌아왔구나
游遨四海求其凰 짝을 구하려고 세상을 헤매었으나
時未遇兮無所將 때를 만나지 못해 뜻을 이루지 못하더니
何悟今夕升斯堂 오늘 밤 이 집에 올 것을 어찌 알았겠는가
有艶淑女在閨房 어여쁜 여인은 규방에 있는데
室邇人遐毒我腸 방은 가까우나 사람은 멀어 애간장이 타는구나
何緣交頸爲鴛鴦 어떤 인연으로 한 쌍의 원앙이 되어 서로 목덜미를
　　　　　　　　부빌 수 있을까
胡頡頏兮共翺翔 어찌해야 하늘 높이 함께 날 수 있을까
凰兮凰兮從我棲 황이여 황이여 나를 따라 둥지를 틀어 다오
得托孳尾永爲妃 나와 혼인하여 영원히 짝이 되어 주렴

---

1 사마상여와 탁문군의 이야기는 『중국 문인 열전』(류소천, 박성희 역, 북스닷, 2011, pp.112-115), 『인생이 첫 만남과 같다면』(안이루, 심규호 역, 에버리치홀딩스, 2009, pp.60-67), 『문학의 숲에서 동양을 만나다』(김선자, 웅진지식하우스, 2010, pp.57-59)를 참조했음.

交情通體心和諧 정 나누고 몸을 통해 마음의 조화 이루어

中夜相從知者誰 깊은 밤 함께 지낸다 해도 누가 알겠는가

雙翼俱起翻高飛 두 날개 활짝 펴고 높이 날아올라

無感我思使余悲 더 이상 내가 슬퍼하지 않도록 해 주렴

우리가 흔히 '봉황'이라고 할 때의 '봉'은 수컷이고 '황'은 암컷이다. 그러니까 '봉구황'이란 '봉'이 '황'을 구한다는 뜻이므로 이 노래는 문군에 대한 상여의 구애를 비유적으로 표현한 것이다. 그런데구애의 방식이 좀 원색적이다. 시어 "자미(孳尾)"(짐승의 수컷과 암컷이교미하여 새끼를 낳는다는 뜻)가 보여 주듯 노래가 몹시 육감적이고 에로틱하다. 이 노래가 문군에게 들려주기 위해 즉흥적으로 부른 노래인지 아니면 미리 치밀하게 준비한 노래인지는 알 수 없다. 다만 「봉구황」은 두 사람이 최초로 만나게 되는 기폭제가 되었다는 데 의미가 있다. 대중이 이들을 오랫동안 기억하는 까닭 중의 하나도 최초의 만남이 시와 음악과 노래를 매개로 이루어졌다는 도저한 낭만성에 있을지도 모르겠다. 이토록 노골적인 노래로 프로포즈를 받은 문군의 마음은 어땠을까. 2천 년 전 동시대를 살았던 사마천(司馬遷)은「사마상여열전(司馬相如列傳)」에서 당시의 정황을 우리에게 이렇게 들려준다.

탁왕손에게는 과부가 된 지 얼마 안 되는 문군이라는 딸이 있었는데, 음악을 좋아하였다. 문군에게 한눈에 반한 상여는 현령과 함께 짐짓 모르는 척 점잔을 떨며 거문고를 연주하여 그녀의 마음을 사로잡으려 했다. 문군은 문틈으로 몰래 그를 엿보고 마음이 끌려 좋아하게 되었으며 그와 부부가 될 수 없음을 안타까워하였다.

사마천의 문맥에 따르면 두 사람은 서로 첫눈에 반한 꼴이 된 셈이다. 첫눈에 이끌린 사이에서 더 큰 일은 잔치가 끝난 후에 벌어졌다.

2. 2천 년 전의 로맨틱 코미디

잔치가 끝나자 사마상여는 그냥 돌아가지 않았다. 사람을 시켜 문군에게 자신의 마음을 담은 메시지를 은밀히 전달했다. 문군은 상여의 유혹을 도저히 견딜 수가 없었다. 그날 밤 바로 냅다 상여의 집으로 달려가 동침하게 된다. 2천 년 전의 로맨틱 코미디이자 유쾌한 야반도주였다. 그러고는 얼마 후 상여의 고향인 성도로 함께 달아났다. 상여의 고향인 성도로 온 문군은 상여의 집을 보자마자 기가 막혔다. 사마천의 전언에 따르면 한 칸짜리 방에 있는 것이라곤 벽 네 개 뿐이었다(家居徒四壁立)고 한다. 거문고와 노래의 달인이자 준수한 외모를 지닌 상여의 유혹에 넘어가 달아났으나 그녀가 도착한 곳은 가난뱅이의 텅 빈 집이었다. 두 사람은 곤궁한 생활을 오래 견디지 못했다. 마침내 문군이 먼저 결단을 내렸다. 그녀는 어렸지만 당차고 당돌했다. "다시 임공으로 돌아갑시다. 거기엔 우리 형제들도 있으니, 돈을 빌려서라도 어떻게 생계를 꾸려 나가도록 합시다" 하고는 상여와 함께 가산을 모두 정리해서 임공으로 돌아갔다.

고향으로 돌아온 두 사람은 아무런 거리낄 것이 없다는 듯 행동했다. 마을 어귀에 술집을 차리고 술장사를 시작한 것이다. 문군이 직접 술을 팔았고 상여는 팔을 걷어붙이고 술과 안주를 날랐다. 설거지며 허드렛일도 마다하지 않았다. 문군은 부잣집 딸의 허세를 잊었고 상여는 문인의 허명을 벗어 버린 것이다.

소문은 삽시간에 온 마을에 퍼졌다. 딸의 소식을 들은 탁왕손은 기가 막힐 노릇이었다. 딸이 가난뱅이와 야밤에 달아난 것만도 괘씸

한데 이젠 근처에서 술장사까지 하고 있으니 세상이 부끄러워 미칠 지경이었다. 문을 닫아걸고 아예 바깥출입조차 하지 않았다. 한 푼의 재산도 줄 수 없다고 이를 갈았다. 하지만 어쩌겠는가. 형제들과 지인들이 하나둘 찾아와 탁왕손을 말리기 시작했다. 상여가 가난하긴 하지만 그래도 재주가 많은 사람이고 무엇보다도 딸과 함께 사는 사람이니 도와주어야 하지 않겠느냐고 모두들 그를 설득했다. 결국 탁왕손은 문군에게 노복 백 명과 돈 백만 전 그리고 옷과 이불 등 혼수품까지 챙겨 주었다고 사마천은 꼼꼼히 기록하고 있다.

갑자기 부자가 된 두 사람은 다시 성도로 돌아왔다. 젊고 예쁜 아내는 물론 재력까지 갖게 된 상여에게 이번에는 관운까지 따르는 행운이 이어졌다. 당시 즉위한 한(漢) 무제(武帝)가 이전에 상여가 지은 「자허부(子虛賦)」라는 작품을 읽게 되었다. 크게 감동한 무제는 상여를 수소문했고 상여는 바로 입궁하여 무제의 사냥 정경을 스펙터클하게 묘사한 「상림부(上林賦)」란 작품을 지어 바친다. 이 시대의 주류 문학 장르였던 부(賦)는 한마디로 통치자에게 아부하는 문학이었다. 황제의 공덕과 태평성대를 찬양하는 미사여구로 가득한 어용문학이었다. 글재주가 있어야 쓸 수 있었지만 내용과 정신은 텅 빈 채 오직 통치자의 오락과 유희에 봉사하는 문학에 불과했다. 그러니까 이 시대 개인의 글쓰기 능력이란 최고 권력자에게 봉사함으로써 입신과 출세의 기회를 얻는 유력한 수단 중의 하나였던 것이다. 기층 민중의 삶을 이해하고 대변하는 참여적 지식인으로서의 글쓰기 의식은 아직 잠잠하던 시대였다. 사마상여는 이러한 시대 정황에 최적화된 글쓰기 능력을 지닌 인물이었던 것 같다. 그는 문인이되 어용 문인이었고 문인이라기보다는 차라리 지식 상인에 가까웠던 인물처럼 보인다. 어쨌거나 그는 자신의 작품으로 무제의 총애를 받아 낭관이란 벼슬까지 오르며 출세의 길로 접어드는 듯했다.

3. 숫자 시 혹은 문자 유희

사마상여는 안팎으로 명성이 자자해지면서 교류하는 사람도 많아졌다. 자연히 화류계에 출입하는 일도 있었던 것 같다. 아마도 여자가 생겼을 수도 있었을 것이다. 무릉 여자를 첩으로 들이려 했다는 이야기도 전해지고 있다. 그래서 이즈음 상여가 문군에게 보냈다는 편지 한 통이 유독 우리의 관심을 끈다. 편지의 내용인즉 이러했다.

一二三四五六七八九十百千萬 일이삼사오륙칠팔구십백천만

편지치고는 정말 이상한 편지다. 일부에서는 이걸 숫자 시라고 하지만 아무리 너그러운 잣대를 들이댄다 하더라도 시라고 하기엔 적잖이 민망하다. 숫자만 나열된 저 편지에는 도대체 어떤 의미가 숨어 있는 것일까. 일부의 해석을 따르자면 이렇다.[2] '만(萬)' 다음에는 순서상 '억(億)'이 나와야 하는데 '억'이 없으니까 '무억(無億)'이라는 것이다. 그런데 중국어 발음 '억(億)'은 '억(憶)'과 동음이의어이다. 그러니까 이 편지가 숨겨 놓은 메시지는 '무억(無憶)'이라는 것이다. '추억이나 기억이 없다'는 뜻이다. 사마상여의 맥락에서 좀 더 친절하게 풀이하자면 '당신과 함께했던 추억이나 기억이 없다' 즉 '이제 당신과의 사랑은 식었다. 그러니 헤어지자'는 결별의 의사 표시로 읽어야 한다는 것이다.

---

2 안이루, 『인생이 첫 만남과 같다면』, pp.68-69; 김선자, 『문학의 숲에서 동양을 만나다』, p.61.

재미있는 해석이기는 하지만 한편으론 '썰렁한' 문자 유희의 혐의를 피하기 어려운 것도 사실이다. 이 편지가 진짜라면 상여의 문재와 인품이란 새털처럼 가볍고 경박하다고 해도 그가 그리 억울해 할 일은 아닌 듯하다. 만약 후대 사람들이 꾸며 낸 이야기라고 한다면 상여라는 발랄한 캐릭터에 기대어 상상해 낸 '유머' 정도가 되겠다. 어쨌거나 더 흥미로운 것은 이 편지를 받고 문군이 보냈다는 답장이다. 배신의 통보를 받은 그녀는 과연 어떤 내용의 답신을 보냈을까. 그녀의 답신을 일명 「원랑시(怨郞詩)」라고 부른다. '남편을 원망하는 시'라는 뜻이다.

一別之後 한 번 헤어진 후
二地相思 두 곳에서 서로 그리워합니다
只說三四月 그저 서너 달이라더니
又誰知五六年 오륙 년 이별할지 누가 알았을까요
七弦琴無心彈 칠현금을 무심히 연주하고
八行書無可傳 팔행서(편지)를 썼으나 전할 길이 없군요
九連環從中折斷 가지고 놀던 구련환[3]은 가운데가 끊어졌고요
十里長亭望眼欲穿 (그대 오실까) 십 리 밖 정자를 뚫어져라 바라보
　　　　　　　는데
百思想 백가지 생각과
千繫念 천 가지 번민이 일어납니다
萬般無奈把君怨 아무리 해도 당신을 원망할 수밖에요
萬語千言說不完 온갖 말로도 다할 수 없어요

---

3 서로 엇물린 쇠고리 아홉 개를 꿰거나 풀면서 노는 기구.

百無聊賴十依欄 마음이 허전하고 무료하면 자주 난간에 기대요

重九登高看孤雁 중양절엔 높은 데 올라 외로운 기러기 바라봅니다

八月中秋月圓人不圓 중추절의 달은 둥근데 (당신이 없으니) 사람들은
둥글게 모이지 못했네요

七月半燒香秉燭問蒼天 칠월 중순엔 촛불을 켜 향을 피우고 푸른 하늘
에 기도를 합니다

六月伏天人人搖扇我心寒 유월 더운 날엔 사람마다 부채질하지만 내
마음은 춥기만 하군요

五月石榴如火 오월엔 불꽃같은 석류도 꽃 끝에는

偏遇陣陣冷雨澆花端 이따금 차가운 비 뿌립니다

四月枇杷未黃 사월 비파는 아직 익지 않았는데

我欲對鏡心意亂 거울을 보니 마음만 어지러워요

忽匆匆 갑자기 분주한 듯

三月桃花隨水轉 삼월 복사꽃잎은 흐르는 물 따라 떠다니고

飄零零 우수수 낙엽 떨어지듯

二月風箏線兒斷 이월 하늘의 연은 실이 끊어지고 마는군요

噫, 郎呀郎 아! 그대 낭군이시여

巴不得下一世 다음 생애에선 당신이 여자가 되고

你爲女來我爲男 내가 남자가 되기를

남편의 한 줄짜리 편지에 대한 아내의 긴 답장이다. 유희하듯 보
낸 남편의 가볍고 짧은 메시지에 대해 아내는 진지하고 순정을 담은
긴 답장으로 응대했다. 응대의 이면에는 남편의 경솔함과 부박함을
질타하는 아내의 은밀한 목소리가 숨어 있음은 물론이다. 내용은 잠
시 제쳐 두고라도 형식 면에서 그녀의 시는 상여의 얄팍한 문자 유

희를 압도하는 원숙한 숫자 시의 진경을 보여 주고 있기 때문이다. 원문을 가만히 들여다보면 우리는 이 시가 숫자로 정교하게 이루어진 연환시(連環詩)라는 것을 발견하게 된다.

시는 원문 속의 숫자가 일, 이, 삼, 사, 오, 육, 칠, 팔, 구, 십, 백, 천, 만으로 상승했다가 다시 만, 천, 백, 십, 구, 팔, 칠, 육, 오, 사, 삼, 이, 일로 하강하는 원환 구조로 이루어져 있다. 배신과 실연의 상처에 응답하는 편지를 쓰면서도 유희에 가까운 문자 행위에 정성을 기울였던 탁문군의 정신적 힘은 어디에서 나온 것일까, 궁금해지지 않을 수 없는 것이다. 이 시대 진짜 문인의 영예는 상여가 아닌 문군의 몫으로 돌려야 할지도 모를 일이다. 다시 문군이 상여에게 보낸 시 「백두음(白頭吟)」은 그 영예에 값하듯 우리의 눈길을 오래 머물게 한다.

皚如山上雪 (그대 사랑하는 마음은) 높은 산의 눈처럼 희고
皎若雲間月 구름 사이 달빛처럼 밝았었지요
聞君有兩意 그대 두 마음 지녔다는 말을 듣고
故來相訣絶 결연히 헤어지려 이 편지 보냅니다
(중략)
凄凄復凄凄 쓸쓸하고 처량하지만
嫁娶不須啼 이미 출가한 몸 울지 않겠습니다
願得一心人 일편단심 한 사람을 만나
白頭不相離 백발이 되도록 헤어지고 싶지 않았습니다

단호한 결별의 시다. 두 마음 지녔다는 상여의 배신에 대한 문군의 대응은 차가우면서도 뜨겁다. 차가움은 단호한 결심이 뿜어내는

절망의 감각이고 뜨거움은 '일편단심'과 '백발'에 대한 소망을 태우면서 끓어올렸던 순정한 마음의 온도이다.

이 시 덕분이었는지는 몰라도 상여는 마음을 돌렸고 두 사람의 관계는 마침내 '해피엔딩'이었다고 후일담을 전해 주는 문학사가들이 있다. 중요한 건 '해피엔딩' 여부가 아닐 것이다. 2천 년 전 한 쌍의 남녀 이야기에 깃든 대립 쌍의 세목들일 것이다. 가령 파격과 일탈, 코믹과 유쾌, 도주와 행운, 문인과 어용, 배신과 순정, 글쓰기와 문자 유희 같은 것들 말이다. 세목들은 사소하거나 기묘하거나 혹은 통속적이다. 이토록 사소한 것들이 오랫동안 관심과 호기심을 끌었던 배후에는 아마도 우리에게 어떤 욕망이 잠재되어 있었기 때문이 아닐까 싶다. 이때의 욕망이란 대체로 통속성 혹은 선정성과 가까운 이웃일 것이다. '탁문군 같은 여자 만나 인생이 바뀐 사마상여의 행운', '세상에 다시없을 것 같은 탁문군의 순정' 따위에 대한 장삼이사(張三李四)들의 백일몽이 2천 년 동안 지속되어 왔다면 좀 과장일지 모르겠다. 하지만 분명한 사실은 때론 이런 통속과 백일몽에 의지해 문학이 오랫동안 보존되거나 기억되기도 한다는 점일 것이다.

환상의 귀환, 포송령의『요재지이』

1. 서구로 간『요재지이』

호르헤 루이스 보르헤스는 그의 세계문학 컬렉션인『바벨의 도서
관』에서 모두 29명의 작가들과 그들의 작품을 선정했다. 찬찬히 살
펴보면 29명의 작가 중 유일하게 선택된 동양의 한 작가가 우리의
관심을 끈다.『요재지이(聊齋志異)』의 작가 포송령(蒲松齡)이다. 보르헤
스의 컬렉션은 '환상'을 키워드로 작품을 선택했다고 한다. 보르헤스
는 동양의 낯선 이방인의 작품에 대해 이렇게 말한다.

포송령이 쓴 수많은 리얼리즘 소설들은 기이한 일들로 넘쳐난다. 왜
냐하면 기이한 일들은 실재하며 절대 불가능하거나 있음직하지 않은
일로 여겨지지 않기 때문이다. 중국에서『요재지이』는 서양의『천일야
화』에 해당한다. 처음에 텍스트는 진실성이 없어 보일 수도 있다. 그러
다가 유머와 풍자, 강력한 환상이 물처럼 불안정하고 구름처럼 변화무
쌍한 세계를 그리 어렵지 않게 엮어 낸다. 환상적인 이야기들은 그 나

라의 특성을 잘 보여 준다. 이 책은 세상에서 가장 오래된 문화의 하나, 환상소설에 접근하는 아주 낯선 기법 하나를 엿보게 한다.[1]

보르헤스가 중국판『천일야화』로 포송령의『요재지이』에 대한 호기심을 드러냈다면, 동양의 이 기이한 책을 아름다운 동화로 읽은 유럽의 지성도 있었다. 헤르만 헤세가 중국의 많은 고전들에 대해 깊은 독서 체험이 있었다는 건 새로운 사실이 아니지만 그가『요재지이』를 읽고 남긴 독후감은 새삼 우리에겐 흥미롭게 다가온다.

이것은 세상에서 가장 아름다운 동화책 중의 하나이다. 그림 (Grimm) 동화처럼 천진하고 자명하며, 중국에서 볼 수 있는 기묘한 종류의 삽화들과 청동상들처럼 환상적이다. 이 이야기들은 두려움과 극히 달콤한 사랑스러움을 깊이 결합하여 한 호흡에 담아 꿈과 삶, 악마적인 것과 일상적인 것을 간단히 한데 뒤섞어 놓았으니 나로서는 그것들을 아름다운 꿈 말고는 다른 무엇과도 견줄 바를 모르겠다.[2]

보르헤스와 헤세가 동양의 낯선 책을 중국판『천일야화』로 이해했든 아니면 아름다운 동화로 읽었든 두 사람이『요재지이』에서 짚어낸 공통 사항은 바로 '환상'이라는 것이었다. 환상 서사로서의『요재지이』의 어떤 면이 서구의 두 지성을 매혹한 것일까.

---

1 호르헤 루이스 보르헤스,『바벨의 도서관 작품 해제집』, 바다출판사, 2012, pp.241-243.
2 헤르만 헤세,『우리가 사랑한 헤세, 헤세가 사랑한 책들』, 안인희 역, 김영사, 2015, p.331.

2. 전통 서사와 환상

중국의 문화나 문학의 층위에서 환상 혹은 환상적인 것에 대해 이야기할 때 반드시 인용하는 구절이 있다. 『논어』 「술이」 편에 나오는 말이다.

공자는 괴, 력, 난, 신에 대해서는 말씀하지 않으셨다.(子不語怪力亂神.)

공자가 언급하길 피했다는 '괴', '력', '난', '신'은 주로 환상적인 요소라 할 만한 것들이다. 이러한 언술 이후 유교 이데올로기가 지배하는 주류 사회에서 모종의 환상성은 줄곧 소외되고 억압받는 처지에 있었다. 그럼에도 불구하고 환상 서사와 그에 관한 논의들은 변두리 지식으로서 꾸준히 스스로의 위상과 정체성을 확립해 나간다.

고대 중국의 신화집인 『산해경』은 중국 소설과 환상과의 관계를 이야기할 때 가장 앞에 놓이는 환상담의 원조 격이다. 신화와 상상이 환상의 주요한 질료라는 사실을 『산해경』은 잘 보여 주고 있다. 뒤이어 출현한 위진(魏晋)의 지괴(志怪)와 당대(唐代)의 전기(傳奇)라는 소설 장르의 명칭은 소설과 환상의 친연성을 고스란히 보여 주는 사례가 된다. 괴이한 것(怪) 또는 기이한 것(奇)을 기록(志)하거나 전하는 것(傳)이 이들 소설 명칭이 갖는 의미이기 때문이다. 『요재지이』에서 '지이(志異)' 또한 지괴와 전기의 의미와 다를 바가 없다. 고대 중국 소설의 성격을 보여 주는 '괴' '기' '이'의 기표 속에는 환상과 초현실 혹은 비일상이라는 기의가 은밀히 스며 있는 것이다. 그러니까 『요재지이』는 다양한 환상을 모티프로 한 전대의 전통 서사를 그대로 계승 발전시킨 소설 양식이 되는 셈이다.

124

전통 시기에 중국 문인들의 환상에 관해 언급한 내용은 특별히 우리의 관심을 끈다. 거기에는 문학과 환상 혹은 환상의 문학적 의의에 대한 중국인들의 인식이 깃들어 있기 때문이다. 명대의 문인 원우령(袁于令)은 『서유기제사(西遊記題辭)』에서 환상과 문장, 환상과 진리의 관계에 대해 이렇게 진술한다.

글은 환상적인 것이 아니면 글이 아니고 환상적인 것은 극도에 이르지 않으면 환상적인 것이 아니다. 이로써 천하의 극히 환상적인 일이 바로 참된 일임을, 극히 환상적인 이치가 극히 참된 이치임을 알 수 있다.[3]

제대로 문장이 되려면 환상적이어야 한다는 말과 극한의 환상이 바로 참된 이치라는 발언은 다소 과잉의 혐의가 있다. 하지만 소설 서사에서 환상과 허구가 갖는 의의에 대한 최대치의 강조로 이해한다면 위의 글은 환상적 문장처럼 아름다운 글로 읽힌다. 한편 동시대의 사조제(謝肇淛)가 "소설이나 통속적인 책들은 매우 환상적이어서 타당성은 없지만 그래도 거기에는 지극한 이치가 담겨 있다"라고 한 발언 속에는 환상의 우의적(寓意的) 성격 즉 알레고리적 기능을 긍정하는 태도가 깃들어 있다. 그는 또한 "소설이나 희곡을 지을 때에는 허구와 사실을 반씩 섞어야 비로소 즐거움이 지극한 글이 될 수 있다"고 하여 허구와 사실이 서사 구성의 두 가지 요소라는 점을 분명히 하고 있다. 이른바 중국 소설의 환상성에 관한 '허실상반론(虛實相半論)'이다. 흥미로운 건 이러한 인식의 진화된 모습을 우리는

---

[3] 강태권 외, 『동양의 고전을 읽는다 3』(문학 上), 휴머니스트, 2006, p.282 참조.

21세기 서구의 환상문학론에서 마주치게 된다는 점이다. 캐스린 흄은 환상을 문학의 본질적 요소로 본다면서 다음과 같이 말한다.

> 문학은 두 가지 충동의 산물이다. 하나는 '미메시스'로서, 다른 사람들이 당신의 경험을 공유할 수 있다는 핍진감(逼眞感)과 함께 사건·사람·상황·대상을 모사하려는 욕구이다. 다른 하나는 '환상'으로서, 권태로부터의 탈출·놀이·환영(幻影)·결핍된 것에 대한 갈망·독자의 언어 습관을 깨트리는 은유적 심상 등을 통해 주어진 것을 변화시키고 리얼리티를 바꾸려는 욕구이다.[4]

서구의 환상문학론은 환상과 미메시스를 문학 구성의 본질적 요소로 본다는 것이다. 미메시스가 리얼리즘적 표현 욕구라면, 환상은 리얼리티로부터의 일탈이자 탈주의 욕구라고 보는 것이다. 이런 인식은 앞에서 말한 중국의 '허실상반론'과 묘하게 겹치는 부분이 있다. 이렇게 중국의 전통 서사는 허구와 사실, 환상과 미메시스라는 두 개의 수레바퀴로 굴러온 오랜 역사를 지니고 있는 셈이다. 두 개의 수레바퀴가 깊고 선명하게 남긴 흔적 중의 하나가 『요재지이』이다.

3. 스토리텔러 포송령과 『요재지이』의 탄생

『요재지이』의 작가 포송령(1640-1715)의 전 생애는 불운했다. 그는 당시 유일한 출세 수단이었던 과거 시험의 합격을 통해 세속적 욕망을 꿈꾼 유생이었다. 19살까지는 세 차례에 걸친 과거의 예비 시험에서 모두 수석으로 합격하는 재능을 보였다. 곧 과거에 합격하여

---

4 캐스린 흄, 『환상과 미메시스』, 한창엽 역, 푸른나무, 2000, p.55.

출세의 길이 열리는 듯했다. 그러나 이후의 본 시험에서는 계속해서 불합격하는 비운을 맛보게 된다. 끝내 그는 평생 동안 과거 합격의 꿈을 이루지 못한 채 하층 지식인으로 일생을 보낸다. 그의 인생은 실의에 젖었고 고독과 울분을 삼켜야 했다. 생계유지를 위해 30여 년 간 남의 집 가정교사로 전전하기도 했다. 오랜 객지 생활을 하는 동안 그는 불합리한 당시 사회의 인습과 폐해, 부패하고 무능한 관리들의 행태 그리고 이런 사회 속에서 억압받고 곤궁하게 살아가는 백성들을 가까이서 지켜보게 되었다.

『요재지이』는 이러한 개인적 욕망의 좌절에서 오는 회한과 울분, 사회의 부정과 비리에 대한 비판과 저항 의식을 에너지로 삼아 창작한 소설집이었다. 그는 틈틈이 당시 저잣거리에서 구전되던 이야기들을 광범위하게 채록했고 수집된 이야기를 바탕으로 자신이 창작하기도 했다. 실의를 잊기 위해 이야기의 수집과 기록에 몰두했지만 욕망의 좌절에서 오는 슬픔은 언제나 그의 가슴을 무겁게 짓누르고 있었던 것 같다. 그러니 무려 500여 편에 달하는 이야기들을 모으고 쓰는 동안 그가 얼마나 고독하고 쓸쓸했을지 짐작하기란 어려운 일이 아니다. 포송령은 평생에 걸친 자신의 저작을 '고분지서(孤憤之書)'라고 불렀다. '고독과 울분에서 나온 책'이라는 뜻이다. 그는 『요재지이』 자서에서 몹시 쓸쓸한 어조로 이렇게 고백한다.

깊은 밤 혼자 앉았노라면 등잔불은 꺼질락 말락 희미하게 깜박거리고 서재는 쓸쓸하며 책상은 얼음처럼 차갑기만 하다. (중략) 혼자 술잔을 기울여 가며 붓끝을 놀리다 보니 어느덧 이 한 권의 '고분지서'가 완성되었다. 유생이 되어서 평생의 심사를 이런 글에 기탁하고 말았으니, 말하는 것조차 슬프고 애달프기만 하구나! 오호라! 서리에 놀란 겨울 참새는 나뭇가지를 껴안아 보지만 아무런 온기도 느낄 수 없고, 가을밤 풀벌레가 달빛을 받으며 울어 대면 고적한 나는 난간에 기대어 감상한다. 진정 나를 알아줄 이는 꿈속에서나 만날 수 있는 귀신들뿐 이런가?[5]

'진정 나를 알아줄 이는 꿈속의 귀신뿐'일 것이라는 그의 탄식은 그가 환상과 초현실의 세계 속으로 몰입해 간 하나의 단서를 제공해 주는 듯하다. 현실에서 받은 상처와 고독을 허구와 낭만의 세계 속에서 치유하고 승화시키고자 한 그의 바람을 담아 한 권의 이야기책으로 우리 앞에 부려 놓은 것이다. 이야기꾼이자 스토리텔러인 포송령의『요재지이』는 이렇게 탄생한 책이다.

『요재지이』는 옴니버스 형식의 단편소설 모음집이다. '요재'는 포송령의 서재 이름이며 500여 편에 달하는 이야기의 환상 세계는 다양하고 현란하다. 귀신, 요괴는 물론 수많은 동식물의 정령들이 출몰한다. 초자연적 존재들은 이승과 저승, 삶과 죽음, 현실과 초현실 사이를 자유롭게 넘나든다. 그 사이에서 인간과 이물들은 변신하고 비약하고 초월한다. 환상 서사라는 배를 띄우고 밀고 나가는 물결처럼 낭만은 소설 도처에서 출렁거린다.

4. 인간과 귀신의 연애 혹은 대결

지난 시절 한때 판타지 멜로의 홍콩영화들이 유행한 적이 있었다. 그중 「천녀유혼(倩女幽魂)」 시리즈가 가장 기억에 남는 영화가 아닌가 싶다. 인간과 귀신의 환상적 로망을 밤안개 피어오르는 숲을 배경으

---

5 포송령, 『요재지이 1』, 김혜경 역, 민음사, 2002, p.17.

로 펼쳐 내던 장면들을 아직도 많은 사람들이 기억하고 있을 것이다. 그러나 이 영화가 바로 『요재지이』 중의 한 편인 「섭소천(聶小倩)」을 원작으로 했다는 걸 아는 관객은 많지 않은 것 같다. 한때 대중스타였던 장국영과 왕조현이 각각 역을 맡아 열연했던 영채신(寧采臣)과 섭소천은 인간과 귀신의 연애 사건의 대명사처럼 각인되었다. 귀신과 인간의 연애와 사랑은 현실에서 실현하지 못한 욕망의 무의식적 반영인 셈이다.

18살에 요절한 여인 섭소천. 청춘의 절정에서 세상을 떠났으니 그녀에게 남은 건 이승에서 못 다한 욕망에 대한 실현 의지다. 미완의 욕망을 실현하기 위해 그녀는 구원받아야 한다. 섭소천은 자신을 구원할 수 있는 자는 오직 영채신뿐이라는 것을 안다.

"저는 죄악의 나락에 떨어진 이래 줄곧 구원받고 싶었지만 그럴 수가 없었습니다. 당신의 의협심은 하늘을 찌르니 저를 살 길로 이끌어 고해에서 구해 주실 거예요. 만약 당신이 저의 뼈를 거둬다 조용한 곳에 묻어 주신다면, 그 은혜는 제게 생명을 주시는 거나 다름없습니다." 영채신은 흔쾌히 허락하고 여자가 묻힌 곳을 물었다. "무덤 곁에 백양나무가 있는데, 그 위에 까마귀가 둥지를 틀고 있다는 것만 기억하시면 됩니다."[6]

이승의 '모범생 선비' 영채신과 저승의 아름다운 귀신 섭소천의 만남과 교감은 삶과 죽음의 경계를 단박에 지운다. 무덤 속에서 꺼낸 것은 망자의 뼈만은 아닐 것이다. 무덤 속에서 나온 것은 현실과

6 포송령, 『요재지이 1』, p.172.

초현실, 이승과 저승이 하나로 통합되어 있다는 원융한 세계에 대한 원초적이고 신비로운 의식일 것이다. 소설 「섭소천」이 단순히 인간과 이물 사이의 사랑이라는 선정성을 넘어서는 지점이다.

또 다른 에피소드 「연쇄(連瑣)」는 「섭소천」과 닮은 이야기면서도 낭만과 환상의 묘미가 한층 깊어진 아름다운 소설이다. 연쇄 또한 17살에 요절한 처녀 귀신이다. 그런데 좀 유별난 귀신이다. 이승의 상대 남 양우외(楊于畏)와는 시를 매개로 만났듯 연쇄는 문학을 알고 바둑을 두고 비파도 연주하는 '만능 엔터테이너' 귀신이다. 섭소천에 비해 연쇄는 무엇보다도 관능적이다. 사람과 귀신의 교합 행위는 과감하고 노골적이다. 그들의 첫 관계는 이렇게 시작한다.

오랫동안 당신의 사랑을 받다 보니 산 사람의 기운을 느끼게 되었습니다. 또 날마다 익힌 음식을 먹었더니 뜻밖에도 해골에 생기가 생겨나네요. 하지만 아직도 산 사람의 정액과 피가 있어야만 되살아날 수가 있답니다.[7]

이에 대한 양우외의 호응은 유머가 넘친다.

자네가 원하지 않아서 그랬던 것이지 내가 어디 그런 것을 아끼고 싶어 하던가?[8]

산 자와 죽은 자 사이의 관능적 대화에서 현실과 환상의 경계는

---

7 포송령, 『요재지이 2』, 김혜경 역, 민음사, 2002, p.292.
8 포송령, 『요재지이 2』, p.292.

별 의미가 없다. 무너진 경계처럼 봉건 예교 아래 봉인되었던 자유
로운 연애와 성의 금기 또한 이렇게 쉽사리 깨지는 것이다. "푸른 새
가 나뭇가지에 앉아 울면 즉시 제 무덤을 파헤쳐 달라"는 죽은 자의
낭만적 당부 또한 「섭소천」의 구원 의식과 다르지 않다. 산 자인 양
우외가 무덤을 파헤쳐 죽은 연인을 되살려 낼 때 소설의 환상과 낭
만은 절정에 다다른다.

그들은 가시덤불을 헤치며 무덤을 파헤쳤다. 관은 이미 썩어 문드
러졌지만 연쇄의 모습은 산 사람과 똑같았고, 몸을 어루만졌더니 희미
한 온기가 느껴졌다. 옷가지로 그녀의 몸을 감싼 다음 들쳐 업고 돌아
와 따뜻한 곳에 두었더니 코에서 마치 실처럼 가느다란 숨이 흘러나왔
다.[9]

『요재지이』에는 이렇게 선하고 아름다운 귀신만 있는 것이 아니
다. 왕생(王生)이 만나 홀딱 반했던 아름다운 소녀는 섬뜩한 악귀의
전형성을 보여 준다. 「화피(畵皮)」의 이야기가 바로 그것이다. '화피'
란 사람 가죽에 그림을 그리는 것을 말한다. 이것을 망토처럼 두르
면 사람으로 변신하는 마법을 부린다. 외피의 주술성은 현대의 배트
맨과 슈퍼맨 그리고 검은 망토를 두르면 모습이 사라지는 해리포터
에까지 그 힘이 미치고 있는 것 같다. 「화피」에서 요괴는 이렇게 사
람으로 변신한다.

그가 살금살금 걸어가 창문 틈으로 방 안을 엿보았더니 얼굴색이 푸

9 포송령, 『요재지이 2』, p.293.

르뎅뎅하고 톱니처럼 날카로운 이빨이 돋은 흉측한 귀신 하나가 눈에 들어왔다. 귀신은 사람 가죽을 침상 위에 펴고 여러 가지 색깔의 붓으로 그 위에 그림을 그리는 중이었다. 이윽고 그림이 다 완성되자 귀신은 붓을 내던지고 가죽을 들어 올려 마치 옷자락의 먼지를 털듯 흔들어 몸에 걸친 뒤 완벽하게 아름다운 여자로 변신했다.[10]

「화피」의 주조음은 잔혹하되 천진한 동화적 발상이다. 인간과 요괴의 대결에서 승리하는 쪽은 인간이지만 여기에는 선과 악의 상투적 이분법이 들어설 자리가 없다. 오직 흥미로운 건 대결 국면에서 빚어지는 다채로운 환상과 상상의 유희. 퇴마사의 역할을 하는 도사에 의해 요괴가 퇴치되는 광경은 헤세가 이 책을 왜 동화로 읽었는지 수긍할 수 있게 해 준다.

도사가 나무칼로 놈의 대가리를 내리치자 귀신의 몸뚱이는 짙은 연기로 변해 뭉게뭉게 땅바닥에 깔렸다. 이때 도사가 얼른 호리병을 한 개 꺼내 마개를 열더니 그것을 연기 속에 내려놓았다. 호리병은 마치 숨이라도 들이쉬는 것처럼 순식간에 연기를 모두 빨아들였고, 도사는 마개를 닫아 그것을 자루 속에 집어넣었다.[11]

5. 작가의 페르소나와 환상의 놀이

『요재지이』 중에는 작가의 자전적 요소와 억압된 욕망이 묘하게 겹친 이야기들이 적지 않다. 그중 「섭생(葉生)」이 유독 눈에 띄는 작

---

10 포송령, 『요재지이 1』, p.115.
11 포송령, 『요재지이 1』, p.118.

품이다. 주인공 섭생은 "글이나 사부(詞賦)가 당대 제일로 일컬어졌지만 시험 운이 없어 과거만 쳤다 하면 번번이 낙방하는 불운한 사람이었다"는 소설 속 진술에서 드러나듯이 작가 포송령의 페르소나이다. 이 소설이 문제적인 건 주인공이 자기가 죽었는지도 모른 채 저승에서 경험한 일을 현실의 일로 착각한다는 점이다. 그는 누구도 알아주지 않는 자신의 재능을 알아보고 인정해 주는 인물과 조우한다. 자신을 알아주는 지기(知己)를 통해 좌절과 실의의 상처를 위로받고 마침내 과거에 합격하는 기쁨을 안은 채 집으로 달려온다. 하지만 이것은 모두 '정확히' 착란이었다. 그러니 그를 맞이한 것은 아내의 축하 따위가 아니라 오히려 슬픔에 잠겨 있는 아내와 그 옆에 죽어 있는 자신의 주검뿐이었다.

> 당신은 벌써 오래전에 죽었는데 무슨 수로 다시 귀해졌다는 말씀이세요? 영구를 오랫동안 방치해 놓고 장례를 치르지 못한 것은 집이 가난하고 아이가 어렸기 때문이에요. 이제 큰아이도 다 컸으니 조만간 터를 잡아 잘 묻어 드릴게요. 더 이상 귀신으로 나타나 산 사람을 놀라게 하지 말아 주세요. 섭생은 그 말을 듣자 말할 수 없이 슬프고 비참한 심정이 되었다. 천천히 집 안으로 들어갔더니 분명 자신의 영구가 안치되어 있는 광경이 눈에 들어왔다. 그는 순간 땅바닥에 쓰러지면서 눈 깜짝할 사이 모습이 사라지고 말았다.[12]

현실에서 이루지 못한 출세의 욕망을 초현실의 세계에서 완성한다는 환상 서사는 어쩌면 흔하고 상투적인 서사 문법일 것이다. 작

---

[12] 포송령, 『요재지이 1』, p.78.

가 포송령은 이런 안이하고 게으른 서사 양식을 피하고자 했다. 초현실 속의 환상 서사 자체가 환상이었음을 다시 한 번 자각시킴으로써 중층의 환상 서사를 구축한 것이다. 자신의 주검을 내려다보며 자신이 죽었다는 사실을 비로소 깨달을 때 그의 거짓 환상은 여지없이 깨지면서 그가 현실에서 감당해야 할 고독과 상처는 더욱 깊고 선명하게 부각되는 것이다.

「섭생」처럼 메시지의 전달력이 뚜렷한 작품이 있는 반면에 『요재지이』에는 교훈적인 메시지 따위에는 무심한 작품들도 있다. 순수한 환상의 유희와 비일상성의 놀이는 독자들에게 의외의 즐거움을 준다. 소설이라기보다는 짧은 에피소드에 해당하는 이야기들은 발랄한 상상과 경쾌한 유머가 넘친다.

현실에서의 '길 잃기'와 '꿈꾸기'는 환상으로 들어가는 입구다. 산속에서 길을 잃은 곽생(郭生)의 경험담인 「곽수재(郭秀才)」는 그 입구와 출구의 신비로움을 우리에게 보여 준다. 깊은 밤 숲속의 미로에서 헤매는 곽생이 마주친 무리는 빙 둘러앉아 술을 마시는 유생들이다. 길을 묻는 그에게 돌아온 유생들의 답변은 일탈과 초월의 정서가 달빛처럼 흥건하다.

당신은 정말 답답한 친구로군! 이렇게 밝은 달빛을 팽개쳐 두고 감상하지 않을 거요? 길은 물어서 무엇 하자는 게요?[13]

이윽고 익명의 무리들은 '답견지희(踏肩之戱)' 그러니까 '어깨 밟기 놀이'라는 신기한 묘기를 보여 준다.

---

13 포송령, 『요재지이 3』, 김혜경 역, 민음사, 2002, p.82.

맨 앞의 한 사람이 등줄기를 펴고 꼿꼿이 서자 곧이어 또 한 사람이 그의 어깨 위로 날아올라가 역시 빳빳한 자세로 섰다. 계속해서 차곡차곡 네 사람이 그렇게 올라갔다. 하지만 날아오를 수 있는 높이를 넘어서자 그다음 사람부터는 어깨와 팔뚝을 밟아 마치 사다리를 타듯 위쪽으로 올라갔다. 순식간에 십여 명의 사람이 마치 구름을 뚫고 하늘 속까지 뻗어 나간 것처럼 까마득하게 올려다보였다. 곽생이 놀라 쳐다보는 사이, 그들은 갑자기 일자형 그대로 땅바닥에 엎어지더니 잘 닦인 길로 변했다. 곽생은 놀란 나머지 한참을 우두커니 서 있다가 그 길을 따라 집으로 돌아왔다.[14]

유생들이 펼친 서커스 퍼포먼스라 할 만하다. 이들의 정체는 과연 무엇일까. 일자로 쓰러지며 길로 변한 환상적 반전은 현대의 판타지 이미지를 방불한다. 다음 날 그곳을 다시 찾아간 곽생 앞에 보이는 건 무성한 초목과 고기 뼈다귀 같은 음식 찌꺼기뿐 그가 밟고 간 길은 어디에도 없었다. 이야기가 협소한 의미로 수렴되지 않고 무한히 개방되는 건 현실원칙을 자유롭게 위반한 환상 이미지 덕분이다. 가난한 조 씨가 꿈속에서 만난 호선(狐仙)과 함께 사다리를 타고 하늘로 올라간 이야기인 「저수량(楮遂良)」 또한 그 이후의 일은 아무도 모르는 신비로운 이야기다. 「곽수재」와 「저수량」은 묘하게도 하늘로 솟아오르는 아득한 수직의 미학과 미지의 환상적 정조를 동시에 발산한다.

환상은 현실에 대한 위반과 변형의 욕망이 낳은 착란이다. 또한 사회적 질서에 대한 전복적 장치다. 착란과 전복을 통해 포송령은

14 포송령, 『요재지이 3』, p.83.

비루한 현실에서 탈주하고 억압된 욕망을 해소하고자 했다. 그런 점에서 『요재지이』의 이야기들은 현실과 욕망의 어긋난 틈새에서 비집고 나온 서사들이다. 서사들의 배면에 도사리고 있는 것은 무의식의 각종 욕망들이다. 욕망들이 환상이란 외투를 뒤집어쓰고 표출될 때 비로소 환상은 서사 내부로 안착한다. 『요재지이』는 환상들의 최종적인 귀환 장소였다.

중국인의 초상, 위화의 『인생』

1. 중국 현대사와 영화 「인생」

오래전 영화를 다시 보는 가을밤이다. 1994년 장이모우 감독이 연출한 「인생」이다. '인생'이란 말처럼 추상적이고 막연한 말이 또 있을까마는, 영화는 이 낱말이 가진 질감을 아주 핍진한 방식으로 감촉할 수 있게 한다. 인물들이 겪는 40여 년 세월의 굴곡과 파행이 화인처럼 마음에 새겨진 탓일 것이다. 다시 보는 영화는 아프고 따뜻했다. 아니 아프고 따뜻한 건 영화라기보다는 '인생'이란 말 자체가 지닌 본질 같았다.

영화는 파란과 격동의 중국 현대사를 배경으로 푸구이(福貴)라는 인물의 가족사를 그린다. 1940년대의 국공내전과 중화인민공화국의 수립, 1950년대의 대약진운동, 1960-70년대의 문화대혁명 그리고 1970년대 후반부터 시작된 개혁개방시대가 영화의 배경이다. 푸구이 가족은 역사의 격랑을 통과하며 그 상처와 아픔을 온몸에 새긴 자들이다. 그들은 죽거나 살아남았다. 영화는 그들의 삶과 죽음을 통해 역사와 정치가 한 개인의 삶 혹은 인생에 어떻게 개입하는가를 투명하게 보여 준다.

문제적인 것은 주인공 푸구이가 혁명가나 지식인이 아니라는 데 있다. 그는 한때 지주였으나 도박으로 전 재산을 탕진하고 몰락한 하층 계급이다. 그는 자신과 가족의 삶에 압력을 가하는 역사와 정치, 권력의 부조리와 부당함에 저항할 줄 모른다. 계몽 혹은 의식화 되지 못한 존재이기 때문이다. 그의 이러한 계급적 특성은 이미 그의 이름에도 암시되어 있다. '복(福)'이 많고 '귀(貴)'한 몸이란 뜻의 이름은 평범한 중국 민족이 지니는 보편적 소망의 표현이다. 중국인들의 평균적 욕망의 기호인 셈이다. 따라서 영화는 가장 전형적이고 평균적인 중국인의 모습을 통해 그들이 어떻게 역사의 격랑을 헤치며 살아왔는가를 보여 주고자 한다.

2. 상징으로서의 '그림자 인형극'

중국에는 '영희(影戲)'라고 부르는 민간의 전통 공연 예술이 있다. 말하자면 그림자 인형극이다. 영화는 그림자 인형극을 푸구이의 인생 역정뿐만 아니라 민간의 끈질긴 생명력에 대한 중요한 상징으로 활용한다. 도박으로 모든 재산을 탕진한 그는 그림자 인형극을 공연하는 것으로 생계를 유지한다. 보이지 않는 실에 묶여 조종당하는 인형들은 그림자로써만 자신을 드러낼 뿐이다. 인형극의 철저한 수동성과 객체성은 정치적으로 각성되지 못한 푸구이의 정신세계에 대한 비유로 작동한다. 흥미로운 건 인형극의 도구들이 마침내 문혁 시절에 파괴된다는 점이다. 푸구이 마을의 읍장은 인형극을 타파해야 할 봉건시대의 잔재쯤으로 여기며 불태워 버릴 것을 강요한다. 읍장의 부드러운 말 속에 은폐된 문혁의 폭력성이 드러나는 장면이다. 그는 조용한 음성으로 이렇게 말한다.

인형극은 타파해야 할 네 가지 옛날 사상, 왕조시대의 유물이야. 오
래된 것일수록 반동적이지.

네 가지 옛날 사상, 즉 '사구사상(四舊思想)'이란 수천 년 동안 인민
에게 해를 끼친 '구사상' '구문화' '구풍속' '구습관'을 말하는 것으로
문혁 시절 내내 타도해야 할 대상이었다. 인형극은 고단한 일상 속
에서 개인들이 누리는 위로이자 일종의 오락이다. 민중의 삶의 애환
이 깃든 작고 사소한 전통적 놀이인 셈이다. 이것마저 반동으로 낙
인찍고 유린하는 문혁의 시대는 광기와 폭력의 시대였음을 영화는
에둘러 보여 준다. 다행스러운 건 인형들은 불탔지만 그것들을 담아
두었던 상자는 아직 온전하게 보존된다는 점이다. 저 낡고 먼지 낀
상자는 과연 어떤 쓸모가 있을까, 무엇을 담아낼 수 있을까. 예민한
관객이라면 영화의 마지막까지 그 질문에 대한 답을 기다릴 것이다.

3. 모순과 희생

푸구이에게는 두 아이가 있었다. 모두 차례대로 잃었다. 13살 아
들 유칭(有慶)은 대약진운동(1958-1960) 시절 죽었다. 모두들 밤을 새
며 집단 노동에 시달리던 시절이었다. 잠이 모자란 아이가 학교 담
장 아래에서 졸았고 마침 졸며 운전하던 당 간부의 차가 담장을 쳤
다. 담장이 무너지며 아이가 깔렸다. 사고는 우연이었지만 우연을
낳은 건 대약진운동이라는 시대의 모순이 낳은 필연이다. 아침에 졸
린 아들을 업고 학교에 데려다주며 주고받던 이야기는 부자간에 나
누던 마지막 대화가 되고 말았다.

"병아리가 자라면 닭이 되고, 닭이 자라면 거위가 되고, 거위가 자라면 양이 되고, 양이 자라면 소가 되지." "소 다음은요?" "소 다음은 공산주의야. 그러면 날마다 만두를 먹고 날마다 고기를 먹을 수 있단다."

신중국 수립 직후 추진된 대약진운동은 전 인민을 동원하여 서방세계를 따라잡겠다는 사회주의 공업화 운동이었다. 그러나 그해 대가뭄이 들었고 생산성은 갈수록 떨어졌다. 대기근에 굶어 죽는 인민이 속출했고 운동은 철저히 실패했다. 만두와 고기를 배불리 먹을 수 있다던 공산주의는 실현되지 않았다. 실현할 수 없는 공산주의를 위해 밤낮으로 일했던 인민의 어린 아들만 담장에 눌려 만두처럼 납작해졌다.

푸구이의 딸 펑샤(鳳霞)는 아이를 낳다가 죽었다. 입원한 병원에는 산부인과 전문의가 없었다. 문혁 시절이었다. 작가와 지식인, 의사와 같은 전문 직종에 종사하는 자들은 모두 '반동 학술 권위자'로 낙인찍혀 쫓겨났다. 대신 병원을 점령한 자들은 팔뚝에 붉은 홍위병 완장을 두른 마오(毛)의 맹신자들뿐이었다. 펑샤는 아이를 낳았지만 하혈이 멈추지 않았다. 홍위병은 인민을 위해 혁명의 피를 흘린다고 떠들 줄만 알았지 정작 아무런 죄 없이 죽어 가는 인민의 출혈을 막을 줄은 몰랐다. 점점 창백해지는 딸을 끌어안고 울부짖는 엄마 자전(家珍)의 얼굴은 그 시대를 통과해 온 중국인들의 평균적인 모습이었을 것이다.

4. 개혁개방과 병아리

펑샤가 낳은 아들은 자랄수록 묘하게도 외삼촌인 유칭을 닮아 간다. 죽음으로 잇대어 가는 중국 민족의 끈질긴 생명력이다. 영화의

엔딩 신에서 늙은 푸구이는 외손자 만터우(饅頭)와 이야기를 주고받는다. 옆에서는 어린 손자가 키우는 노란 병아리가 삐약거린다. 대화의 내용은 과거에 아들 유칭과 나누었던 이야기의 반복이다. 절묘한 재연이다.

"병아리가 자라면 닭이 되고, 닭이 자라면 거위가 되고, 거위가 자라면 양이 되고, 양이 자라면 소가 된다." "소 다음은요?"

푸구이는 잠시 생각하다가 대답한다.

"소 다음은 만터우가 기차를 타고, 비행기를 탈거야. 그러면서 살림살이가 점점 좋아질 거야."

소 다음에 '공산주의'의 도래를 희구하던 대약진운동 시절과는 달리 이제는 '기차'와 '비행기'를 욕망한다. 기차와 비행기는 다름 아닌 자본주의 물질문명을 상징하는 기호들이다. 늙은 푸구이와 어린 손자의 소박한 대화는 1970년대 말 자본주의와 개혁개방의 시대로 나아가는 중국의 현실과 욕망을 압축적으로 보여 주는 장면이다. 그러면서 손자가 키우는 병아리를 옛 시절의 인형극 상자에 옮겨 담는다.

"이 상자가 더 크네. 병아리가 안에서 뛰어다니면서 마음껏 먹을 수 있겠네. 많이 먹으면 빨리 자랄 거야."

병아리는 손자 만터우가 살아갈 미래 중국의 희망이며 상징이다. 상자는 저 고난의 시대에 푸구이의 생계의 수단이자 민중과 애환을 함께했던 낡은 잔해이지만 이제는 후세의 희망을 담아 키운다는 점에서 낡고 먼지 낀 상자는 신선하게 부활한다. 사실 영화 속에서 그림자 인형극의 설정은 서구 관객의 호기심을 자극하기 위한 장이모우 감독의 '셀프 오리엔탈리즘'의 혐의가 없지 않았다. 하지만 사소한 소품에 깃든 생명력의 부침이 중국의 과거와 오늘 그리고 미래까지 보여 주었다는 점은 영화의 미덕임에 틀림없다. 이렇게 영화 「인생」은 역사와 정치의 파고를 온몸으로 맞으며 살아가는 민중의 가파른 생을 우리에게 차곡차곡 보여 주었다. 그러면서도 거기에는 어떤 정치적 저항의 외침도 시대적 회한에 대한 원망도 없다. 그저 비극의 현대사를 견디며 통과해 간 중국 민중의 삶과 삶에 대한 그들의 태도를 초연하고 담담하게 묘사했을 뿐이다. 역사와 그들의 삶은 아팠으나 그것들에 대한 묘사는 따뜻했다. 영화 「인생」이 1994년 칸 영화제에서 심사 위원 대상과 남우 주연상을 거머쥔 것은 우연한 일이 아닐 것이다.

5. 리얼리즘의 귀환

오래된 영화 「인생」을 다시 보게 된 건 사실 영화의 원작인 소설 덕분이었다. 장이모우의 영화 대부분이 그렇듯 「인생」 역시 소설을 각색한 작품이다. 위화(余華, 1960-)의 소설 『인생(活着)』이 그것이다. 영화 「인생」과 소설 『인생』은 서로 닮았으면서도 각각의 개성이 뚜렷한 작품이다.

무엇보다도 소설 『인생』은 위화의 작가 이력에 있어서 문학적 전환을 가져온 중요한 작품으로 평가받는다. 1980년대 중반 문단에 데뷔한 이래 그는 줄곧 '선봉문학(先鋒文學)'의 대표적 작가로 활약해 왔다. 선봉문학이란 전위문학 혹은 아방가르드의 중국식 표현이다.

1990년 이전까지 그의 작품은 부조리한 시대와의 긴장 속에서 창작의 동력을 이끌어 냈다. 폭력과 광기, 유혈과 죽음은 그의 작품의 단골 소재였다. 인간의 잔혹한 성격이나 추악한 욕망을 실험적인 문체로 묘사하고 폭로하는 데 몰두했다.

1990년대에 들어서면서 위화의 문학은 크게 변화한다. 전위적 서사에서 전통적인 현실주의 서사로, 지식인 서사에서 민간 서사로 전환한 것이다. 그의 이러한 문학적 변화를 알려 주는 대표적인 작품이 바로 1992년에 발표한 장편소설 『인생』이다. 소설 『인생』은 전통적인 리얼리즘으로 귀환한 흔적이 도드라진 작품이다.

6. 역사의 문학적 해석

소설 『인생』의 시간적 배경은 1940년대 이후 약 40여 년에 걸친 한 가족사의 흥망성쇠의 다루고 있다. 하지만 소설 속에서 푸구이 가족이 겪는 고난과 역경은 영화보다 훨씬 가혹하다. 영화와는 달리 소설에서는 두 아이뿐만 아니라 부모님, 아내와 사위 그리고 외손자까지 모두 7명의 가족이 시대의 격랑 속에서 희생된다. 최후에 남은 주인공 푸구이의 말년의 풍경은 영화가 미처 담지 못한 한 생에 대한 관조와 운명의 쓸쓸함을 노을처럼 보여 주고 있다.

소설은 민요를 수집하러 다니는 화자 '나'에게 푸구이라는 노인이 그가 살아온 인생 역정을 들려주는 회고의 형식으로 출발한다. 회고라는 말은 대상 혹은 현상과의 사이에 이미 개관적 거리가 확보되어 있다는 것을 의미한다. 객관적 거리가 확보되었을 때 우리는 대상 혹은 현상이 품고 있는 모종의 진실에 접근할 수 있을 것이다. 그런 점에서 소설 『인생』은 주인공이 살아온 기나긴 삶의 궤적 혹은 운명을 통해 보편적 인간 삶의 진실을 관조하고 통찰하는 데 부족함이 없어 보인다.

소설 『인생』이 소설적 상황으로 그려 내는 중국 현대사의 국면은 다양하고도 입체적이다. 이것을 역사의 문학적 해석이라고 할 수 있다면 역사는 문학에 힘입어 새로운 지평을 우리에게 보여 주고 있다. 특히 혁명가나 지식인 서사가 아닌 민중의 눈높이에서 바라보는 시각은 역사와 정치의 주름 사이에 은폐되어 있던 진실들을 우리에게 꺼내 보여 주고 있다.

위화는 1940년대 국공내전 당시 푸구이의 전쟁 체험을 통해 총체적 역사 해석을 시도한다. 영문도 모른 채 끌려간 푸구이의 입으로 묘사되는 국민당군의 부패와 지리멸렬함은 그들이 이념 전쟁에서 왜 패배했는가를 여실히 보여 주고 있다. 반면에 해방군이 보여 준 친인민적 정서는 중국에서 혁명이 성공한 이유와 정당성을 수긍할 수 있게 한다. 해방군에게 포로로 잡힌 푸구이는 이념과 정치, 혁명 따위에는 무지한 인민대중이다. 그의 소망은 오직 가족이 기다리는 고향으로 가는 것뿐이다. 포로로 잡혀 공포에 떨고 있는 그 앞에 해방군 장교가 나타난다. 그때의 상황을 푸구이는 이렇게 회고한다.

우리는 공터에 집합해 바닥에 질서 정연하게 앉았지. 앞에는 탁자 두 개가 놓여 있었는데 장교인 듯한 사람이 우리에게 일장 연설을 했다네. 그는 먼저 전 중국이 해방되어야 하는 이유에 대해 한바탕 설교를 하고는 마지막에 해방군에 참여하고 싶은 사람은 계속 앉아 있고, 집에 돌아가고 싶은 사람은 앞으로 나와 여비를 수령해 가라고 했지. 집에 돌아갈 수 있다는 말에 가슴이 쿵쾅쿵쾅 뛰었다네. (중략) 돈을 받은 사람들은 이어서 통행증까지 받았다네.[1]

'여비'와 '통행증'으로 상징되는 해방군의 인민대중에 대한 배려와 관용은 아주 사소하고 하찮은 사건이다. 그러나 평범한 에피소드에 깃든 역사의 무게는 결코 가볍지 않을 것이다. 이처럼 위화는 대다수 중국 인민의 시각과 일상적 삶이라는 창을 통해 역사의 풍경들을 들여다보고 해석하고자 했다.

7. 경직된 이념과 민중의 죽음

혁명 이후 대약진운동과 문혁 시절 두 아이를 잃게 되는 사건은 영화에서 이미 보았지만 소설에서의 사건 추이는 좀 다르면서도 매우 흥미롭다. 소설에서 13살 아들 유칭의 죽음의 원인은 '과다 수혈'이다. 학교 교장이 출산 도중 하혈이 심하자 어린 학생들을 상대로 헌혈할 것을 강요하는 사태가 발생한다. 어린 유칭은 교장으로 상징되는 지배 관료를 위해 피를 빼앗긴 것이다. 이 사건은 후일 문혁 시기에 딸 펑샤가 출산 도중 '과다 출혈'로 희생된 일과 쌍을 이룬다. 위화는 '과다 수혈'과 '과다 출혈'이라는 기묘한 소설적 설정을 통해 이 시대에 아이들의 피를 필요로 한 자는 과연 누구인가를 준엄하게 묻고 있는 것 같다. 가파른 중국 현대사의 어느 국면은 인민대중들에게 어쩌면 흡혈귀의 모습으로 도래하여 그들에게 희생을 강요했는지도 모를 일이다.

문혁은 중국 현대사의 변곡점을 이룬 비극의 역사로 남아 있다. 위화는 문혁의 혼란상을 묘사하되 철저히 인민대중의 시각에서 관찰하고 회고한다.

---

1 위화, 『인생』, 백원담 역, 푸른숲, 2008, p.103.

성안은 문화대혁명으로 법석이었어. 정신없이 어질러진 거리가 사람으로 바글바글했지. 매일 같이 싸움이 일어났고, 싸우다 죽는 사람도 있었다네. (중략) 우리는 평범한 백성들이었지. 나라 일에 관심이 없는 게 아니라, 뭐가 어떻게 돌아가는지 잘 몰랐다네.[2]

뭐가 뭔지 알 수 없는 역사의 소용돌이 속에서 푸구이 가족에게 가장 커다란 사건은 딸 펑샤의 결혼이었다. 벙어리 펑샤와 사위 완얼시(萬二喜)와의 결합은 문혁이라는 역사의 불구성과 불임성을 드러내는 극적인 장치처럼 읽힌다. 사위 얼시 역시 신체적 결함을 지닌 인물이기 때문이다. 중매쟁이는 사위 얼시를 이렇게 소개한다.

이름은 완얼시이고, 머리가 한쪽으로 기울어진 사람이라네. 머리통을 어깨에 기대고 있는데, 아무리 해도 똑바로 서질 않는다는군.[3]

아무리 해도 똑바로 서지 않았던 건 사위의 머리통만이 아니었을 것이다. 그 시대를 지배했던 문혁이라는 극좌 이념의 편향성 또한 똑바로 세울 수 없는 불구였을 것이다. 위화는 이러한 역사적 편향성과 시대의 불구성을 하층 인민의 결혼이라는 장치를 통해 문학적으로 에둘러 표현한 것으로 보인다.

문혁은 푸구이의 딸뿐만 아니라 그의 옛 전우인 춘성(春生)마저 희생의 제물로 삼는다. 홍위병에 끌려가 무자비하게 폭행당하는 춘성의 죄목은 주자파(走資派)다. 주자파란 문혁 시절 이른바 '자본주의

---

2 위화, 『인생』, pp.209-210.
3 위화, 『인생』, p.214.

노선을 걷거나 추종하는 반혁명 분자'를 일컫는 말이다. 그가 주자파라고 사람들이 손가락질하자 푸구이가 외친다.

"난 그런 거 몰라요. 나는 그가 춘성이란 것밖에 몰라요."[4]

푸구이와 같은 민중에게 '주자파' 따위의 정치적 용어는 그들의 삶과는 하등의 관계가 없는 멀고 낯선 말이었을 것이다. 춘성은 그에게 있어서 생사를 함께했던 옛 전우이자 따뜻한 지인일 뿐이었다. 춘성은 끝내 목을 매었다. 문혁의 경직된 이념과 폭력성은 푸구이의 딸과 그의 친구들을 모두 죽음으로 내몬 시대의 괴물이었다.

8. 긍정과 낙관의 노래

딸 펑샤의 죽음 이후 아내 자전, 사위 얼시 그리고 외손자 쿠건(苦根)마저 차례로 세상을 떠난다. 그들은 모두 험난하고 가난한 시대 속에서 질병과 사고, 굶주림으로 생을 마감했다. 홀로 남겨진 푸구이의 노년은 적막하고 쓸쓸할 것이다. 그러나 위화는 노인의 만년을 매우 긍정적이고 따뜻하게 묘사한다. 지난 삶의 상처와 아픔을 전적으로 수용하고 관용하는 태도를 견지하게 한다. 그 매개물이 노인이 만년에 전 재산을 다 털어 사들이는 늙은 소이다. 늙은 소는 푸구이의 전 생애를 투사하는 상징물이다. 늙은 소는 이제는 없는 모든 가족의 이름으로 호명된다. 가족의 이름으로 한 번씩 호명될 때마다 그 가족과 함께 살아온 삶이 다시 한 번 복기되는 신비로운 체험을 가능케 한다. 여기에는 지난 모든 삶의 역경을 견딤과 인내의 미학

---

4 위화, 『인생』, p.240.

혹은 낙관과 초연의 철학으로 승화시키려는 자세가 스며 있다.

위화는 소설 『인생』에서 첨예한 정치적 사건과 역사를 전경화하는 데 관심을 두지 않았다. 오히려 작품 전체에서 도드라지는 건 역사와 정치의 격랑에 휩쓸리며 흘러가는 중국인의 운명과 그 운명에 순응하는 그들의 진짜 모습이다. 어리석고 무능하고 수동적인 중국인을 비판하고 조롱하는 것이 아니라 깊은 연민과 동정으로 그들의 삶과 운명을 감싸 안으려는 따뜻한 시선이 소설 전체의 주조음이었다. 이와 관련하여 위화는 소설 서문에서 이렇게 말한 적이 있다.

이 소설에서 나는 사람이 고통을 감내하는 능력과 세상에 대한 낙관적인 태도에 대해 썼다. 글을 쓰는 과정에서 나는 깨달았다. 사람은 살아간다는 것 자체를 위해서 살아가지, 그 이외의 어떤 것을 위해 살아가는 것은 아니라는 것을.[5]

"살아간다는 것 자체를 위해서 살아"간다는 태도는 운명을 대하는 자가 취할 수 있는 가장 높은 초연함의 자세가 아닐까 싶다. 소설의 대단원에서 푸구이와 그의 친구 늙은 소는 그러한 자세로 걸어갔을 것이다.

노인과 소는 그렇게 점점 멀어져 갔다. 노인의 투박해서 더 인상적인 목소리가 저 멀리서 들려왔다. 그의 노랫소리가 텅 빈 저녁 하늘에 바람처럼 나부꼈다[6].

---

5 위화, 『인생』, p.13.
6 위화, 『인생』, p.283.

노인이 부르는 노래는 모든 것을 겪고 난 뒤에 얻은 삶에 대한 긍정과 낙관의 노래일 것이다. 또한 모든 상처와 아픔을 아름다운 서정으로 승화시킨 후 깨달은 겸허와 관조의 노래일 것이다. 저 멀리 걸어가는 노인의 뒷모습에서 한 중국인의 초상이 보일 듯하다.

애도와 성찰의 시간,
자시다와의 「티베트, 가죽끈 매듭에 묶인 영혼」

1. 서촌의 티베트

인왕산 아래 서촌 길을 산책하다가 길가에 내걸린 티베트 속담을 우연히 본 적이 있다.

걱정을 해서 걱정이 없어지면 걱정이 없겠네

문장의 묘한 리듬감이 물결처럼 밀려왔다. 잔잔한 물결 속에 운명에 순응하는 자들의 깊고 순한 눈빛이 얼핏 스치는 듯했다. 그 옆에는 짜이라고 부르는 전통 티베트 차를 파는 카페가 작고 소박했다.

입속으로 천천히 티, 베, 트, 라고 또박또박 발음해 본다. 한 번도 가 본 적 없는 나라. 하지만 이국의 낯선 이미지들이 순서 없이 떠오른다. 높고 차가운 만년 설산과 황량한 고원. 거센 바람에 흔들리는 오색의 타르초와 초원 위의 야크와 양 떼들. 그리고 두 뺨이 빨갛고 얼굴에 검은 윤기가 흐르는 유목민들. 언젠가 TV 다큐멘터리가 보여 준 티베트의 풍경은 낯설고 강렬했다. 티베트는 먼 이역 같지만 결코 먼 나라가 아니었다. 우리의 이웃인 중국의 일부이기 때문이다.

2. 달라이 라마의 나라

　1950년 10월 7일 중국 인민해방군이 티베트를 침공했다. 전 세계의 이목이 한국전쟁에 쏠려 있을 때였다. 티베트의 참상을 세상에 알리거나 관심을 갖는 사람들은 많지 않았다. 1959년 3월 티베트의 수도 라싸(拉薩)에서 중국에 저항하는 대규모 민중 봉기가 폭발했다. 수많은 사상자가 거리마다 뒹굴었다. 당시 24살이었던 한 청년이 변장을 한 채 험준한 히말라야 산맥을 넘었다. 인도 북부 다람살라에 도착한 그는 티베트 망명정부를 세웠다. 이른바 '설국 정부'[1]라고 했다. 조국 티베트의 독립과 인권을 위해 그는 오늘날까지 비폭력 저항운동 중이다. 1989년 노벨평화상을 받은 이래 그는 여전히 티베트의 정신적 지주이자 정치 지도자다. 그의 이름은 텐진 가쵸. 우리는 그를 흔히 14대 달라이 라마(1935-)라고 부른다.

　달라이 라마를 통해 우리는 신비로운 불교 왕국 티베트를 떠올린다. 제정일치 국가였던 옛 티베트의 성스러움과 아름다움을 잊지 않고 있다. 7세기 티베트의 왕 손챈감포는 당나라의 문성 공주를 아내로 맞아들였다. 공주의 혼수품 중의 하나가 불상이었다. 불상은 이후 티베트에 사찰이 최초로 건립되는 계기가 되었다.[2] 티베트인의 영혼과 일상에 스민 불교는 종교 이상의 정신적 안식처다. 눈과 얼음으로 뒤덮인 동토와 불모의 고원에서 그들은 유랑과 유목, 순례의

---

1 김한규, 『티베트와 중국의 역사적 관계』, 혜안, 2003, p.27.
2 김한규, 『티베트와 중국의 역사적 관계』, p.204.

거친 삶을 견뎌 낸다. 그들은 수천 ㎞ 떨어진 곳에서부터 몇 년에 걸쳐 오체투지로 라싸의 포탈라 궁이나 조캉 사원을 향해 순례를 시작한다. 세상에서 가장 낮게 엎드린 자세로 순례하는 자들의 벗겨진 이마와 깨진 무릎을 우리는 이따금 TV 화면 속에서 본다. 한때 인구의 절반이 승려였던 나라. 영국의 소설가 제임스 힐튼이 『잃어버린 지평선(Lost Horizon)』(1933)에서 묘사했던 지상낙원인 샹그릴라. 티베트는 한때 우리에게 지상낙원이었다.

3. 식민지 티베트와 사라진 샹그릴라

올해는 중국의 티베트 지배 69년이 되는 해이다. 1950년 무력 침공 이후 티베트 고유의 사회질서와 경제체제는 와해되기 시작했다. 광활한 고원을 영토로 한 독립국에서 이제는 중국의 일부인 서장자치구(西藏自治區)로 편입된 것이 1965년의 일이다.[3] 티베트족은 중국의 55개 소수민족 중의 하나인 장족(藏族)으로 호명되고 있다. 지난 문화대혁명의 광풍 역시 티베트를 비껴가지 않았다. 6천여 개의 사원이 파괴되었고, 당시 59만 명의 승려 중 11만 명이 사망했고, 25만 명은 강제 환속당했다. 7세기에 세워진 티베트인들의 정신적 고향인 조캉 사원은 도살장이나 돼지우리로 피폐화되었다. 1959년 민중 봉기 당시 9만여 명이 희생되었고, 1989년 계엄령이 선포된 라싸 거리에서는 천 명 이상이 살상되거나 3천 명이 체포 구금되었다.

중국의 강압적 지배가 시작된 이래 약 120만 명의 티베트인이 희생되었다고 한다. 티베트 인구의 6분의 1에 해당하는 숫자다. 어쩌면 인류 역사상 최악의 인권 재난에 대해 우리는 잘 알고 있지 못하

---

3 김한규, 『티베트와 중국의 역사적 관계』, pp.26-27.

다. 티베트 승려가 온몸에 휘발유를 뒤집어쓰고 불을 붙였다는 소식이 이따금 외신면 구석에 실린다. 다만 우리는 별 느낌 없이 읽거나 아예 무심히 지나간다. 이제 티베트인들이 식민지 조국의 현실을 외부에 알리고 저항하는 방법이란 꼿꼿이 선 자세로 불타는 일 외에는 많지 않다.

티베트 전역은 빠르게 중국화되어 가고 있다. 지난 2006년 개통된 칭짱(青藏)열차는 베이징에서 티베트 라싸까지 4,000㎞를 달린다. 달라이 라마는 열차의 개통이 티베트에 대한 '문화적 대학살'의 시작이라고 절규했다. 지금 이 순간에도 열차는 매일 수천 명의 한족들과 관광객들을 라싸 역에 쏟아 낸다. 1950년대 2만 명에 불과했던 라싸 인구는 이제 30만 명에 이르는 도회지로 탈바꿈했다. 유서 깊은 사원과 궁전 근처엔 첨단의 백화점과 쇼핑센터, 각종 위락 시설과 고층 빌딩이 들어서고 있다. 포탈라 궁 앞엔 대형 오성홍기가 나부끼고 티베트인들의 손안에는 염주 대신 햄버거와 위안화가 들려져 있다.

티베트에는 더 이상 제임스 힐튼이 묘사했던 샹그릴라는 없을지 모른다. 순결한 설산이 뿜어 대는 시원의 빛 대신 세속의 문명과 욕망이 엎질러 놓은 얼룩만 짙어 가는 중이다.

4. 티베트 작가 자시다와

티베트 이야기를 하면서 티베트에도 문학이 있을까, 문득 궁금해진다. 몹시 흥미로운 호기심이다. 티베트에도 고유문자가 있다는 건 이미 널리 알려진 사실이다. 하지만 지금 우리가 접할 수 있는 티베트 문학은 티베트족에 의해 중국어로 쓰인 문학이다. 티베트가 중국의 일부라는 점에서 티베트 문학이란 중국 문학의 일부이자 주변부 문학쯤 될 것이다. 과거와 현재에 이르는 티베트의 정신과 문화 그리고 중국과의 관계를 염두에 둘 때 과연 티베트 작가들은 어떤 형식과 내용의 문학적 글쓰기를 시도했을까 하는 질문은 불가피하다.

우리는 이 지점에서 자시다와(扎西達娃, 1959-)라는 티베트족 작가를 만나게 된다. 그는 사천성 출신의 티베트족인 아버지와 한족인 어머니 사이에서 태어났다. 그러니까 작가의 정체성 면에서 보자면 그는 티베트족과 한족 사이의 경계에 걸친 혼종적 작가로 볼 수 있겠다. 사실 그는 중경의 한족 학교에서 유년기를 보내면서 티베트어를 배울 기회를 잃었다. 10대 중반에야 라싸에 오게 되면서 티베트 문화를 접하게 된다. 그는 라싸에서 미술과 무대장치 등을 공부했고 다시 1970년대 말 베이징에서 유학할 기회를 얻었다. 유학 중에 다양한 서구의 문학을 접하면서 비로소 중국어로 작품을 창작하는 작가의 길로 들어서게 된다.

그의 작품들은 1985년경부터 문단의 주목을 받기 시작했다. 특히 마르께스나 보르헤스와 같은 라틴 아메리카 문학의 마술적 리얼리즘(Magic Realism) 기법에 커다란 세례를 받았다[4]는 것이 학계의 공통된 평가이다. 시간의 역류와 시공의 초월, 현실과 환상의 착란을 통해 티베트 불교의 깊은 이치와 구도의 여정을 드러내는 그의 작품들은 신비롭고 초현실적이다. 1985년 작 단편소설 「티베트, 가죽끈 매듭에 묶인 영혼(西藏, 系在皮繩扣上的魂)」(이하 「티베트 영혼」으로 약칭)이 대표적인 작품 중의 하나이다. 「티베트 영혼」은 아직 훼손되지 않은 티

---

4 김양수, 「중화 세계 주변부 기억으로서의 티베트 문학—「티베트, 가죽끈 매듭에 묶인 영혼(西藏, 系在皮繩扣上的魂)을 중심으로」, 『한중언어문화연구』 21집, 한중언어문화연구회, 2009, p.6.

베트의 정신과 영혼, 유랑과 순례, 종교적 구도와 물질적 문명이 충돌하는 현재 티베트의 속살을 꺼내 보여 주고 있다.

5. 순결한 혹은 아름다운

자시다와의 소설 「티베트 영혼」은 좀 이상한 소설이다. 시간의 역류와 착란을 통해 독자를 혼란에 빠트린다. 이상한 건 이것만이 아니다. 미완의 소설 한 편을 앞뒤로 감싸는 이야기가 결합되면서 소설이 완성된다. 그러니까 미완의 소설 A, 감싸는 이야기 B, A+B로 완성된 소설 C, 즉 세 겹의 이야기 구조를 가지고 있다.

화자인 '나'는 소설가이다. 때는 21세기 초인 2000년 여름이다. 실제 작품의 발표 연도가 1985년임을 고려하면 일종의 미래소설이다. 나는 짜뛰사(扎妥寺)의 23대 활불(活佛) 샹제다푸(桑杰達普)를 만난 적이 있다. 임종을 앞둔 98세의 그는 환각 속에서 허공을 향해 두 가지 예언적 메시지를 남긴다. 정말 신기한 건 그 메시지가 내가 예전에 썼던 소설의 내용과 정확히 일치한다는 점이다. 그가 열반하자 나는 집으로 돌아온다. 나의 집에는 아무에게도 보여 주지 않은 미완의 소설 한 편이 황색 봉투에 봉인되어 있다. 소설 속 주인공 타베이(搭貝)와 총(瓊)의 마지막 구도의 여정을 남겨 둔 채 미완으로 그친 소설이다. 그러나 샹제다푸는 임종 직전 그들이 쿤룬 산맥 너머 빠드마삼바바의 손금으로 상징되는 이상향을 찾아 떠났다고 일러 주었다.

여기서부터 소설가인 나는 샹제다푸의 예언대로 자신의 소설 속 주인공인 타베이와 총을 찾아 쿤룬 산맥을 오르는 이야기가 이어진다. 그러니까 미완성 소설 속 인물이 소설 밖으로 나와 창작 주체이자 화자인 나와 만나는 초현실의 시간 속에서 소설이 완성되는 형식인 셈이다. 아주 특별한 소설 읽기의 경험이다.

우선 「티베트 영혼」의 골격은 주인공 타베이와 총의 순례와 구도에 관한 서사다. 총은 유목민 양치기 소녀이다. 그녀는 자신의 나이도, 숫자도, 날짜도 쓰거나 셀 줄 모른다. 티베트 정신문화의 층위에서 이것은 문맹과 야만의 차원이 아니다. 문명과 물질에 훼손되기 전 티베트의 순결한 영혼을 보여 주는 캐릭터다. 그녀의 일상의 세목들은 티베트 유목민의 원형적 삶을 착실히 재현한다.

> 총은 새벽에 일어나서 양젖을 짜고, 차를 만들고, 묽은 짬빠 죽을 한 대접 먹는다. 점심 끼니로 보리를 양피 자루에 넣고 등에 검은 솥을 메고는 채찍을 휘두르며 산 위로 양 떼를 몰고 간다. 이것이 총의 삶이었다.[5]

이러한 총의 삶에 우연히 개입한 타베이는 이미 오래전부터 유랑 중인 구도자이다. 이제 두 사람은 정처 없는 유랑과 순례, 구도의 길에 동행한다. 총의 허리에 두른 가죽끈은 하루가 지날 때마다 매듭이 하나씩 늘어난다. 매듭의 개수가 바로 그들이 걸어온 날의 총합이다. 티베트인들에게 있어서 유랑과 유목, 순례는 천형(天刑)과 같은 운명이다. 순례의 길에서 만나는 티베트의 풍경은 광활하고 아름답다. 자시다와는 회화적 기법으로 우리에게 티베트의 수려한 풍경을 보여 준다.

---

5 자시다와, 「티베트, 가죽끈에 묶인 영혼」, 허버트 J. 바트 편, 『떠도는 혼』(티베트 단편소설 선집), 이문희 역, 다른우리, 2005, p.20.

촘촘하고 빽빽이 자리 잡은 산들은 넘어도 넘어도 끝없이 이어졌다. 그나마 몇 채 안 되는 집들이 드문드문 나타났다. 집마다 굴뚝에서 연기 기둥이 솟아올랐다. 몇 날 며칠을 걸으면서 마을은 둘째 치고, 사람 그림자 한번 못 볼 때도 있었다. 시원한 바람이 협곡을 쓸고 갔다. 잠깐 눈을 들어 푸른 하늘을 올려다본 총은 금세라도 몸이 붕 떠올라 하늘로 솟아오를 듯했다. 높은 산맥을 이루며 기다랗게 누운 산들은 이글거리는 태양 밑에서 세월을 잊은 듯 영원한 침묵에 잠긴 채 곤히 잠들어 있었다.[6]

아직 문명과 자본에 오염되기 전 티베트의 자연은 높고, 깊고, 넓다. 협곡과 산맥, 하늘과 태양은 제각각 빛나고, 침묵하고, 끝없이 이어진다. 소설 속 풍경 묘사는 티베트의 순수 자연과 그곳에 새겨진 사람들의 무늬와 숨결을 오롯이 복원하고 있다.

6. 성과 속의 충돌

타베이와 총의 구도 여행이 순조로울 수만은 없다. 여정 앞에 돌출하는 대상들은 물질과 자본, 문명과 기계라는 낯설고 이질적인 것들이다. 하룻밤 쉬어 가는 마을에서 총이 만난 청년은 회계를 담당하는 직원이다. 며칠이나 걸어왔느냐고 묻는 청년의 말에 총은 대답 대신 가죽끈의 매듭 개수를 들이민다. 92개의 매듭을 세고 난 후 청년은 전자계산기를 두들긴다. 하루에 20㎞씩 걸었다면 1,840㎞를 걸은 것이라고 알려 준다. 총이 문맹이라는 것을 알아채자 청년의 전자계산기는 돌연 '만능 신'으로 변신한다. 사람의 나이와 이름까

---

6 자시다와, 「티베트, 가죽끈에 묶인 영혼」, pp.23-24.

지도 알아맞히는 기계라고 청년은 허풍을 떨며 총을 조롱한다. 그리고는 노동과 재화의 가치 따위를 운운하기 시작한다. 순례와 구도의 길에서 돌연히 맞닥뜨린 건 이미 자본과 욕망에 포획된 물신의 세계였다. 물신은 원시의 처녀를 힐난한다.

"골 때리네, 아가씬 중세 시대를 살다 나온 사람이에요? 아니면 혹시 외계인들 중 한 명?"[7]

그리고는 맥주와 디스코로 대표되는 유흥의 세계로 총을 현혹할 기세다. 타베이의 경험 또한 다르지 않다. 마을의 옥외에서 상영되는 영화의 현란한 불빛을 타베이는 똑바로 쳐다보지 못한다. 도망치듯 돌아와서는 흙벽에 몸을 기댄 채 차가운 하늘을 올려다보며 골똘히 생각에 잠긴다. 자시다와는 타베이의 침묵의 언어를 대신 진술한다.

길을 가면 갈수록 본래의 평화와 고요를 간직한 저녁을 잃어버린 마을들을 많이 만나고, 엔진 소리와 노랫소리와 떠드는 소리들로 더욱 소란하고 시끄러워진다. 그가 가려는 길은 대혼란으로 가득 찬 소란한 도시로 이어진 길이 아니었다. 절대 아니었다. 그가 가려는 길은……[8]

마지막 도착지인 갑촌 마을에서 만난 노인과 마을의 풍경 또한 정신과 물질, 구도와 문명, 성과 속이 격렬하게 부딪히는 티베트 현재의 공간이기는 마찬가지였다. 전기 제분소를 운영하고 몇 만 평의

---

7 자시다와, 「티베트, 가죽끈에 묶인 영혼」, p.30.
8 자시다와, 「티베트, 가죽끈에 묶인 영혼」, p.32.

땅을 소유한 노인은 이미 티베트의 유목민이 아닌 중국식 자본가일 것이다. 트랙터와 같은 농기계가 온종일 굉음을 내며 초원을 갈아엎을 것이다. "새벽부터 울려 대는 드르렁거리는 기계 소리에 만 년 동안 들어 온 새들의 노랫소리가 더 이상 들리지 않고, 말과 당나귀들이 끄는 수레가 길에서 밀려나고 있다. 산에서 내려오는 맑은 냇물을 마시려고 하면 디젤유 냄새가 난다."[9] 소설이 묘사하는 현재 티베트의 환경은 개발에 황폐화되어 가는 후발 개도국의 그것과 전혀 다를 것이 없어 보인다.

그런 점에서 타베이가 트랙터에 부딪혀 다치는 에피소드는 몹시 암시적이다. 문명과 기계에 의해 침탈된 정신과 구도를 위한 마지막 도피처는 빠드마삼바바의 손금이다. 다친 몸을 이끌고 쿤룬 산맥을 넘어 이상향으로 향할 때 타베이는 피를 토한다. 여기까지가 미완성 소설의 이야기다. 이후 화자인 내가 소설 속 인물인 타베이를 찾아가는 여정은 완전한 상상과 초현실의 영역이다. 작품의 절정 부분이기에 우리에게 몹시 미묘하고 복합적인 문학적 상상력을 요구한다.

7. 시간의 역류와 성찰의 시간

타베이가 향한 빠드마삼바바의 손금은 신화와 상상 속 신비로운 미로이다. 빠드마삼바바는 인도 출신 승려로 8세기 티베트로 건너와 탄트라 불교를 전파한 실존 인물이다. 자시다와는 작품 안에서 빠드마삼바바와 얽힌 재미있는 전설을 일부 소개하고 있다.

옛날에 빠드마삼바바께서 거기서 쉬바메이루라는 요괴와 격전을 치

---

9 자시다와, 「티베트, 가죽끈에 묶인 영혼」, p.41.

렀어. 그런데 108일 동안 싸워도 승부가 나지 않는 거야. 빠드마삼바바께서 온갖 법력을 다 썼는데도, 그 요괴가 끝끝내 버티다가 급기야는 눈에 안 보이게 작은 벼룩으로 변했어. 그러자 빠드마삼바바께서 거대한 오른손을 들어 올려 끔찍한 저주와 함께 눈 깜짝할 새에 땅을 내리쳐 쉬바메이루를 나락으로 보내고, 그날부터 그 자리엔 빠드마삼바바의 손금이 남게 된 거네. 누구든지 그 손금 속에 들어가면 방향을 완전히 잃어버리지. 사람들 말이 빠져나오는 길이 하나 있다고는 하더군. 다른 길로 가면 다 죽음이네. 근데 어느 길이 사는 길인지 전혀 표시가 안 돼 있다는 거야.[10]

빠드마삼바바의 손금이 만든 미로는 필사의 구도적 길 찾기에 대한 비유이다. 모든 순례자의 최후의 종착점일 것이다. 빠드마삼바바의 손금에 도달하려면 반드시 험준하고 거대한 쿤룬 산맥을 넘어야 한다. 드디어 쿤룬 산맥 정상에 섰을 때 화자인 나는 신비로운 경험에 빠진다. 시간이 거꾸로 가기 시작한 것이다.

정상에서 본 시계는 2000년 8월 11일 오전 9시 46분을 나타내고 있었다. 다시 시계를 보았다. 오전 8시 3분. 나는 설산을 지나 아래에 와 있었다. (중략) 쿤룬 산을 넘으면서 시간은 거꾸로 가기 시작했다. 전 자동 태양력 세이코 시계에 나타난 시간과 날짜는 정상 속도의 50배로 거꾸로 가고 있었다.[11]

---

10 자시다와, 「티베트, 가죽끈에 묶인 영혼」, p.40.
11 자시다와, 「티베트, 가죽끈에 묶인 영혼」, p.44.

시간의 역류는 소설이 환상과 초현실의 시공간에 진입했음을 타전한다. 마침내 도달한 빠드마삼바바의 미로는 삭막하고 황량한 풍경이다. 마치 핵전쟁 영화의 마지막 장면처럼 도처가 폐허다. 더 이상 종교와 구도의 정신적 공간이 아니다. 폐허의 한복판에서 조우한 타베이는 숨이 끊어지기 직전의 빈사 상태다. 「티베트 영혼」의 인상적인 점은 빈사 상태에 빠진 타베이의 마지막 구원과 해탈을 위한 희구가 절망으로 무너지는 과정을 블랙유머의 형식으로 보여 준다는 점이다.

탈진한 타베이는 문득 하늘에서부터 들려오는 모종의 소리를 듣는다. 천상으로부터 울려오는 신비로운 종소리나 합창 소리 같다. 타베이는 신의 말씀이라고 굳게 믿는다. 구도의 길 위에 전생을 투척한 자에게 최후의 순간 허공에서 들려오는 낯선 소리란 구원의 음성일 수밖에 없을 것이다. 하지만 그것은 완벽한 환각과 환청의 절정이다. 그 소리는 마을 확성기를 통해 중계되는 올림픽 개막 방송이었다. 티베트 고원을 평생 유랑한 타베이가 낯선 외국어를 한 번도 들어 봤을 리가 없다. 극적 사태의 허무한 반전이다.

그것은 어떤 남자가 확성기에 대고 영어로 얘기하는 소리였다. 내가 어떻게 타베이에게 지금 이것이 제23회 미국 로스엔젤레스 올림픽 개회식 위성방송이라고 말할 수 있단 말인가? 내 시계의 시간과 날짜가 1984년 7월 9일, 베이징 시간으로 오전 7시 13분에 멈춰진 순간이었다.[12]

---

12 자시다와, 「티베트, 가죽끈에 묶인 영혼」, p.51.

종교와 구도, 정신를 향한 티베트의 시간이 제국과 자본, 경쟁의 시간인 올림픽의 함성으로 매몰되는 순간은 아마도 절망과 종말의 최후 시간일지 모른다. 자시다와의 「티베트 영혼」은 절망과 종말에 당도한 티베트 시간에 대한 애도사다. 그러기에 화자인 나는 "총과 타베이가 내 황색 봉투 밖으로 걸어 나가게 내버려 둔 것은 돌이킬 수 없는 잘못이었다"[13]고 자책한다. 또한 "만일 누군가가 이 위대한 시대에 왜 그들의 존재를 허락했냐고 물으면, 나는 과연 뭐라고 대답하겠는가?"[14]라고 자문한다.

"위대한 시대"란 자본주의 시대, 물질과 문명의 시대, 종교와 구도의 염결성을 잃어버린 시대일 것이다. "위대한 시대"의 발설은 지금, 여기 '중심 중국'과 '변방 티베트'의 시간을 애도하고 성찰하는 소수민족 작가, 변방 작가로서의 자시다와의 비판적 자의식이 스며 있는 담대한 발언으로 들린다.

자시다와의 소설은 지난 2016년에 「선 위의 영혼(Soul On A String)」(장양(張揚) 감독)이란 제목의 영화로 제작되어 같은 해 9월에 개최된 부산 국제영화제에서 개봉한 적이 있다. 원작자인 자시다와가 주연을 맡은 점 또한 흥미로웠다. 이 "위대한 시대"를 살아가는 소수의 변방 민족인 티베트인들. 소설과 영화 속에서 그들의 운명은 지금 몇 시일까.

---

13 자시다와, 「티베트, 가죽끈에 묶인 영혼」, p.48.
14 자시다와, 「티베트, 가죽끈에 묶인 영혼」, p.49.

'희미한 등불 아래 있는 그대', 원소절의 아름다운 시편들

1. 원소절 혹은 등절

정월 대보름은 태음력을 기준으로 일 년 중 첫 번째 보름달이 뜨는 날이다. 달은 음성적 원리의 구현체로 여성과 대지를 상징한다. 희고 둥근 달빛이 온 누리를 적실 때 우리는 대지의 다산과 풍요 그리고 공동체의 안녕을 기원한다. 우리의 오래된 세시 풍속들 이를테면 부럼 깨기, 연날리기, 쥐불놀이 등은 풍요와 안녕을 바라며 달의 제단에 바치는 일종의 기원 의식이다.

중국에서는 정월 대보름을 '원소절(元宵節)'이라고 부른다. '원(元)'은 첫 달인 정월의 의미이고 '소(宵)'는 밤이란 뜻이다. 따라서 원소는 첫 번째 보름달이 뜨는 밤이란 의미이다. 원소절은 정월 초하루인 춘절(春節), 음력 5월 5일인 단오절(端午節), 8월 한가위인 중추절(仲秋節)과 함께 중국의 4대 전통 명절 중의 하나로 일컬어진다.

중국의 원소절은 지금도 도시와 농촌을 가리지 않고 성대하게 치러지는 축제다. 대보름을 전후로 거리와 골목에선 폭죽이 연이어 터지고 화약 냄새가 진동한다. 음력설인 춘절로부터 시작된 새해의 분위기가 보통 원소절까지 이어진다. 바진(巴金, 1904-2005)이 그의 소설『집(家)』에서 "원소절이 지나면, 새해 분위기가 끝난다(元宵節一過, 新年佳節就完了)"라고 했듯이 대보름이 지나야 비로소 차분한 일상으로 돌아가는 것이 중국인들의 일반적 습속이다.

원소절의 하이라이트는 바로 등 축제다. 그래서 원소절을 '등절(燈節)'이라고도 부른다. 영어로 'Lantern Festival'이라고 하는 까닭도 여기에 있다. 대보름의 연등 풍속은 동한(東漢) 때 전래된 불교와 관계가 깊다. 동한 명제(明帝)는 불교를 널리 전파하기 위해 정월 15일이면 황궁과 사찰에 등을 환히 밝혔다고 한다. 세상의 무명을 밝히는 부처의 광명과 깨달음을 구하는 마음으로 불을 밝혔을 것이다.

이러한 연등 행사가 민간으로 전해지면서 자연스럽게 전통 명절의 풍속으로 정착하게 되었다. 새해 처음으로 보름달이 떠오르는 밤이면 집과 거리와 골목에 온갖 모양의 등불을 내걸었다고 한다. 오색의 찬란한 등불 아래에서 이제 곧 시작될 새봄을 맞이하고 축하하는 공동체의 축제를 열었던 것이다. 그런데 대보름날 등불 축제와 관련하여 재미있는 전설 한 편이 전한다. 신화나 전설은 늘 우리에게 역사적 사실보다 더 풍성하고 아름다운 상상을 체험케 한다. 이야기는 이렇다.

2. 등절의 신화적 유래

아득한 시절, 중국 땅에 흉금과 맹수가 우글거리던 때가 있었다. 사방에서 짐승들이 사람들을 해치거나 잡아먹었다. 사람들은 서로 힘을 합쳐야 겨우 짐승들을 피하거나 어렵사리 대항할 수 있었다. 이 무렵 옥황상제가 키우던 하늘의 새가 인간 세상이 궁금해 내려왔다가 그만

길을 잃고 헤매게 되었다. 땅 위의 사람들은 처음 보는 새가 옥황상제의 신조(神鳥)인 줄 알 리가 없었다. 낯선 새의 출현에 모든 사람들이 무서워할 뿐이었다. 그때 한 사냥꾼이 황급히 신조를 향해 화살을 당겼다. 화살은 명중했고 신조는 추락했다. 비보를 전해 들은 옥황상제의 분노한 음성이 천지에 진동했다. 즉시 불의 신인 축융(祝融)을 불러들여 저 아래 인간 세상을 모조리 불태워 버리라고 명령했다. 보름달이 떠오르는 정월 15일을 디데이로 정했다.

한편 이 이야기를 몰래 엿들은 옥황상제의 딸은 근심에 잠겼다. 영문도 모른 채 곧 무서운 재난에 휩싸일 세상 사람들을 모른 척할 수가 없었다. 마침내 상제의 딸은 마을의 한 노인의 꿈에 나타나 장차 닥칠 재난에 대해 소상히 알려 주었다. 꿈에서 깨어난 노인은 몹시 놀라고 두려웠지만 즉시 사람들을 불러 모아 꿈 이야기를 전하고는 어떻게 해야 할지 의논하기 시작했다. 논의 끝에 누군가 한 가지 지혜를 내놓았다. "정월 14일, 15일, 16일 삼 일 동안 집집마다 붉고 화려한 등을 내걸고, 폭죽과 화약을 연신 쏘아 올리고 터뜨리자. 그렇게 하면 하늘에서 보기에 세상이 모두 불타는 것으로 보일 것이니, 불의 신 축융이 안 올지도 모른다." 사람들은 이 말에 고개를 끄덕이고는 각자 집으로 돌아가 곧바로 준비하기 시작했다.

드디어 정월 15일 밤, 옥황상제가 내려다보니 세상이 온통 붉게 물들고 화약 냄새와 폭죽 소리가 하늘까지 진동하는 것이 아닌가. 삼 일 밤낮 동안 붉게 타오르는 불꽃을 보고는 온 세상이 화염에 휩싸였다고 크게 기뻐했다. 불의 신 축융에게 내린 명령은 바로 취소되었다. 이렇게 해서 세상 사람들은 가까스로 자신들의 생명과 재산을 지킬 수 있었다. 이때부터 매년 정월 15일이면 집집마다 화려한 등을 내걸고 화약과 폭죽을 쏘아 올리며 이날을 기념하게 되었다고 한다.

원소절의 연등 유래와 관련된 이야기는 전설 이외에 역사적 사실을 바탕으로 한 이야기도 전해지고 있다. 한(漢)나라를 세운 고조(高祖) 유방(劉邦)으로부터 시작되는 이야기가 바로 그것이다.

3. 한 문제와 '여민동락'

한 고조 유방이 죽은 후 아들 유영(劉盈)이 왕위에 올라 혜제(惠帝)가 되었다. 혜제는 선천적으로 성품이 나약하고 우유부단한 인물이었다. 그러자 점점 유영의 친모인 여후(呂后)가 권력을 행사하기 시작했다. 혜제가 병사하자 여후는 본격적으로 국정을 농단했다. 유씨 천하가 여씨 천하로 바뀌게 된 것이다. 조정의 유씨 종친들은 분노하였으나 여후의 폭정 앞에 속수무책이었다.

이때 마침 여후가 병사하자 여씨 측은 장군 여록(呂祿)을 중심으로 난을 일으켜 유씨의 나라를 탈취하기로 공모했다. 그러나 이러한 음모가 유씨 종실의 제왕(齊王) 유양(劉襄)에게 발각되자 왕권을 쟁탈하기 위한 두 집안 사이의 일전이 벌어졌다. 우여곡절 끝에 승리는 한나라의 종실인 유씨에게 돌아갔고 한때 국정을 농단했던 세력인 여씨 집안의 난은 철저히 평정되었다.

평란 후에 중신들은 유방의 서자인 유항(劉恒)을 황제로 옹립하니 그가 바로 한 문제(文帝)다. 문제는 태평성대란 그냥 오는 것이 아니라는 것을 깨닫고는 여씨의 난을 평정한 날을 백성과 함께 즐기는 축일로 정했다. 즉 '여민동락(與民同樂)'을 실천하기 시작했는데 공교롭게도 그날이 바로 정월 15일이었다. 매년 이날이 오면 문제는 평복으로 갈아입고 궁궐 밖으로 나가 백성들과 함께 즐겼다. 집집마다 화려한 등을 내걸고 축하하며 함께 즐기는 명절의 기원이 되었다고 한다.

이렇게 해서 한대 이후 원소절은 왕궁과 민간에서 모두 즐기는 전통 명절로 자리 잡게 되었다. 후대인 수당(隋唐) 이래로 오늘날까지 이어지면서 원소절은 다채롭고 풍성한 문화적 양속으로 자리 잡았을 뿐만 아니라 문학작품의 훌륭한 소재가 되기도 했다.

4. 오색 등불이 빛나던 밤에

수나라 때의 역사서인 『수서(隋書)』「유욱전(柳彧傳)」에는 정월 대보름 밤의 활기찬 거리의 모습이 생생하게 그려져 있다.

> 매년 정월 대보름 밤이면, 구경 나온 사람들로 거리가 넘쳐났다. 제각각 친구들과 어울려 놀이를 즐기는 모습이었다. 요란한 북소리가 하늘까지 울리고, 횃불이 거리를 밝혔다. 동물 가면을 쓴 사람도 있었고, 여장을 한 남자들도 있었다. 광대가 재주를 부리기도 하는데, 생김새가 기이했다.

대보름 밤 거리에서 펼쳐졌던 퍼레이드의 풍경을 재미있게 묘사하고 있다. 그런가 하면 당나라 때의 수도 장안(長安)의 풍속과 설화를 기록한 『개원천보유사(開元天寶遺事)』에는 '백지등수(百枝燈樹)'에 대한 이야기가 나온다. 높이 80척의 백지등수를 장안의 높은 산에 설치했는데 정월 대보름 밤에 등을 켜면 100리 밖에서도 불빛을 볼 수 있었다고 한다. 이러한 기록들은 한나라 이후 수당 시기에 대보름 밤이 얼마나 풍요롭고 자유로운 축제의 현장이었는가를 여실하게 보여 주고 있다.

고대 중국의 시인들 중에는 그들이 몸소 겪었던 대보름 밤의 풍경

과 이야기를 시로 남겨 그날의 고조된 분위기와 축제의 열기를 오늘
날 우리에게 전해 주고 있다. 당대의 시인 소미도(蘇味道)가 그중의
한명이다. 그의 시는 1,200여 년 전 어느 환한 대보름의 축제 속으
로 우리를 초대하고 있다.

正月十五夜 정월 대보름 밤

火樹銀花合 나무마다 걸린 무수한 등불, 환한 꽃처럼 피어나고
星橋鐵鎖開 등불 달아 별처럼 빛나는 다리 수많은 인파 몰려드니 오래
　　　　　　된 자물쇠도 열렸네
暗塵隨馬去 뽀얀 먼지 일으키며 마차 지나가고
明月逐人來 사람들 가는 곳마다 따라다니는 휘황한 달빛
游妓皆穠李 놀러 나온 기녀들 오얏 꽃처럼 단장하고
行歌盡落梅 아름다운 '매화락' 부르며 밤새 돌아다니네
金吾不禁夜 금오위에서 야간 통행금지도 해제한 밤
玉漏莫相催 물시계도 시간을 재촉하지 않네

한껏 달아오른 한밤 축제의 열기가 훅 끼쳐 오는 듯하다. 온갖 등
불이 내뿜는 휘황한 빛에 눈이 부시다. "화수(火樹)" "은화(銀花)" "성
교(星橋)"는 모두 등불에 대한 수사적 표현이다. 평소에 통행이 드물
어 출입을 막았던 다리 곳곳에도 등 장식을 한 모양이다. 대보름 밤
몰려드는 인파에 오랫동안 잠가 두었던 자물쇠도 풀고 통행을 개방
했을 것이다.
　이렇게 대보름 밤은 밖으로 열리는 시간이다. 대지가 깨어나고 바
야흐로 봄이 막 시작되는 계절이다. 등불로 지난 어둠의 적막을 밝

히고 차가운 대지를 덥히는 시간이다. 활기찬 대보름 풍속의 이면에는 새로운 시간의 도래에 대한 기대가 숨어 있을 것이다. 새로운 시간의 도래는 새로운 삶을 꿈꾸게 하는 계기가 되기 때문이다.

그러니 이렇게 좋은 밤, 잠이 올 리 없다. 대보름 전후에는 실제로 통행금지가 일시 해제되었다고 한다. 당대 위술(韋述)의 『서도잡기(西都雜記)』라는 책에 보면 '금오위(金吾衛)'라는 관공서에서 대보름 전후로 통금을 해제했다는 기록이 나온다. 시에서 "금오불금야(金吾不禁夜)"는 바로 이런 맥락에서 나온 구절이다. 통금이 해제된 자유로운 공간에서는 평소 시간을 알리는 물시계도 서둘러 갈 필요가 없을 듯하다.

내달리는 마차가 일으키는 자욱한 먼지와 기녀들의 노랫소리, 인파에 떠밀려 오고 가는 사람들의 발자국 소리로 도시의 거리는 밤새도록 붐볐을 것이다. 붐비는 거리를 환하게 비추는 무수한 등불과 달빛을 이렇게 묘사한 시인도 있었다.

接漢疑星落 은하수 가장자리에서 별이 쏟아져 내리는 듯
依樓似月懸 누각에 기대어 달이 높이 걸린 듯

당대 노조린(盧照鄰)이 쓴 「대보름 밤의 관등(十五夜觀燈)」이라는 시의 일부다. 도처에 내걸린 연등 불빛이 은하수가 쏟아지는 듯하다는 수사는 중국인들의 상습적인 과장 중의 하나이긴 하지만 아름다운 과장이다. 믿지 않은 과장을 통해 우리는 옛 도시의 활기찬 대보름 밤의 풍경과 오색찬란했던 등불의 장관을 넉넉히 상상할 수 있다.

5. 상실과 부재의 축제

정월 대보름의 또 다른 이름은 '정인절(情人節)'이다. 우리말로 하자면 '연인절'이다. 옛 시절, 평소 문밖출입에 제한이 많았던 부녀자들에게도 대보름 밤은 예외였다. 이날 밤 만큼은 자유롭게 외출하여 관등놀이와 함께 친구나 지인들과 어울릴 수 있는 시간이었다. 현란한 등불과 달빛 아래에서 청춘 남녀의 낭만적 만남과 은밀한 유혹이 허락되는 날이기도 했다. 설레었던 만남 후에는 휑한 이별도 있었을 것이다. 화려한 대보름 밤의 이면에 깃든 연인들의 풍경도 시인들은 놓치지 않았다. 북송(北宋)의 시인 구양수(歐陽脩)의 노래 한 편에서 우리는 대보름 밤 어떤 청춘들의 만남과 이별에 마음이 스친다. 「생사자(生査子)·원석(元夕)」이라는 시다.

去年元夜時 작년 대보름 밤에는
花市燈如晝 거리마다 꽃등이 대낮처럼 밝았었지요
月到柳梢頭 보름달은 버드나무 가지 끝에 떠오르고
人約黃昏後 황혼이 진 후 그 사람과 만났었지요

今年元夜時 올해 대보름 밤에는
月與燈依舊 보름달과 등불은 예전 그대로이건만
不見去年人 작년의 그 사람은 보이지 않고
淚濕春衫袖 눈물만 봄옷 소매를 적시고 있답니다

1, 2연이 보여 주는 작년과 올해의 시간적 대비가 선명하다. 선명해서 쉬운 듯하지만 누군가를 만났다 헤어진 1년 사이의 감정의 낙차는 간단하지 않다. 작년 대보름 밤, 수많은 인파 속에서 우연히 그 사람을 만났던 것일까. 화사한 등불이 거리를 밝히고 보름달이 버드

나무 가지 끝에 걸릴 무렵 두 사람은 만났던 것 같다. 아마 둘만의 설레고 은밀한 시간을 보냈을 것이다. 짧은 만남 뒤엔 기약 없는 긴 이별만 있었던 것일까. 올해 다시 찾아온 대보름 밤, 환한 보름달도 화려한 등불도 그대로이건만 부재하는 건 작년의 그 사람뿐이다. 봄 옷깃 사이로 싸늘한 밤공기 스미듯 달빛은 쓸쓸하기만 하다. 다만 옷소매로 차가운 눈물을 찍어 내는 대보름 밤 풍경. 인파와 불빛으로 가득 찬 축제의 밤에 오히려 빛나는 건 상실과 부재로 채워진 마음의 텅 빈 공간이다.

6. '희미한 등불 아래 있는 그대'

우리가 마지막으로 읽어 볼 작품은 남송(南宋)의 신기질(辛棄疾, 1140-1207)이 쓴 한 편의 시다. 이 작품은 묘하게도 앞에서 본 소미도와 구양수 작품의 분위기가 함께 섞여 있다. 밖으로는 한껏 들떠 있는 대보름의 활기를 보여 주면서도 축제의 이면에서 싹튼 연정의 은밀함을 동시에 간직하고 있기 때문이다. 다수의 평자들은 이 시를 정월 대보름을 노래한 작품 중 최고의 절창으로 거론한다. 그러니 작품의 내용이 궁금하지 않을 수 없다. 「청옥안(青玉案)·원석(元夕)」이라는 제목의 시다.

> 東風夜放花千樹 봄바람 부는 밤 천 그루 나무마다 꽃처럼 활짝 핀 등불들
> 更吹落 바람 불자 꽃잎 지듯 흔들리는데
> 星如雨 비처럼 쏟아지는 별빛 같아라
> 寶馬雕車香滿路 화려하게 치장한 마차 지나가는 길에 향기 가득 차오르고

鳳簫聲動 아름다운 퉁소 소리 울려 퍼진다

玉壺光轉 희고 고운 달빛 온 세상 휘감을 때

一夜魚龍舞 밤새도록 화려한 등불들 춤을 춘다

蛾兒雪柳黃金縷 황금색 실로 만든 아아와 설류로 머리 장식한 여인들

笑語盈盈暗香去 곱게 웃으며 말할 때 스쳐 가는 그윽한 향기

衆里尋他千百度 인파 속을 그대 찾아 천만 번 헤매다가

驀然回首 문득 고개 돌려 보니

那人却在 그대는 저쪽

燈火闌珊處 희미한 등불 아래 있었네

  1연과 2연의 분위기는 몹시 대조적이다. 정월 대보름 밤, 곧 도래
할 봄을 알리듯 동풍이 불고 이때 흔들리는 무수한 등불들이 별빛
처럼 빛난다. 치장한 마차들이 사람들을 연신 실어 나르고 어디선가
들려오는 음악 소리와 환한 달빛이 한데 어우러져 밤이 깊어 가는
줄도 모르고 있다. 북송의 맹원로(孟元老)가 쓴 『동경몽화록(東京夢華
錄)』은 당시 원소절의 풍경을 자세히 묘사하고 있다.

  명절 기간에는 성문의 출입도 자유로웠다. (중략) 봄기운이 무르익
고, 술기운도 오른 사람들은 우아한 모임과 그윽한 기쁨들로 인해 한
순간의 시간도 허투루 보내는 것을 아쉬워하였다. 풍경은 사람들을 매
혹시켰고, 주위는 아주 떠들썩하고 변화하여 사람들은 밤이 더욱 깊어
지는 것도 느끼지 못하였다. (중략) 명문가의 부잣집 자제들은 온 거
리를 돌아다니며 노래를 불렀다. 이때 동경의 온 시내에서 음악 소리
가 그치지 않았다.[1]

홍건한 대보름 축제의 분위기는 수당을 거쳐 송대에도 여전히 민속 명절로 계승되었던 것 같다. 등불이 대낮처럼 밝은 거리를 인파가 가득 메우고 성장한 귀족 여인들과 남자들 그리고 온갖 인간 군상들이 음악처럼 흘러 다니는 풍경을 사실적으로 묘사한다.

그런데 이 시의 2연은 세시 풍속의 일반적·집합적 풍경에서 벗어나 돌연 낯설고 기이한 풍경 앞에 우리를 멈춰 세운다. 문제적인 건 마지막 네 구절이다.

> 인파 속을 그대 찾아 천만 번 헤매다가
> 문득 고개 돌려 보니
> 그대는 저쪽
> 희미한 등불 아래 있었네

아마도 대보름 밤 몰려나온 사람들로 거리는 인산인해(人山人海)였을 것이다. 무수한 인파 속을 거꾸로 헤쳐 나가며 나는 누군가를 찾고 있다. 수도 없이 두리번거려 보지만 그 사람은 끝내 보이지 않는다. 아무래도 못 찾을 것 같은 순간, 그래서 애타게 절실한 순간, 무심히 고개 돌려 보니 저쪽에 그 사람이 있는 것이 아닌가. 희미하게 사위어 가는 곧 꺼질 듯 쇠잔한 등불 아래 그 사람이 있는 것이다.

그 사람은 도대체 누구인가. 왜 희미한 등불 아래 있었던 걸까. 우리는 잘 알지 못해도 괜찮다. 다만 시는 무한한 상상과 해석의 지평을 개방한다. 모르기 때문에 불완전하기 때문에 오히려 완전하고 미묘한 시가 되어 버린 소중한 예를 우리는 이 마지막 구절을 통해서

---

1 맹원로, 『동경몽화록』, 김민호 역, 소명출판, 2010, p.226.

경험한다. 이 시를 정월 대보름을 노래한 시 중 가장 훌륭한 작품으로 평가했던 평자들의 뜻을 우리는 충분히 이해할 수 있다. 청 말(淸末)의 문학비평가 왕국유(王國維)가 그의 문학비평서『인간사화(人間詞話)』에서 이 시에 대해 특별한 관심을 드러낸 것도 이 작품이 도달한 높은 문학성에 대한 평가가 전제되어 있었기 때문일 것이다. 왕국유는『인간사화』에서 인생의 3종 경지에 대해 이렇게 말하고 있다.[2]

예나 지금이나 위대한 업적과 위대한 학문을 성취한 사람들은 반드시 세 가지 '경계'를 거쳤다.

그리고는 제1경지, 제2경지, 제3경지를 설명하기 위해 그 경지를 비유적으로 보여 주는 시구절을 각각 인용하고 있다. 제1경지는 북송대 안수(晏殊, 991-1055)의 「접련화(蝶戀花)」 중에서 "홀로 높은 누각에 올라, 저 하늘 끝까지 펼쳐진 길을 하염없이 바라보네(獨上高樓, 望盡天涯路)"를 인용하여 이제 막 대업을 성취하기 위해 길을 나서는 자의 막막하고 고독한 심리의 표상으로 그 뜻을 전유(專有)했다. 제2경지는 설정한 목표를 향해 나아갈 인간이 겪어야 하는 고난의 극복 과정을 상징적으로 보여 주기 위해 끌어온 구절이다. 북송대 유영(柳永, 987?-1053?)의 「봉서오(鳳棲悟)」 중에서 "허리끈이 점점 헐렁해져도, 끝내 후회하지 않으리. 그대를 위해서라면 이 몸 초췌해진들 무슨 상관 있으리(衣帶漸寬終不悔, 爲伊消得人憔悴)"라는 구절이 바로 이것이다. 두 단계를 거친 후 마지막으로 도달하는 제3경지는 초지일관 추구하던 어떤 목표가 문득 실현되었을 때 느끼는 희열 같은

---

2 왕국유,『세상의 노래 비평, 인간사화』, 류창교 역주, 소명출판, 2004, pp.57-58 참조.

것이다. 모든 희생을 감내한 후에 찾아온 낯설고 기이한 성취감. 그토록 절실하게 추구하던 어떤 대상이 홀연히 내 앞에 나타난 순간에 느끼는 절정의 감각. 이런 감정의 질감을 비유적으로 드러내기 위해 왕국유가 선택한 시구가 바로 위의 네 구절이었던 것이다. 물론 선택된 시구들에 대한 해석과 이해는 모두 왕국유 자신의 자의적이고 주관적 판단의 소산이다. 왕국유의 견해를 존중하자면 시 속의 '그대'는 인간이 일생 추구해야 하는 어떤 이상이나 진리일 수도 있겠다.

어쨌거나 중요한 것은 마지막 네 구절이 함축하고 있는 무한한 시적 감흥이다. 그것이 우리가 이 시를 오랫동안 들여다보게 하는 문학적 힘이다. 정월 대보름과 시편들의 이야기를 시작한 건 사실 '문득 돌아보니, 희미한 등불 아래 있는 그대'를 만나기 위해 에둘러 온 길에 불과하다.

은일과 취흥 혹은 광기의 시인, 이백

1.「정야사」와 달밤의 기억

돌이켜보니 학부 4학년 때의 일이다. '중국문학사' 기말시험을 보던 날이었다. 모든 시험이 그렇듯 그날도 적당히 긴장하긴 마찬가지였다. 정시에 들어온 담당 교수는 답안지를 나누어 준 다음 아무 말 없이 돌아서서 칠판에다 또박또박 문제를 쓰기 시작했다. 기대 반 걱정 반의 심정으로 분필 글씨를 조마조마하게 따라 읽어 가던 우리는 조금씩 술렁거리기 시작했다. 나중에는 경악에 가까운 탄식이 여기저기에서 흘러나왔다. 출제된 문제는 딱 두 문항이었다.

(1) 한 학기 동안 '중국문학사'를 배우고 느낀 점을 쓰시오.
(2) 중국 시 중에서 한 편을 외워 쓰고 자유롭게 비평하시오.

누구도 예상하지 못했던 문제였다. 허를 찔린 우리의 교실은 한동안 한숨과 원망 섞인 투정으로 어수선했다. 사전에 시험과 관련된 어떤 정보나 암시도 없었던 터라 나 또한 당황하긴 마찬가지였다. 분위기가 조금씩 안정을 찾아갈 무렵 다시 한 번 문제를 뚫어져라 쳐다보았다. 1번 문제는 그렇다 치고 정작 걱정되는 문제는 2번이었다. 비평은 고사하고 한 번도 외운 적 없던 중국 시를 어떻게 쓴단 말인가. 하얀 답안지가 이렇게 캄캄한 적이 없었다. 그래도 혹시 생각나는 한 구절이라도 있지 않을까 싶어 몹시 애썼던 기억이 지금도 선명하다. 그런데 참 신기하게도 시 비슷한 구절이 희미한 기억의 수면 위로 떠올랐다 사라졌다 하기 시작했다. 썼다가 지우기를 몇 번씩 반복하며 가까스로 시 한 편을 외워 썼을 때는 시험 시간이 거의 끝날 무렵이었다. 길고도 힘든 시간이었다. 내가 답안지에 써 넣고 나온 시는 이러했다.

床前看月光 침상 앞의 환한 달빛
疑是地上霜 잠결에 서리가 내렸나 했네
擧頭望明月 고개를 들어 밝은 달 바라보고
低頭思故鄕 머리 숙여 고향 생각하는구나

이백(李白)의 「정야사(靜夜思)」란 작품이다. '고요한 밤의 고향 생각'이란 뜻이다. 평소 이 시에 대해 특별히 감동을 하거나 외운 적도 없는데 도대체 나는 이 시를 어떻게 기억해 냈을까. 다만 교과서에서 두어 번 인상 깊게 읽고 지나갔을 뿐이다. 그럼에도 불구하고 눈 감고 가만히 생각하는 중에 이 시의 단어와 구절들이 아주 느린 속도로 하나둘씩 떠올랐던 건 신기한 일이다. 시에 대한 감식안이랄 것도 없이 시를 보는 눈이 '하얀 백지' 같던 시절, 그때는 잘 인식하지 못했던 비밀이 이제는 조금 풀릴 듯하다. 외운 적도 없던 시가 기억에 떠올랐던 건 시 전체 내용을 자연스런 이미지의 흐름을 따라 떠올렸기 때문이었던 것 같다.

이 시의 첫 구와 둘째 구의 이미지를 나는 온몸으로 체험한 적이 있다. 열 살 전후 무렵 고향에서 어느 날 밤이었을 것이다. 문을 열고 무심결에 마당을 내다본 순간 숨이 콱 막혔던 기억이 지금도 또렷하다. 그렇게 큰 달은 그 이후 한 번도 본 적이 없었다. 슈퍼 문이라고 하나. 거대한 달이 땅 위를 막 덮칠 듯했다. 어린 마음에 무섭고 두렵기까지 했다. 그리고 온 누리에 내린 그 환한 달빛이라니. 순간 어린 나는 눈 내린 것으로 '완벽하게' 착각했다. '눈 내린 겨울에 나는 왜 아직 반팔을 입고 있지?'라는 엉뚱한 혼란과 착란의 시간이 한 1.5초 가량 지속되지 않았을까 싶다. 이제는 아주 오래된 그 달밤의 공포와 착란의 순간을 나는 지금도 소중하고 또렷하게 간직하고 있다. 아마 이백이 구사한 1, 2구의 이미지 역시 이와 비슷한 경험을 바탕으로 하지 않았을까, 나는 나의 체험으로 미루어 짐작하는 것이다. 침대 머리맡에 환하게 뜬 달을 보고 잠결에 마당을 내다보는 순간 서리가 내린 것으로 착각한 그의 심정과 그에 따른 시적 발화를 나는 충분히 이해할 수 있다.

3, 4구의 절묘한 대구와 이미지의 순차성 또한 이 시를 기억해 내는 데 큰 도움이 되었을 것이다. 고개 들어 밝은 달을 보았다면 고개 숙여 고향 생각에 젖는 것이 이미지의 전개상 자연스럽다. 두어 번밖에 본 적 없던 시였지만 아마도 흐르듯 전개되는 이미지의 순행에 깊은 인상을 받으면서 나의 무의식에 각인되었을 것이다. 밝은 달, 마당, 서리, 고향 생각 그리고 고개를 들고 숙이는 구체적 행위들이 맞물리면서 거기에 맞는 낱말들을 희미한 기억 속에서 끌어올렸고 이것들을 배열하여 한 편의 시로 조합해 냈던 셈이다. 오래전 사소

한 경험을 길게 이야기한 취지는 사실 「정야사」에서 드러나는 이백 시의 중요한 미덕을 말하고 싶어서였다.

'천의무봉(天衣無縫)'이란 말은 이제 어지간히 상투적인 수사이지 만 이백의 시를 위해 꼭 한 번만 더 써 볼 참이다. 이 사내의 시는 도 저히 꿰맨 흔적을 찾을 수 없다. 견강(牽强)이 없는 것이다. 견강이란 억지로 끌어다 무리수를 두는 것이다. 억지를 부릴 때 시는 난삽과 헛된 제스처 사이를 방황한다. 불편하고 공감하기 어려워진다. 억지 부리지 않은 시는 애써 외우지 않아도 깔아 놓은 이미지의 회로를 따라가며 연상하면 어느덧 우리의 무의식에서 조금씩 희미하게 떠 오르기도 한다.

사실 「정야사」는 이미지의 돌발성이나 창의성 측면에서는 좀 범작 에 속하긴 하다. 하지만 한 글자도 더 보태거나 뺄 것이 없는 이미지 의 완결성과 간결성은 이백 시의 또 다른 매혹이다. 그의 시만큼이 나 매혹적인 삶을 살았던 이백의 생애는 과연 어떠했을까. 그의 생 애는 「정야사」의 이미지처럼 결코 간결하거나 매끄럽지만은 않았다.

2. '낭만선객' 이백

동양 문화권에서 이백(701-762)을 모르는 사람은 아무도 없다. 두 보(杜甫, 712-770)와 더불어 '이두(李杜)'로 통칭되는 두 사람은 중국 문 학의 양대 슈퍼스타이다. 시의 나라인 중국에서는 무수한 시인들이 명멸했지만 시인으로서 두 사람의 위상은 절대적이다. '시성(詩聖)'으 로 일컬어지는 두보가 리얼리즘의 맨 앞자리에 있다면 '시선(詩仙)'의 칭호를 얻은 이백은 로맨티시즘의 거봉이다. 당대의 재상이자 시인 인 하지장(賀知章, 659?-744?)이 붙여 준 '적선인(謫仙人)'이란 별칭처럼 이백은 도저한 로맨티스트였다. '인간 세상으로 귀양 온 신선'이어서였을까. 그의 혈통과 출신 또한 좀 미스터리한 면이 있다.

그의 선조는 오래전에 죄를 지어 서역으로 유배되었다고 한다. 그로부터 100여 년이 지난 705년경에 이백의 부친 이객(李客)이 가족들을 데리고 지금의 사천으로 몰래 들어와 정착했다고 한다. 이백의 나이 5살 무렵의 일이었다. 사정이 이렇다 보니 이백이 한족의 아버지와 이민족인 어머니 사이에서 출생한 혼혈이라는 설이 제법 흥미로울 수밖에 없었다. 그의 출생지는 당시 북서쪽 변방인 쇄엽(碎葉), 그러니까 지금의 키르기즈 공화국 경내였다고 한다.

대상인으로 성공한 부친 덕분에 이백은 어려서 제법 부유한 가정에서 성장한다. 유년 시절부터 다섯 수레의 책을 읽었다는 호사가들의 호들갑은 물론 과장된 전언이겠지만 소년 이백이 백가(百家)의 학문과 문장을 섭렵하고 일찍부터 시문 창작에 재능을 보인 것은 분명한 사실이다. 여기에 협객과 어울리며 검술을 수련하고 임협(任俠)을 몸소 실천하는 행동파의 기질이 다분했다. "머리가 하얗게 세도록 방안에서 글만 읽는 유생들은, 행동하는 협객들만 못하다(儒生不及游俠人, 白首下帷复何益)"고 일갈한 그의 기개는 그가 책상머리 앞의 유약한 문사나 유학자들과는 매우 다른 성격의 소유자였음을 잘 보여 준다.

이백은 20대 중반부터 집을 떠나 유랑과 방랑을 시작한다. 길 위에서 그는 자유롭고 분방했다. 유서 깊은 명승과 고적을 탐방하고 각 지역의 다양한 물산과 풍물, 대가들의 각종 예술과 예인들의 가무를 편력한다. 한편으로는 자신을 중앙 정치 무대에 천거해 줄 후원자를 찾기 위해 지역의 유지와 권세가의 문지방을 닳도록 넘어 다녔다. 이 시기에 정립되어 평생 그를 지배한 인생의 목표는 도가적 은둔 지향과 세상에 나가고자 하는 출세 지향의 공존이었다. 두 가지 목표는 언제나 충돌했고 양극단의 모순 사이에서 그의 전 생애에 걸친 방황은 길고도 뜨거웠다.

마침내 이백은 지인인 오균(吳筠)의 추천으로 당의 전성기를 이끌었던 현종(玄宗)을 대면하고 한림학사(翰林學士)라는 관직을 제수받는다. 그의 생애 최초의 관직으로 42살 때의 일이었다. 가슴속에는 절묘한 시구를 품고 머릿속에는 치국의 전략을 담은 채 장안으로 향했다. 경세제민(經世濟民)의 포부를 실현할 꿈으로 부풀어 올랐지만 그가 좌절에 빠지기까지는 오랜 시간이 걸리지 않았다. 현종은 자신의 애인인 양귀비(楊貴妃)를 기쁘게 해 주고 싶을 때에만 이백을 불렀다. 이백은 화청지(華淸池)에서 목욕하는 양귀비 옆에서 그녀가 깔깔깔 웃을 수 있도록 시나 지어 읊어 주는 내시나 '기쁨조'의 처지로 전락해 버린 것이다. 그는 장안 바닥에서 날마다 취했다. 이윽고 사표를 내던지고 장안을 빠져나온 것은 그의 나의 44살 때, 장안에 입성한 지 채 3년이 지나지 않았을 때였다.

장안에서 나온 후 시작된 두 번째 방랑의 시간은 755년 '안사(安史)의 난'이 일어날 때까지 계속되었다. 이 무렵 이백이 11살 아래의 두보를 만난 건 훗날 문학사상 커다란 사건이었지만 당시의 두 사람은 아무것도 알지 못했을 것이다. 그들의 교유는 6개월에 불과했다. 하지만 "술에 취한 가을밤 같은 이불을 덮고 잘(醉眠秋共被)" 정도로 대문호 사이의 관계는 돈독했다. 두 사람이 헤어진 이후 어느 날 두보가 이백을 생각하며 쓴 시 한 편은 이백의 진면목을 제대로 포착한 절창이다. 「불견(不見)」이란 시의 일부이다.

不見李生久 이백을 못 본 지 오래
佯狂眞可哀 미친 척 사는 모습 참으로 애처롭다
世人皆欲殺 세상 사람들 모두 그를 해치려 하지만

吾意獨憐才 나 홀로 그의 재주 아끼고 싶다

敏捷詩千首 민첩한 재능으로 시 천 수를 짓고

飄零酒一杯 한잔 술에 천하를 떠돌아다니는 사람

이백의 말년은 시시각각 위태로웠다. 755년 이백의 나이 55살 때에 발생한 '안사의 난'은 전성기의 당 제국이 쇠망의 길로 들어서는 계기가 되었다. 이백 또한 동란의 와중에서 자유롭지 못했다. 현종의 5남인 영왕(永王) 이린(李璘)의 참모 역할을 잠시 했는데 나중에 역모에 가담했다는 혐의를 받았다. 줄을 잘못 선 것이다. 이린은 이미 형세가 기운 썩은 동아줄이었다. 이백은 포승줄에 묶여 감옥으로 끌려갔고 어쩌면 형장으로 끌려갈 신세였다. 그러나 운 좋게도 사면되어 목숨은 건질 수 있었다. 사면된 이백은 761년 안휘의 당도로 갔다. 그곳의 현령으로 있는 친척 이양빙(李陽氷)에게 의탁하기 위해서였다. 이듬해 이백은 중병으로 쓰러졌고 다시는 일어나지 못했다. 향년 62세였다. 『구당서(舊唐書)』는 이백의 죽음을 이렇게 기록하고 있다.

영왕이 모반을 일으켜 군대가 패했는데, 이백이 연루되어 야랑으로 긴 유배 길을 떠났다. 후에 사면되어 돌아왔으나, 술을 지나치게 마셔 취한 채로 선성에서 죽었다.

취한 채로 죽었다는 기록은 과연 '통음광객(痛飲狂客)'다운 이백의 면목을 유감없이 보여 주는 대목이다. 민간에서는 이백이 채석강(采石江)에서 술에 취한 채 물놀이를 하다가 강에 비친 달을 건지려다 물에 빠져 죽었다고 전해진다. '낭만선객(浪漫仙客)' 이백에게 어울리는 아름다운 전설이다.

이백의 개성은 몇 마디로 규정하기가 어렵다. 분방한 낭만과 고요한 은둔으로 향하다가도 어느새 격렬한 현실로 돌아와 출세와 공명의 성취에 안달이 났다. 고매한 예술적 감수성과 원대한 정치적 포부를 불사르다가 또 어느 순간 차가운 입선(入仙)과 구도의 적막 속으로 침잠했다. 그는 평생을 출세와 은둔, 선계와 속계 사이에서 방황한 광객(狂客)이었다. 이백은 아버지와 남편으로서는 '완벽하게' 무능했다. 재물을 우습게 여겼고 평생을 놀고먹었다. 아이는 영양실조에 걸렸고 아내는 산후조리 잘못으로 죽었다. 모든 구속과 억압으로부터의 해방을 갈구했던 이백 정신은 위대한 문학을 낳는 데만 집중되었다. 이백 시가 보여 주는 해방과 은둔의 경지는 동양적 유토피아를 방불한다. 적요하고 쓸쓸했다.

3. 탈속과 은일

우리가 널리 애송하는 우리 시 한 편을 먼저 보자. 김상용(1902-1951)의 시다.

남(南)으로 창(窓)을 내겠소.
밭이 한참갈이
괭이로 파고
호미론 김을 매지요.

구름이 꼬인다 갈 리 있소.
새 노래는 공으로 들으랴오.
강냉이가 익걸랑

함께 와 자셔도 좋소.

왜 사냐건
웃지요.

―「남으로 창을 내겠소」

소탈한 인정미와 안분지족(安分知足)의 삶의 태도가 도드라진 작품이다. 간결한 형식 속에 자족과 무위, 은일을 욕망하는 시적 진실을 충분히 담아냈다. 삶이 우리에게 '왜'냐고 물을 때, 시인의 대답은 '소이부답(笑而不答)'이다. 침묵과 웃음은 삶의 모호성과 애매성을 가장 정확히 해석한 시의 언어 같다. 사는 뜻을 궁금하게 여기는 우문에 대한 현답인 '소이부답'을 1,300년 전 이백이 선취했다는 건 이미 널리 알려졌지만 여전히 흥미로운 사실이다. 이백의 「산중문답(山中問答)」이다.

問余何事棲碧山 청산에 깃들어 사는 뜻을 나에게 물어봐도
笑而不答心自閑 대답 없이 웃을 뿐, 마음만 절로 한가롭소
桃花流水杳然去 물결 따라 복사꽃 아득히 흘러가니
別有天地非人間 여기는 인간 세상 아닌 별천지라오

탈속 지향의 은사로서 이백의 모습을 가장 잘 드러낸 작품이다. 거친 갈옷을 입은 채 가장 자유로운 자세로 산중에 묻혀 있는 이백의 모습이 보이는 듯하다. 시인은 대답 없이 웃기만 했다지만 사실은 마음의 상태인 "한(閑)"에 그 대답이 들어 있을 것 같다. '한'은 강박이나 강요, 인위와 작위를 모두 떨친 뒤에 찾아오는 고요한 여유

이기 때문이다. 그것은 마치 물결에 실려 흘러가는 복사꽃을 하염없이 바라보는 아득한 마음을 닮았다.

'도화(桃花)'는 도연명(陶淵明, 365-427) 이래 중국이 잃어버린 유토피아의 메타포이다. 이백은 어느새 자신이 깃든 청산을 이상향으로 설정한 셈이다. 따라서 이 시는 동양의 오래된 은일적 공간 또는 유실된 이상향으로의 회귀에 대한 이백의 소망을 함축하고 있다고도 볼 수 있다. 소망의 발원지는 공명과 출세를 위해 부딪치고 깨지고 수모를 당했던 저잣거리와 세속 권력의 세계였음은 말할 것도 없다. 좌절된 출세의 욕망을 다스리고 상처받은 자아를 위무하기 위해 이백이 택했던 수단은 자연 속으로의 은일과 함께 취흥(醉興)의 세계에 대한 탐닉이었다. 이백의 뛰어난 시편 중 많은 부분이 음주에 관한 시이다.

4. 취흥과 광기

이백이 장안에 머물렀던 약 3년 동안 800일 이상을 술에 취해 거리에서 잠들었다는 전언은 좀 과장된 면이 있을 것이다. 하지만 양귀비와 환락에 빠진 현종의 타락한 정권 밑에서 자신의 정치적 포부를 펼칠 기회가 좌절되자 날마다 폭음으로 시름을 달랬던 것은 사실이었다. 그는 점점 방탕해졌고 술과 함께 보내는 시간이 많았다. 이 무렵 이백의 모습을 우리는 두보의 「음중팔선가(飮中八仙歌)」를 통해 생생하게 보게 된다.

李白一斗詩百篇 이백은 술 한 말에 시 백 편을 쓰고

長安市上酒家眠 취하면 장안 시장 술집에서 잠들었지

天子呼來不上船 천자가 불러도 배에 오르지 않고

自稱臣是酒中仙 스스로 술 취한 신선이라 부르네

저 백 편 중에 한 편이 바로 그 유명한「월하독작(月下獨酌)」시리즈
이다. 그중 일부이다.

花間一壺酒 꽃나무 사이 술 단지 놓고
獨酌無相親 친한 이 없이 홀로 술 따른다
擧杯邀明月 술잔 들어 달과 건배하니
對影成三人 달과 나와 그림자까지 셋이어라
月旣不解飮 달은 술을 마실 줄 모르고
影徒隨我身 그림자만 덧없이 나를 따라 마신다

'월하독작'이라 했으니 달 아래에서 혼자 마시는 술이다. '혼술'의
아득한 원조 격이다. 이때 이백은 궁정에서 점점 소외되어 가고 있
었다. 그를 배척하는 환관들에 둘러싸여 시름에 겨운 나날들이었다.
고립된 처지였으니 술은 달과 나의 그림자와 함께 마실 수밖에 없었
다. 삼자의 음주 풍경이 동화처럼 천진하되 달빛 아래 드러난 '주선
(酒仙)' 이백의 수심 가득한 얼굴이 보일 듯하다. 술 취한 이백은 과
연 이후에 어떻게 되었을까. 아래의 시는 궁금해하는 독자들을 돌연
아름답고 쓸쓸한 풍경 속으로 데려고 간다.「자견(自遣)」이라는 시다.
'스스로 달래거나 위로한다'는 뜻이다.

對酒不覺暝 어두워지는 줄도 모르고 술 마셨지
落花盈我衣 취해서 누운 사이 옷 위에 수북이 쌓인 꽃잎
醉起步溪月 취한 채 일어나 냇물 속 달과 함께 걸어가는데

鳥還人亦稀 새는 돌아가고 인적마저 끊긴 길

혼자 술 마시는 저녁, 어느덧 사위가 어두워졌다. 술에 취한 이백
은 자신도 모르게 스르르 쓰러져 잠이 들었을 게다. 잠든 사이 이백
의 몸 위로 져 내려 이불처럼 덮는 꽃잎의 풍경이라니. 쓸쓸하고 사
무치게 아름답다. 아름다운 풍경은 다음 구절에도 이어진다. 자다가
일어났으나 취기는 여전하다. 어디론가 돌아가야 갈 시간. 발걸음을
옮길 때마다 냇물에 비친 달이 따라온다. 새는 숲속으로 돌아가고
인적마저 끊긴 길을 가는 것은 취한 이백뿐이다. 텅 빈 우주 속을 비
틀비틀 홀로 걸어가는 그의 뒷모습이 선명하다.

마지막 구절은 유종원(柳宗元, 773-819)의 「강설(江雪)」 중 "온 산엔
새 한 마리 날지 않고, 모든 길엔 사람 자취 끊겼다(千山鳥飛絶, 萬徑人
蹤滅)"라는 저 명구를 낳은 젖줄이 되지 않았을까 싶다. 이백의 시 또
한 시각적 이미지가 압도적이다. 이렇게 설명 아닌 시각적 묘사로
일관할 때 시는 쓰는 것이 아니라 그리는 일에 육박한다. 취한 듯 그
린 시 속에서 이백의 아름다운 적막과 쓸쓸한 고절의 미학이 취흥처
럼 빛나고 있다. 또 다른 작품 「장진주(將進酒)」는 '주선' 이백의 장쾌
한 스케일을 유감없이 보여 주는 명작 중의 하나다.

君不見 그대는 보지 못했는가
黃河之水天上來 황하의 물 하늘에서 내려와
奔流到海不復回 거세게 흘러 바다에 이르면 다시는 돌아올 수 없는
　　　　　　것을
君不見 그대는 보지 못했는가
高堂明鏡悲白髮 높은 벼슬아치도 거울 속의 백발을 슬퍼하는 것을

朝如靑絲暮成雪 아침에는 푸른 실 같더니 저녁엔 어느덧 하얗게 세
　　　　　　었네

(중략)

天生我材必有用 하늘이 나에게 주신 재능 반드시 쓸모 있을 것이고

千金散盡還復來 천금을 탕진한다 해도 반드시 또 생길 것이니

烹羊宰牛且爲樂 소 잡고 양 잡아 모름지기 즐길 뿐

會須一飮三百杯 한번 마시면 삼백 잔은 마셔야지

(후략)

　바다로 간 강물이 다시는 돌아오지 않듯 한번 간 세월은 돌이킬
수 없고 어떤 부귀영화도 흐르는 세월 앞에 속수무책 노쇠해 가는
애상을 이렇게 호쾌한 스케일로 그릴 수 있는 건 이백이기 때문에
가능할 것이다. 불가역의 시간성 앞에서 그가 할 수 있는 일이란 하
늘이 내린 천부의 재능으로 경세와 치국의 포부를 한번 실현해 보
는 것이리라. 이백은 늘 주머니가 텅 비어 있었지만 재물 따윈 가볍
게 여겼다. 그러나 한번 마시면 크게 취했고 크게 취하면 칼을 뽑아
들고 덩실덩실 춤을 추거나 마당에 누워 하늘과 땅을 이불과 깔개로
삼았다.

5. 가장 '이백스러운'

　스스로를 "초나라의 미치광이(我本楚狂人)"라고 했던 이백의 광활
하면서도 낙천적인 기질은 남다른 시간과 공간 감각을 길러 주었다.
「춘야연도리원서(春夜宴桃李園序)」의 첫 문장은 우리에게 이백의 야성
과 광기 그리고 낙천적이고 광활한 스케일을 모두 집약적으로 보여
주고 있다.

夫天地者 萬物之逆旅 천지는 만물이 잠시 쉬어 가는 여관이고

光陰者 百代之過客 시간은 영원히 지나가는 객이라

而浮生若夢 爲歡幾何 덧없는 인생 꿈과 같으니 즐거운 날 며칠이나
되리오

古人秉燭夜遊 良有以也 옛사람 촛불 켜고 밤새 놀았다 하니 그만한
까닭이 있었으리라

　천지라는 공간에서 쉼 없이 변해 가는 만물의 유전성과 무한하게
흘러가는 시간에 대한 인식은 야성과 자유를 붓으로 삼아 유랑한 자
만이 깨달을 수 있는 통찰이다. 한 생애를 남김없이 탕진해 본 자만
이 쓸 수 있는 글이다. 그러니 천고의 명문, 저 아름다운 글은 가장
'이백스러운'문장이다.

봄날과 전장의 시인, 두보

1. 영화 「호우시절」과 시 「춘야희우」

「호우시절(好雨時節)」(허진호 감독, 2009)이란 영화를 오래전에 본 적이 있다. 봄이 무르익는 계절이면 생각나는 영화이기도 하다. 남자 주인공인 정우성과 중국 여배우 고원원(高圓圓)의 캐릭터는 봄날처럼 환하고 싱그럽다. 영화의 배경인 성도(成都) 두보초당(杜甫草堂)의 대숲을 흔들던 바람과 햇살은 푸르고 향기로웠다. 영화는 과거의 메마른 기억과 어긋난 인연을 조금씩 봄비 속에 적신다. 그리고는 '시절에 맞게 내리는 비가 좋은 비'이듯 '지금, 여기'의 만남을 가장 빛나는 시절의 인연으로 다시 피워 올린다.

이 글을 쓰기 위해 다시 본 「호우시절」은 '시절인연'이란 소소한 낱말의 의미를 거듭 되새기게 한다. 시절 따라 사랑하고 이별하는 일. 인연 따라 삶을 살고, 죽음을 죽는 일. 살아가며 겪게 되는 이 모든 일들을 우리가 기꺼이 수긍하고 승인하는 일. 우리 사는 세상에서 이게 어디 쉬운 일일까마는 겨우내 가물고 얼었던 땅에 때가 되면 저절로 봄비 내리듯 우리의 모든 인연과 삶도 그럴 것이라는 메시지를 따스한 봄비에 실어 우리를 적셔 주는 듯했다.

성도 초당의 주인이었던 두보(杜甫, 712-770)의 시에서 영화 제목을 빌려 온 건 그야말로 '신의 한 수'였다. 두보가 누구인가. 일생의 대부분을 방랑과 좌절, 궁핍과 전란 속에서 살았던 시인이다. 그가 성도에 정착하고 초가집을 짓고 살았던 2, 3년 간이 그의 생애에서 가장 안정되고 행복한 시절이었다. 시절에 맞게 내리는 비의 참다운 의미를 깨닫기 전까지 그는 세상살이의 쓴맛을 다 본 길 위의 방랑자였다. 이제 막 지천명(知天命)의 나이에 접어든 장년의 시인은 봄밤에 내리는 비의 사소함도 기쁜 마음으로 들을 줄 알게 된다. 761년 봄비 내리는 어느 날 밤, 시인은 시 한 편을 썼다. 제목은 '봄밤의 반가운 비'다.

春夜喜雨

好雨知時節 좋은 비는 시절을 알아
當春乃發生 봄 되자 바로 내리네
隨風潛入夜 바람 따라 가만히 밤으로 스며
潤物細無聲 소리 없이 촉촉이 만물을 적시네
野徑雲俱黑 들길에는 온통 검은 구름
江船火燭明 강 위의 배에는 유독 밝은 등불
曉看紅濕處 새벽에 붉게 젖은 곳 바라보니
花重錦官城 겹겹이 꽃 핀 금관성

영화 「호우시절」의 발원지인 첫 구 "호우지시절(好雨知時節)"은 시와 영화의 중핵을 모두 장악하는 기저음이다. 때에 맞춰 내리는 봄비는 사실 아무런 새로울 것이 없는 자연현상이다. 다만 여기에는 순행하는 자연의 이치에 대한 관조의 시선이 깃들어 있다. 시선은 느리고 고요해서 봄비처럼 세계와 대상에 스민다. 3, 4구의 청각적·촉각적 이미지와 5, 6구의 시각적 이미지가 대비되는 점을 살피는 것도 이 시를 읽는 재미 중의 하나다.

안온하고 평화로운 정조 속에서도 들길에 드리워진 검은 구름은 모종의 불안을 드러내는 징후다. 두보가 이 시를 쓸 당시 아직 진행 중인 안사(安史)의 난과 그로 인한 전란의 깊은 상처가 밝은 등불과 대비되면서 더욱 도드라지는 순간이다. 이렇게 풍파에 시달리는 세상과 인간의 일들과는 무관하게 그래도 봄비는 밤새도록 내렸나 보다. 새벽에 일어나 밖을 내다보니 세상은 온통 붉게 젖어 있다. 봄비를 머금고 봄꽃이 만개한 것이다. 마지막 구의 "금관성(錦官城)"은 바로 지금의 성도다. "화중(花重)"이란 표현에 유의하지 않는다면 이 시의 절반만 읽은 것이다. '화중'은 단순히 꽃이 핀다는 '화개(花開)'와는 다르다. 겹겹이 꽃이 피어 흐드러지게 만개한 사태다. 두보는 지금 그 꽃무리의 장관을 조용히 내다보고 있다. 전란에 휩싸인 국토의 변방에 잠시 머무르는 두보에게 봄밤의 비가 선사한 최고의 선물이자 휴식의 시간이다.

시는 기발한 상상이나 놀라운 기교 한 줄 없이도 흐르듯 우리에게 스민다. 자연의 이치와 생에 대한 관조 속으로 우리를 조용히 이끌며 봄비처럼 적신다.

2. '환장할 봄날'과 두보

봄날을 소재로 한 두보의 시편들은 그가 얼마나 섬세한 감성의 소유자인지를 잘 드러낸다. 가령 「곡강 2수(曲江二首)」에서 시인이 감각하는 봄날이란 이렇다.

一片花飛減却春 한 조각 꽃잎이 날아도 봄빛은 줄어드니
風飄萬點正愁人 만 점 꽃잎 날리니 정령 시름겨워라

꽃잎 한 점 질 때마다 봄빛이 줄어든다고 했다. 가는 봄날에 대한 아쉬움을 표현하는 방식은 동서고금 모든 시인의 숫자만큼이나 무수할 것이다. 하지만 두보의 저 섬세한 감각에 미칠 표현력은 그리 흔치 않을 것이다. 그러니 만 점 꽃잎 흩날리는 봄날을 두보가 견디기란 결코 쉬운 일이 아니다. 속수무책 시름에 잠겨 있는 그의 얼굴이 보이는 듯하다.

봄을 앓는 시인의 시름은 깊은 고뇌에 가깝다. 그래서였을까. 그는 봄날의 우수를 하소연할 친구를 찾아간다. 함께 술 한잔이라도 나누고 싶던 모양이다. '강가를 홀로 걸으며 꽃을 찾다'라는 뜻의 「강반독보심화(江畔獨步尋花)」 중 1수에서 그는 이렇게 노래한다.

江上被花惱不徹 강변이 꽃으로 덮여 고뇌가 끝이 없나니
無處告訴只顚狂 어디 하소연할 곳도 없어서 환장하겠네
走覓南隣愛酒伴 남쪽 이웃인 술 좋아하는 친구 찾아갔더니
經旬出飮獨空牀 술 마시러 집 나간 지 열흘이 넘었다고 하네

바야흐로 절정의 봄날이었나 보다. 시인이 걷는 강변이 온통 꽃으로 뒤덮여 있다. 이윽고 만 점으로 흩날릴 꽃잎을 지켜봐야 할 시인의 심사는 시름을 넘어 끝없는 고뇌에 가깝다. 고뇌를 달래기엔 술

이 제격이다. 두보의 술 실력은 이미 정평이 나 있다. 그래서 남쪽 이웃에 사는 술친구를 찾아간다. 그런데 아뿔싸! 한 발 늦었다. 친구 또한 술 마시러 나가고선 열흘째 가출 중이다. 친구 역시 어디선가 봄을 앓고 있는 중일까. 이렇게 소재 불명에 빠진 친구의 부재를 통해 두보의 '환장할 봄날'은 더 오랫동안 견뎌야 할 천형 같은 것인지도 모르겠다. 아래의 시 또한 봄날을 견디는 시인의 소회가 남달리 도드라진 명작이다. 「절구 2수(絕句二首)」 중 두 번째 수다.

江碧鳥逾白 강물 파래서 새 더욱 희고
山靑花欲燃 산 푸르고 꽃은 불타는 듯
今春看又過 올 봄도 눈앞에서 또 지나가는데
何日是歸年 어느 해에나 돌아갈까

우선 1, 2구의 절묘한 대구가 눈길을 끈다. "벽(碧)"은 본래 '푸른 옥(碧玉)'이다. 따라서 "강벽(江碧)"은 짙은 녹색을 띤 수면이다. 그 위로 하얀 새가 스치듯 날아간다. 푸른 강물에 대비된 흰색이기에 더욱 눈부시게 빛난다. 2구의 불타듯 피어나는 꽃들의 붉은빛과 푸른 산의 대비 또한 강렬한 시각적 효과를 발산한다. 자연이 시절에 따라 자신의 생명력을 가장 극적으로 분출하는 장관이다. 여기에 "강벽(江碧)"-"산청(山靑)", "조(鳥)"-"화(花)", "유백(逾白)"-"욕연(欲燃)"으로 맞세운 대구가 형식의 아름다움을 완벽하게 구현한다.

하지만 이렇게 찬란한 자연도 이윽고 변화하기 마련이다. 우주와 자연의 질서는 유장하게 흐르는 시간에 얹혀 있다. 그 시간의 한순간도 거스르지 못하고 시간과 함께 저물어야 하는 운명이 유한한 생명이 지닌 근원적 슬픔이다. 언제나 그랬듯 올 봄도 또 지나갈 것이다. "간우과(看又過)"에서의 "간(看)"은 단순히 '본다'라는 의미를 넘어선다. 매우 문제적인 시어이자 시안(詩眼)에 해당할 듯싶다. 이 낱말에는 가는 봄을 어쩌지 못하고 물끄러미 바라보아야만 하는 시인의 안타까운 심정이 스며 있다. 유구한 천지의 질서 앞에서 인간이 느끼는 생명의 유한성에 대한 자각과 이로 인해 촉발된 슬픔의 성분이 들어 있다. 이 시가 배후에 거느리고 있는 정서는 가는 봄을 속수무책 바라보아야만 하는 시인의 시름이다. 길 위에 선 나그네, 두보는 유구한 자연의 질서에서 격리된 인간, 질서와 조화를 잃어버린 인간의 흥망성쇠를 깊이 들여다보았을 것이다. 이것이 시인의 비애다.

3. 깨진 나라와 찬란한 봄날

봄날을 노래한 두보의 시 중에서 마지막으로 살필 다음의 시는 널리 인구에 회자되는 작품 중의 하나다. '봄날, 높은 곳에서 멀리 바라본다'는 뜻의 「춘망(春望)」이다.

> 國破山河在 나라는 깨졌어도 산하는 여전하고
> 城春草木深 장안에 봄이 왔건만 초목만 무성하네
> 感時花濺淚 시절이 스산하니 꽃만 봐도 눈물짓고
> 恨別鳥驚心 서러운 이별에 새소리에도 가슴 아프네
> 烽火連三月 봉화는 석 달씩 이어지니
> 家書抵萬金 집에서 오는 편지는 만금의 값어치
> 白頭搔更短 흰머리 긁을 때마다 더욱 빠져
> 渾欲不勝簪 도무지 비녀조차 꽂을 수 없네

이 시는 두보가 757년 46살 때 장안에서 지은 작품이다. 이때 장안은 755년 발생한 안사의 난으로 반란군의 수중에 있었다. 두보는 피난 간 가족들과 헤어져 홀로 장안에 구금되어 있던 시기였다. 당 (唐) 왕조와 현종(玄宗) 치세(712-756)의 유가 질서에 대한 절대적인 옹호와 존숭의 생각을 품고 있던 두보에게 안사의 쿠데타는 깊은 정신적 상처를 남겼다. 당 왕조의 궤멸은 그가 이제까지 딛고 있던 정신적·현실적 기반이 산산이 부서져 나갔음을 의미한다. 아울러 이 무렵의 정치적·사회적 경험을 통해 두보는 격동하는 환경 속에서 고통을 겪는 개인, 민중 그리고 사회의 안위를 깊이 고민하면서 문학적 자산을 축적해 간 시기이기도 했다.

「춘망」은 두보가 구금 중이던 어느 봄날, 장안이 내려다보이는 언덕에 올라 전란으로 피폐해진 성안을 굽어보며 소회를 적은 시이다. 시를 여는 첫 낱말 "국파(國破)"는 너무도 강력해서 이 무렵 두보의 불안하고 혼란한 심리 상태를 그대로 노정하고 있다. 현종과 양귀비의 황음(荒淫)이 끝내 초래한 내란과 그로 인해 철저히 파괴된 왕조의 너덜너덜한 모습을 두보는 단 두 글자로 압축했다. 하지만 산하대지는 인간사의 파탄과 불행에서 초연하여 여전히 그대로 존재한다. "재(在)"는 단순히 그냥 있는 것이 아니라 의연하고 확고하게 있는 것이다. 인간사의 파행과는 아무 관련 없이 자연은 유구하다. 그러니 봄 또한 시절 따라 저절로 정확히 도래한다. 예전과 다름없이 장안에 봄이 온 것이다. 그러나 성안에는 초목만 무성하게 자랄 뿐이다. 봄과 함께 붐벼야 할 사람들은 전란으로 뿔뿔이 흩어진 채 텅 빈 성안의 쓸쓸하고 황폐한 봄날 풍경을 두보는 "초목심(草木深)"이라는 세 글자로 에둘러 표현한 것이다.

작금의 어지러운 시절을 생각해 보면 꽃을 봐도 눈물이 흐르고 전란에 흩어진 수많은 사람들을 떠올리면 새소리에도 가슴이 아파 온다는 두보의 고백은 인간사의 보편적 고통과 슬픔을 자신의 일인 양 수용하는 뛰어난 공감 능력을 보여 준다. 3개월씩이나 봉화를 올리는 전란 시기에 헤어진 가족에게서 안부 편지를 받기란 그야말로 기적 같은 일일 것이다. 그러니 어쩌다 받게 되는 편지란 만금의 값어치 이상일 것이다. 46살의 두보는 벌써 머리가 하얗게 세고 빠지는 초로에 접어들었던 것 같다. 머리가 빠져 비녀를 꽂을 수 없다면 관을 쓰지 못한다. 관은 단순한 모자의 형식이 아니다. 두보가 평생에 걸쳐 염원했던 관리가 되어 당 왕실과 인민을 위해 일하고 싶어 했던 소망의 표현이다. 더 이상 머리에 관을 쓸 수 없다면 그것은 소망의 좌절이다. 난세에 실현 불가능하게 되어 버린 자신의 꿈과 희망을 두보는 마지막 구절에 아프게 담아내고 있는 것이다.

「춘망」은 봄을 소재로 한 시이면서도 앞에서 살핀 작품들과는 달리 차별되는 점이 있다. 바로 명료한 정치적·사회적 의식이 시에서 깊이 드러나고 있다는 점이다. 중국 시사에서 두보는 리얼리즘의 거두로 굳건히 자리 잡은 시인이다. 두보가 남긴 1,500여 수의 시 중에서 현실주의 시들은 대개 그의 작품들 중 가장 뛰어난 시편들로 평가받고 있다. 「삼리삼별(三吏三別)」이 대표작이다.

4. '취사병 할멈'과 현실주의

「삼리삼별」이란 759년 그러니까 두보의 나이 48세 때 쓴 「신안리(新安吏)」「동관리(潼關吏)」「석호리(石壕吏)」「신혼별(新婚別)」「수로별(垂老別)」「무가별(無家別)」을 통칭한 말이다. 6부작은 한마디로 두보가 본 전쟁 이면에 감추어진 진실에 대한 생생한 리포트다. 이 여섯 편의 시는 전란 속에서 고통을 겪는 백성들에 대한 연민과 백성들을 도탄에 빠트린 무능하고 부패한 조정에 대한 날카로운 비판을 담고 있다. 이른바 반전시(反戰詩)인 동시에 시로 쓴 역사 즉 시사(詩史)라고 할 만하다. 그런 점에서 두보의 현실주의 시편들은 '화조월석(花鳥月夕)'과 '음풍농월(吟風弄月)'에 골몰하던 이전의 중국 시와는 전혀 다른 시풍을 열어젖힌 새로운 스타일의 시였다. 6부작 중 한 편인 「석호리」에서 우리는 새로운 중국 시의 진경을 만나게 된다. 제목은 '석호의 관리'라는 뜻이다.

暮投石壕村 저물녘 석호촌에 묵었는데
有吏夜捉人 밤중에 관리들이 사람들 잡아간다
老翁踰牆走 할아범 담장 넘어 도망치고
老婦出門看 할멈이 대문 열고 관리를 맞이했다
吏呼一何怒 관리의 호통은 어찌 그리 화나 있고
婦啼一何苦 할멈의 울음은 어찌 그리 쓰릴고
聽婦前致詞 할멈이 나서서 하는 하소연 들어 보니
三男鄴城戍 "세 아들 다 업성으로 징집 나갔어요
一男附書至 한 아들이 편지를 부쳐 왔는데
二男新戰死 두 아들이 이번에 전사했으니
存者且偸生 산 사람은 잠시 목숨 부지했고
死者長已矣 죽은 사람은 영영 끝났지요
室中更無人 집안에 끌어갈 사람 더 없는데
惟有乳下孫 젖먹이 손자 하나만 있고
有孫母未去 손자에겐 미처 못 떠난 어미 있지만
出入無完裙 나갈 때 입을 성한 치마조차 없어요
老嫗力雖衰 늙은 몸 기력은 쇠했지만
請從吏夜歸 밤새워 관리 따라 나설게요

急應河陽役 서둘러 하양의 전쟁터에 이르면

猶得備晨炊 병사들 아침밥은 준비할 수 있어요"

夜久語聲絕 밤 깊어 말소리 끊어지고

如聞泣幽咽 흐느끼는 소리 들리는 듯했는데

天明登前途 날 밝아 길 나설 때에는

獨與老翁別 오직 할아범 한 사람과 작별했네

7년 간 지속된 안사의 난(755-762)은 개원(開元, 713-741)과 천보(天寶, 742-756) 연간의 전성기를 구가하던 당 제국의 기틀을 뿌리부터 흔들어 놓은 참혹한 전란이었다. 당시 5천여 만 명의 인구 중에 7할이 희생되는 참극이었다고 한다. 반란군에게 연일 패퇴하는 관군의 병력을 보충하기 위해 백성의 남녀노소를 막론하고 전쟁터로 징발하는 사태가 전국 각지에서 벌어졌다. 징집에 나선 관리들의 횡포와 그로 인해 무고한 백성들이 겪어야 했던 고통의 눈물은 하루도 마를 날이 없었다.

「석호리」는 바로 당시 민중이 겪어야 했던 참상과 고난을 리얼하게 묘사한다. 1,200여 년이 지난 오늘날의 우리에게도 당시의 비극이 고스란히 전달되는 핍진성에 전율하게 된다. 전쟁 중 한 마을의 여관에 묵었던 두보는 그날 밤 그 집에서 벌어진 사태를 마치 생중계하듯 독자들에게 전달한다. 아들 셋이 이미 징집되어 끌려간 할멈의 집에 관리들이 들이닥친다. 관리들이 오기 직전 할아범이 도망친 빈집에는 이제 젖먹이 손자와 헐벗은 며느리밖에 없다. 누구를 전쟁터로 끌고 갈 것인가. 호통을 치며 위세를 부리는 관리들 앞에서 할멈은 눈물로 호소한다. 아들 둘은 이미 죽고 더 이상 징집될 사람이 없는 집이니 차라리 자신을 데리고 가라고 자원한다. 늙고 병들었지

만 전선에서 아침밥은 지을 수 있다는 할멈은 유사 이래 최초의 '가
장 슬픈 취사병'이다. 두보가 아침에 여관을 나설 때 그와 작별 인사
를 한 사람은 지난밤에 도망갔던 할아범이다. 할멈은 어디로 갔을
까. 시의 비극적 정조의 절정은 시가 끝난 다음에도 오래도록 이어
진다.

이 시의 두드러진 특징은 사태의 전말을 그대로 전할 뿐 시인 자
신의 주관적 감상이나 논평 혹은 어떠한 해석도 자제하고 있다는 점
이다. 이러한 시적 지향은 이전 중국 시에서는 찾아보기 어려운 새
로운 시도였다. 사회를 관찰하는 예민하고 냉혹한 시선은 두보가 새
로운 스타일의 시를 창안하는 원동력이 되었다. 오직 사실에 기반한
기록만으로도 시적 함축이 가능하다는 것을 몸소 보여 주었다.

갓 결혼한 신부가 다음 날 새벽 졸지에 남편을 전쟁터에 빼앗기는
사연을 노래한 「신혼별」 역시 전란 중에 겪는 민중의 비극과 아픔을
선명하게 드러낸 수작으로 꼽힌다. 사지로 떠나는 남편을 앞에 두고
고백하는 신부의 음성을 두보는 그 떨림까지도 그대로 옮겨 적은 듯
하다.

自嗟貧家女 스스로 가난한 집 딸임을 한탄하고
久致羅襦裳 오랜만에 비단옷을 입어 봤어요
羅襦不復施 비단옷 다시는 입지 않을 것이며
對君洗紅妝 당신 앞에선 화장도 지우겠어요

신부는 가난한 집안의 출신인 것 같다. 그렇더라도 예복만큼은 비
단옷으로 어렵게 마련했을 것이다. 하지만 곧 전쟁터로 끌려가는 남
편을 앞에 두고 비단옷을 입고 행복해할 수는 없는 노릇이다. 언제

살아올지도 모르는 남편 앞에서 비단옷을 벗고 화장을 지워야만 하는 신부의 비애를 이 시는 특별한 장식 없이 그대로 묘사하고 있다.

「삼리삼별」을 중심으로 한 두보의 사실주의 시편들은 그가 생의 끝없는 고통을 시로 노래한 고난의 시인이었음을 잘 보여 준다. 그의 삶은 일생을 길 위에서 떠돌았고 가난하고 불우했다. 난맥의 사회 속에서 가족과 자주 흩어졌고 공명의 기회는 좀처럼 주어지지 않았다. 가난과 우울, 고독과 우수는 예민한 시인의 삶과 문학을 관통한 키워드들이다.

5. 고음과 '밥'의 시인

두보는 "시어가 사람을 놀라게 하지 않으면 죽어서도 고치기를 그치지 않겠다(語不驚人死不休)"라고 어느 시 속에서 결기를 드러낸 바 있다. 그런 점에서 두보는 고음(苦吟)의 시인이었다. 비교적 만년인 56세 때 지은 「등고(登高)」는 그가 시어의 선택과 조탁에 얼마나 힘을 쏟았는가를 잘 보여 주는 수작이다. 음력 9월 9일 중양절(重陽節)에 높은 언덕에 올라 장강을 내려다보며 관조하듯 써 내려간 그의 문장은 그가 살아온 세상 풍경과 삶의 역정 그리고 만년의 고독을 집약적으로 보여 주고 있다.

> 無邊落木蕭蕭下 가없는 낙엽은 쓸쓸히 지고
> 不盡長江滾滾來 무한한 장강은 유유히 흘러간다
> 萬里悲秋常作客 만 리 헤맨 슬픈 가을엔 언제나 나그네였고
> 百年多病獨登臺 백 년의 질병을 안고 홀로 누대에 오른다

가을에 당도한 시간 속에서 지는 낙엽과 흐르는 강물은 하염없고

속수무책이다. 이토록 아름답고 절묘한 대구에 놀라지 않을 후대 사람은 없을 것이니 두보는 무덤 속에서도 쉬지 않고 시어를 갈고닦고 있을 것만 같다. 만 리를 편력한 길 위에서 그는 언제나 나그네였고 이제 병든 몸을 수습하여 천천히 높은 언덕에 오르는 시인의 등 뒤로 쓸쓸한 가을바람이 스쳐 지나갈 듯하다. 이 시를 통해 우리는 만년의 두보의 모습을 상상하기 어렵지 않다.

두보는 시 못지않게 '밥'에도 성실했다. 그는 시인이기 이전에 생활인이었고 가난했으나 한 가정의 가장으로서 생계를 위해 최선을 다했다. 그러나 그는 번번이 굶어 죽는 아들과 딸을 끌어안고 눈물을 쏟아야 했다. 두보 자신 또한 생을 마감하기 직전까지 몹시 굶주렸다. 전란을 피해 가족을 데리고 유랑하던 그는 770년 겨울, 동정호(洞庭湖)의 배 위에서 병사했다. 일설에 따르면 닷새를 굶은 그를 구제하기 위해 가까운 현령이 보내 준 쇠고기와 술을 너무 급히 먹다 급체로 죽었다고도 한다.[1] 이것이 사실이라면 중국 문학사의 대시인 '시성(詩星)'의 마지막 모습은 우리로 하여금 진저리 치게 한다. 그의 나이 59세 때의 일이었다.

---

1 이은상, 『중국 문인들의 글쓰기』, 이담, 2012, p.143.

유토피아를 찾아서, 도연명의 「도화원기」

1. 낙원의 꿈, 무계정사

봄날의 산책길에 오래된 집터를 발견한 적이 있다. 인왕산 자락이 흘러내리다 잠시 멈춘 듯 아늑한 곳이었다. 종로구 부암동 소재 '무계정사(武溪精舍)' 터였다. 집터 근처 바위에 새겨진 '무계동(武溪洞)'이란 글씨는 힘차고 늠름했다. '무계'가 '무릉계곡(武陵溪谷)'의 준말이라면 이곳을 그 옛적 이상향의 상징인 '무릉도원'으로 명명한 이는 도대체 누구였을까 궁금증이 생겨날 수밖에 없었다. 귀가하는 즉시 인터넷 검색 엔진을 돌렸다.

의문은 이내 풀렸다. '무계정사'는 1452년 5월경 세종의 셋째 아들인 안평대군(安平大君, 1418-1453)이 지은 별장이었다. 그로부터 1년 후 둘째 형인 수양대군과의 권력투쟁에서 패한 그가 사사(賜死)된 장소라는 사실은 좀 아이러니했다. 낙원을 꿈꾼 장소가 반역을 도모한 장소로 오인되어 그의 생명을 단축하는 빌미가 되었기 때문이다. 사실 '무계정사'는 5년 전 안평대군이 꿈꾼 이야기와 깊은 관련이 있는 곳이다.

2. 꿈속에서 도원을 거닐다

안평대군이 꾼 꿈을 바탕으로 그린 그림이 바로 저 유명한 안견의 「몽유도원도(夢遊桃源圖)」이다. 「몽유도원도」에는 안평대군의 꿈 이야기와 이것을 그림으로 그리게 된 사연을 기술한 「몽유도원기」가 붙어 있다. 우리는 이 글을 통해 조선 시대 비운의 왕자가 난세 속에서 욕망했던 이상 세계를 만난다. 꿈은 생생하고 묘사는 선명하다.

정묘년(1447년) 4월 20일 밤 내가 자리에 눕자마자 정신이 아득해지며 깊이 잠든 동안 꿈을 꾸게 되었다. 박팽년과 함께 어느 산 아래 이르렀는데 첩첩 산봉우리는 우뚝하고 깊은 골짜기는 아득하였다. 복숭아꽃 수십 그루가 있었다. 숲으로 난 오솔길은 끝자락에서 두 갈래로 갈라졌다. 어느 길로 가야 할지 몰라 서성거리고 있는데, 소박한 차림의 사람이 나타나 나에게 길을 알려 주었다. '이 길을 따라 북쪽 골짜기로 들어가면 도원(桃源)입니다.' 내가 박팽년과 함께 말을 채찍질하여 그곳을 찾아가는데 절벽은 깎아지른 듯하고 수풀은 울창하였다. 시내를 끼고 구불구불 돌기를 백 번이나 한 듯하여 길을 잃은 것만 같았다.

골짜기에 들어서자 안이 넓게 트여 2-3리는 될 듯하였다. 사방으로 산이 벽처럼 둘러서 있는 가운데 구름과 안개가 자욱이 피어오르고 있었다. 가깝고 먼 복숭아 숲에 햇살이 비치어 마치 노을이 지는 듯했다. 또 대숲에 띳집이 있는데 사립문은 반쯤 열려 있었고, 흙으로 만든 섬돌은 이미 무너져 있었다. 닭이나 개, 소나 말 같은 것은 없었다. 앞 내에 조각배만 물결을 따라 떠다닐 뿐이어서 그 쓸쓸한 정경은 마치 신선이 사는 곳인 듯했다.

여기에서 한참 머뭇거리며 바라보다가 박팽년에게 말하기를 '바위에다 나무를 얽고 골짜기에 구멍을 뚫어 집을 지었다'는 것은 바로 이를 두고 한 말이 아니겠는가. 참으로 도원 골짜기로다, 하였다.

안평대군은 꿈속에서 도원을 찾아가는 여정을 선명하고 아름답게 묘사하고 있다. 험준한 산들과 깊은 골짜기를 지나 그가 당도한 곳은 복숭아 숲으로 둘러싸인 낯선 마을이었다. 세상과 격리된 마을은 텅 비어 쓸쓸했으나 햇살에 비친 복숭아 숲과 마을 정경은 마치 신선이 사는 곳인 듯 신비롭고 환상적인 공간이었다. 안평대군은 이곳을 도원이라고 호명했으니 그는 꿈속에서 홀연히 이상향, 유토피아에 당도한 것이다.

그런데 안평대군의 아름다운 꿈 이야기는 어쩐지 우리에게 기시감을 불러일으킨다. 마지막 단락의 "바위에다 나무를 얽고 골짜기에 구멍을 뚫어 집을 지었다"는 말이 당나라 때의 시인 한유(韓愈, 768-824)의 「도원 그림을 보고 지은 시(題桃源圖詩)」 중의 일부인 "바위에 나무 얽고 골짜기 파 집을 짓는다(加巖鑿谷開宮室)"란 구절을 차용했기 때문만은 아니다. 안평대군의 기문 전체가 우리에게 강력하게 환기하는 중국의 고전은 다른 데 있다. 바로 안평대군보다 1,000여 년 전의 인물 도연명이 쓴 「도화원기(桃花源記)」이다.

3. 노자의 '소국과민'과 「도화원기」

도연명(陶淵明, 365-427)은 4세기 말 동진(東晉) 말기부터 남조(南朝)의 송(宋) 초기에 살았던 유명한 시인이다. 그가 살았던 시대는 진, 송 교체기로 극심한 정치적 혼란과 사회적 갈등이 첨예한 시기였다. 정치적 격변과 사회적 불합리와 모순, 민중의 봉기 등으로 하루도

편할 날 없는 난세였다. 이런 시대 환경 속에서 갈등하던 도연명은 팽택령 현령을 마지막으로 관직을 그만두고 귀향하는 결정을 내린다. 그의 나이 41살 무렵이었다. 이후에 그는 전원에 은거하며 손수 농사짓는 한편 시문 창작에 몰두하는 도가적 은일의 삶을 영위하게 된다. 이렇게 정치 현실에 실망하고 귀은의 삶을 선택한 후 상상을 통하여 이상 사회를 희구하게 되었는데 「도화원기(桃花源記)」는 바로 이러한 욕망에서 창작된 작품이다. 그런데 「도화원기」의 세계를 좀 더 잘 이해하기 위해 먼저 눈여겨보아야 할 텍스트가 있다. 「도화원기」는 사실 노자가 제시한 이상 사회의 모델을 좀 더 구체적으로 묘사한 측면이 있기 때문이다. 노자의 『도덕경(道德經)』에는 다음과 같은 말이 나온다.

나라는 작고 백성은 적다. 온갖 기물(器物)이 있어도 쓰지는 않는다. 백성은 죽음을 중히 여기고 멀리 이사하지 않는다. 배나 수레가 있어도 타지 않는다. 갑옷과 무기가 있어도 쓸 일이 없다. 백성들은 끈으로 매듭짓는 문자를 다시 쓴다. 그 밥은 달고 그 옷은 아름답다. 그 거처는 편안하고, 그 풍속은 즐겁다. 개 짖고 닭 우는 소리가 들릴 만큼 이웃 나라가 빤히 바라다보여도 백성들은 늙어 죽을 때까지 서로 왕래하지 않는다.

노자가 꿈꾼 이상 사회의 모습이다. '소국과민(小國寡民)' 즉 '적은 백성이 모여 사는 작은 나라'가 노자가 생각했던 이상 사회의 조건이다. 이 세계에서는 배와 수레, 갑옷과 무기와 같은 문명의 이기를 과감히 포기한다. 온갖 문물의 이기가 오히려 인간의 삶을 해친다고 보기 때문이다. 의식주는 소박하고 간소하며 풍속은 자연스럽다. 통치자의 간섭과 지배가 없는 '무위이치(無爲而治)'의 도가적·피세적 정조가 넘친다. 가까이 들려오는 개 짖고 닭 우는 소리에서 이웃과의 교류는 정답고 평화롭다. 고대 중국의 성인은 이런 세상을 당시 사회가 지향해야 할 이상 세계로 꿈꾸었던 것이다.

노자가 전한 '소국과민'의 이상 세계의 꿈은 이후 문학적 상상력을 통해 다양한 글들의 소재로 쓰이게 되었다. 도연명의 「도화원기」는 노자의 이상향을 무릉도원으로 변주하여 묘사한 최초의 문학이 되는 셈이다. 그러면 도연명이 안내하는 길을 따라 도화원 그 신비롭고 황홀한 이상향을 향한 여행을 시작하도록 하자. 「도화원기」의 전문이다.

진(晉)나라 태원(太元) 때 고기잡이를 하며 살던 무릉(武陵) 사람이 시내를 따라가다 길을 잃었다. 그러다 홀연히 복숭아꽃이 피어 있는 숲을 만났다. 언덕을 끼고 수백 걸음을 걷는데 다른 나무는 없었고, 향기로운 풀들이 깨끗하고 아름다웠으며 지는 꽃잎이 어지러이 흩날리고 있었다. 어부는 몹시 이상한 생각이 들어 다시 안으로 들어가 그 숲의 끝까지 가 보고 싶었다. 숲은 시냇물이 시작된 곳에서 끝났는데 문득 산이 나타났다. 산에는 작은 입구가 있는데 마치 빛이 나오는 듯했다. 어부는 배를 버려두고 입구를 따라 들어가 보았다.

처음에는 매우 좁아서 겨우 한 사람이 들어갈 정도였으나 다시 수십 걸음을 더 가자 탁 트이며 훤히 밝아졌다. 땅은 평평하고 넓었으며 집들은 반듯하였다. 비옥한 밭과 맑은 연못, 뽕나무, 대나무 등이 있었으며 길은 사방으로 통하고 닭 우는 소리 개 짖는 소리가 들려왔다. 그 가운데 오가며 씨 뿌리고 농사짓는 일과 남녀의 옷차림은 모두 바깥세상 사람과 같았다. 노인과 어린아이가 모두 기뻐하고 즐거운 표정이었다. 그들은 어부를 발견하고는 매우 놀라며 어디에서 왔느냐고 묻기에 어부는 자세히 대답해 주었다. 마을 사람들이 집으로 청하여 술상을 차리고 닭을 잡고 밥을 지어 내었다. 마을에 이 사람이 있다는 소문이 퍼지자 모두 와서는 꼬치꼬치 캐물었다. 한 사람이 말하길 '선대에 진(秦)나라 때의 난리를 피해 처자식과 고을 사람들을 거느리고 이곳에 온 후 다시는 나가지 않았습니다. 그래서 바깥세상과 멀어지게 되었지요.' 하더니, '지금은 어떤 세상인가요?' 묻는 것이었다. 진(秦)나라 때 이곳에 들어왔다면 그는 한(漢)나라도 알지 못할 것이니 위(魏)·진(晉)은 말할 것도 없었다. 어부가 일일이 자세히 말해 주니 모두들 한숨 쉬며 탄식하였다. 나머지 사람들도 각기 그를 자기 집으로 데려가서 모두 술과 음식을 대접하였다. 어부가 며칠을 머무르다 인사하고 떠나려 하자, 그곳 사람들이 '바깥 사람들에게는 말하지 마십시오.'라 하였다.

어부는 그곳을 나온 후에 배를 찾아 지난번 왔던 길을 되짚어 가며 곳곳에 표시를 해 두었다. 군에 이르러 태수를 뵙고 그간의 사정을 말해 주었다. 태수는 즉시 사람을 시켜 그를 따라가 지난번 표시한 곳을 찾도록 하였다. 그러나 길을 잃어버리고 다시는 그곳을 찾지 못하게 되었다.

남양(南陽)의 유자기(劉子驥)는 고상한 선비이다. 그 얘기를 듣고 기뻐하여 찾아 나섰으나 끝내 찾지 못하고 곧 병들어 죽고 말았다. 그 후로는 마침내 그 나루에 대해 묻는 자도 없게 되었다.

4. '길 잃기'의 매혹

첫 단락은 무릉도원이라는 공간을 가게 된 과정에 대한 설명이다. 그런데 도원을 향한 어부의 여행은 좀 이상하다. 그가 길을 잃었기 때문이다. 도원에 이르기 위해서는 길을 잃어야 한다는 것이다. 도원 찾기의 매혹적인 역설이다. 그렇다면 길을 잃기만 하면 누구든지 도원에 이르는가. 그럴 수는 없다. 도원 찾기는 아직도 요원하다. 다시 여행기로 돌아가 보자.

길을 잃고 헤매던 어부는 "홀연히" 도화가 피어 있는 숲을 발견한다. 그리고는 어지러이 흩날리는 꽃잎 속에서 "몹시 이상한 생각이 들어" 계속 앞으로 나아가다 그 시냇물의 발원지에 이르게 된다. 여기가 바로 도원으로 통하는 비밀스런 동굴의 입구이다. 어부가 여기까지 올 수 있었던 것은 사실 우연의 연속 덕분이다. 도화 숲을 "홀연히" 발견하지 못했다면, 흩날리는 꽃잎을 '이상하게' 여겨 따라가지 않았다면, 어부는 영영 도원에 이르지 못했을 것이다. 이렇게 이상향이란 선택이나 의지로 찾아질 수 있는 공간이 아니다. 길을 잃어야만 희미하게 그 모습을 드러내는 도원. 이것이 도화원 여행의 첫 번째 매혹이다.

5. 도원에는 누가 사는가

두 번째 단락은 무릉도원 사람들의 일상과 삶의 모습을 묘사하고 있다. 묘사는 구체적이고 선명하다. 도원의 풍경은 초월적인 신선경이 아니다. 현실에서의 농촌공동체와 전혀 다를 바 없는 삶을 영위한다. 비옥한 논밭에 씨 뿌리고 때맞춰 농사짓는다. 노인과 어린아이들의 즐겁고 기쁜 웃음소리에 개 짖고 닭 우는 소리가 이따금 섞여 든다. 소박한 생활과 고요한 일상이 공존하는 평화로운 풍경이다. 도원의 이러한 정경은 도연명이 평소 추구했던 전원생활의 분위기와 정확히 일치한다는 사실을 우리는 그의 전원시 한 편을 통해 확인할 수 있다. 「귀원전거(歸園田居)」 1수 중 일부이다.

方宅十餘畝 사방 택지는 10여 무이고

草屋八九間 초가집은 8, 9칸이 된다

楡柳蔭後簷 느릅과 버드나무는 뒤란에 그늘을 드리우고

桃李羅堂前 복숭아와 자두나무는 집 앞에 늘어서 있다

暖暖遠人村 아득한 먼 마을에

依依墟里煙 모락모락 피어오르는 촌락의 연기

狗吠深巷中 개는 깊은 골목에서 짖고

鷄鳴桑樹顚 닭은 뽕나무 꼭대기에서 운다

위 시는 도연명이 팽택령을 사직하고 귀향한 이듬해 봄에 농사지으며 느낀 감회를 적은 작품이다. 도화원의 그림자가 짙게 드리워져 있음을 단박에 눈치챌 수 있다. 따라서 도화원 사회는 도연명의 전원생활에 대한 욕망이 극대화된 상상의 낙원이다. 이 단락에서 보다 문제적인 건 저 무릉도원에 사는 사람들은 과연 누구인가 하는 점이다. 본문을 참조하자면 그들은 "선대에 진(秦)나라 때의 난리를 피해 처자식과 고을 사람들을 거느리고 이곳에 온 후 다시는 나가지" 않아 지금의 바깥세상에 대해 아무것도 모르는 사람들이다. 이 점을 이해하기 위해서는 약간의 부연 설명이 필요하다. 오랜 전쟁 끝에 천하를 통일한 진나라의 시황제는 곧바로 만리장성과 아방궁 등 대규모 토목공사를 일으킨다. 비용을 충당하기 위해 노동력을 착취하고 가혹한 세금을 매겨 백성들의 생활을 도탄에 빠뜨린 사실은 역사가 증언하고 있다. 이런 폭압적 정치에 항거하여 전국에서 봉기가 이어졌고 일부 백성들은 고향을 버리고 외딴 곳으로 피난하여 다시는 세상 밖으로 나가지 않았으니 그들이 정착한 곳이 바로 무릉도원이라는 것이다.

그렇다면 무릉도원이란 진나라와 같은 학정과 가혹한 수탈이 없으며 전쟁이 없는 평화로운 세상이다. 그들이 바라는 세상은 간소하고 단순하다. 다 같이 땀 흘려 농사짓고 닭과 개 등 가축을 기르며 이웃과 다툼 없이 평화롭게 사는 세상이다. 이런 세상이야말로 도연명이 꿈꾸었던 전원 세계이자 이상향이었던 것이다.

진나라 이후 중국에서는 항우와 유방 사이의 초한(楚漢) 전쟁을 거쳐 한(漢)나라가 건국되고 이후 위(魏), 촉(蜀), 오(吳) 삼국으로 나뉘었다가 다시 위나라와 진나라로 교체된다. 그러나 무릉도원 사람들은 그들 조상이 살던 진나라만 알 뿐 그 이후로 바깥세상에서 어떤 일이 벌어졌는지 전혀 알지 못한다. 어부의 설명을 듣고서야 비로소 그들은 시간이 멈추고 역사가 정지한 공간에 격절되어 있음을 깨닫는다.

하지만 그들은 바깥세상으로 돌아가려는 어부에게 자신들의 존재와 사는 공간을 외부에 알리지 말 것을 부탁한다. 왜 그랬을까. 정치적 폭압과 현실의 부조리가 더 이상 미치지 못하는 곳, 세상의 시비와 영욕을 초월하고 자급자족의 경제와 자연의 리듬대로 살아갈 수 있는 곳이 바로 무릉도원이기 때문이었을 것이다.

6. 유토피아를 찾아서

무릉도원에서 돌아온 어부는 그곳 사람들의 부탁을 들어줄 생각이 없었다. 언젠가는 다시 찾아가기 위해 나오는 길목마다 표시를 해 둔다. 그리고는 공을 세우기 위해 태수에게 그간에 있었던 일들을 사실대로 말하고 만다. 그러나 도원은 다시는 찾을 수가 없었다. 이상향이란 누군가 찾는다고 해서 찾아지는 공간이 아니다. 이상향은 의도적으로 찾는 이에게 절대 그 모습을 드러내지 않는다. 유토피아는 찾는 이가 아닌, 길을 잃은 자에게만 나타나기 때문이다. 길을 잃을 때에야 비로소 어렴풋이 모습을 드러내는 도원, 유토피아는 몽환적·환상적 분위기 속에서 서서히 열린다.

이렇게 이상향은 상상과 우연의 공간이다. 의도적으로 찾아갈 수 있는 공간이 아니다. 영원히 차단되고 봉인된 공간이다. 누구나 바라지만 실재하지 않는 공간이다. 실재하는 순간 더 이상 이상향이 아니다. 실재하지 않는 환상과 상상 속의 공간이라야 한다.

'유토피아'란 말은 영국 작가 토머스 모어(Thomas More, 1478-1535)가 그의 저서 『유토피아(Utopia)』를 쓰면서 만들어 낸 용어다. 그리스어에서 연원한 이 말에서 'U'는 '없다(ou)'는 의미와 '좋다(eu)'는 의미를 동시에 지니는 접두사라고 한다. 'topia'는 장소를 의미하므로 이 둘을 합치면 세상에 '없는 곳' 또는 '좋은 곳'이란 의미가 된다. '좋기는 하지만 세상에는 없는 곳'이란 뜻이겠다. 따라서 유토피아는 세상에 실재하지 않는 환상의 세계인 동시에 세상과 다른 좋은 곳을 의미한다. 본질적으로 누구나 바라는 세상이지만 실제로는 존재하지 않으므로 그 누구도 거기에 가거나 그곳에서 삶을 향유할 수 없는 곳이다. 무릉도원을 한 번 가 보았던 어부가 다시는 그곳을 찾지 못했고 안평대군이 오직 꿈속에서만 도원을 볼 수 있었던 것도 모두 현실에서는 부재하는 유토피아의 공간적 환상성 때문일 것이다.

한편 본문에서 유자기라는 선비의 죽음은 도연명 당대의 지식인의 삶의 조건이 얼마나 위태로웠는가를 보여 주는 중대한 발언처럼 들린다. 현실을 떠나 새 세상으로의 탈주 욕망이 얼마나 강했으면 그것을 이루지 못한 것이 병이 되어 죽기까지 했으니 말이다. 유자기의 죽음은 속세가 그만큼 벗어나고 싶은 고통과 질곡의 공간이었음을 우리에게 잘 보여 주고 있다.

「도화원기」는 매우 신비로운 문장으로 이야기를 맺는다. "그 후로는 마침내 그 나루에 대해 묻는 자도 없게 되었다." 영원히 봉인되는 유토피아의 순간이다. 다만 막막한 현실에서 길을 잃었을 때 문득 각자의 마음속에 홀연히 비쳐 드는 한 줄기 빛, 그 빛을 따라갈 때 비로소 열리는 초월과 환상의 순간이 있을 뿐이다. 그러니까 도원은, 유토피아는 누구에게 물어서 찾아갈 수 있는 곳이 아니다. 영원히 주소 불명의 매혹적인 공간이라고 우리 귀에 속삭이는 도연명의 목소리가 마지막 문장에서 들려오는 듯하다.

최초의 시인 굴원과 '중취독성'의 시학

1. 단오절 혹은 시인의 날

　지금부터 2,300여 년 전, 중국의 호남성 장사에서 멀지 않은 멱라강(汨羅江)가, 더위가 막 시작되던 어느 초여름날이었다. 한 노인이 홀로 강변을 배회하고 있었다. 여름 풀벌레 소리가 적막했다. 노인의 얼굴에는 수심이 가득했고 깡마른 몸매는 마른 나뭇가지 같았다. 불어오는 강바람에 산발한 머리가 제멋대로 흩날렸다. 몹시 초라한 행색이었다. 하지만 움푹 꺼진 눈에서 흘러나오는 형형한 눈빛만은 감출 수가 없었다.

　강변을 서성이던 노인이 커다란 돌덩이를 가슴에 끌어안고 강물로 뛰어든 것은 순식간에 벌어진 일이었다. 그때 마침 부근에서 고기잡이하던 어부들이 소리치며 달려왔다. 노인을 구하기 위해 있는 힘을 다해 노를 저어 왔지만 이미 그의 흔적을 찾을 길이 없었다. 밤이 깊도록 노인을 찾으려는 어부들이 속속 몰려들어 강변에는 수많은 사람들로 붐볐다. 한편 누가 시작했는지도 모르게 어부들은 각자 집에서 밥을 가지고 와 강물에 던지기 시작했다. 그리고는 "물고기야, 물고기야. 이 밥 먹고 충신은 물어뜯지 말아라. 몸 상하게 하지 말아라"라고 간절히 기도하는 소리가 어두운 강물 위로 흩어졌다. 끝내 노인은 찾지 못했고 흐느끼는 사람들의 울음소리만 밤하늘에 메아리쳤다. 때는 기원전 278년 음력 5월 5일이었고 투신한 노인은 굴원이라 불리는 인물이었다.

물론 위의 이야기는 전설에 가깝다. 음력 5월 5일 그러니까 단오절의 기원 중의 하나로 중국인들에게 널리 전해 내려오는 이야기다. 사실이야 어쨌든 중국인들은 굴원의 안타까운 죽음을 기념하기 위해 시작된 명절이 단오절이라고 오래전부터 믿어 왔다.

이후 매년 단오절이 되면 중국 각지에서는 성대한 축제가 펼쳐진다. 그중에 '쫑즈(粽子) 만들기'와 '용주(龍舟) 대회'가 대표적인 행사다. 쫑즈란 댓잎이나 연잎에 찹쌀을 싼 다음 쪄서 만든 중국의 전통음식이다. 매년 단오절이면 쫑즈를 멱라수에 던지며 다시 한 번 물고기들에게 굴원의 몸을 상하게 하지 말라고 기원하는 것이다. 용주 대회 또한 굴원이 투신한 그 옛날 그를 구하기 위해 급히 노를 저었던 어부들의 안타까운 심정을 되새겨 보기 위한 경주의 일종이다. 오늘날에도 매년 단오절이면 중국은 물론 동남아 중화권 국가에서도 성대히 치러지는 행사가 되었다.

중국인들이 수천 년 전 투신한 한 사내를 그토록 오랜 세월 기억하고 추념하는 데는 그만한 이유가 있을 것이다. 그는 중국 문학사에서 최초의 시인으로 호출되기도 하지만, 그의 생애가 보여 준 충군애국의 정신은 중국인들이 국난의 위기에 처할 때마다 그를 그리워하고 호명하는 중요한 이유가 되었다. 시인에게 애국이나 충군 따위의 봉건 정치 이데올로기의 잣대를 들이댄다는 세간의 비판을 감수하면서까지 중국인들과 그들의 문화 속에서 굴원은 여전히 살아 있는 정치가이자 시인이다. 세계 어느 나라에 '시인의 날'이 있는지는 모르겠으나 단오절을 '시인절(詩人節)'이라고도 부르는 중국 문화의 힘은 굴원 같은 인물에 크게 빚지고 있는 것만은 분명하다.

2. 두 번의 추방, 시인의 탄생

굴원(屈原, 기원전 343?-기원전 278?)은 중국 역사상 대변혁기인 춘추 전국시대 후기를 살았던 인물이다. 그는 당시 남방의 대국이었던 초 (楚)나라 태생으로 초를 건국했던 왕족 출신의 귀족이었다. 명문가의 후예답게 그는 타고난 인품과 천부적인 재능으로 평생토록 긍지와 자부심을 잃지 않는 삶을 살았다. 그가 왕족 출신으로서 또 타고난 능력으로 당시 회왕(懷王)에게 신임을 얻고 국정에 적극적으로 참여한 것은 자연스러운 일이었다. 사마천은 「굴원 열전」에서 정치가 굴원의 활달했던 모습을 우리에게 생생하게 전달해 주고 있다.

굴원은 이름이 평(平), 초나라 왕족과 동성이다. 초나라 회왕의 좌도(左徒)가 되었으며, 견문이 넓고 기억력이 비상했다. 치란(治亂)의 도리에 밝고 문장에도 능했다. 조정에 들어와서는 왕과 국가 대사를 논의하고, 대외적으로는 외국의 사절을 접대하고 제후를 응대하여 왕의 신임이 아주 두터웠다.

좌도란 내치와 외교를 동시에 수행하는 매우 중요한 관직이었다. 젊고 영민한 굴원에 대한 회왕의 신임은 한때 절대적이었다. 당시의 국제 정세는 전국칠웅(戰國七雄)이 서로 패권을 다투던 약육강식의 시대였다. 6국이 남북으로 합종하여 서쪽의 진(秦)나라에 맞서야 한

다는 합종(合從)의 전략과 진나라가 나머지 6국과 각기 연대하여 6
국의 전력을 약화시켜야 한다는 연횡(連橫)의 지략이 중요 화두로 등
장했던 시기였다. 천하 통일의 대업을 완성하기 위하여 각 나라마다
안으로는 혁신과 개혁을 통해 부국강병을 꾀하고 밖으로는 자국의
이익을 도모하기 위해 현란하고 치열한 외교술이 날마다 불꽃을 튀
겼다.

　이런 엄혹한 국제정치 속에서 초나라 회왕은 한 나라의 안위를 책
임질 군주로서의 자질이 좀 부족했던 것 같다. 간신배들의 거짓 충
언이나 이간질에 자주 현혹되었고 쉽게 속아 넘어갔다. 굴원이 좌도
로서 작성한 법령은 초나라의 개혁과 혁신을 위한 진보적인 정책의
토대가 되었고, 그가 앞장섰던 외교 행위 또한 열국이 패권을 다투
던 시기 초나라의 안녕과 이익을 지키는 초석이 되었던 것은 물론이
다. 어느 시대를 막론하고 개혁과 혁신에는 수구 세력의 반동과 저
항이 있게 마련이었다. 내정을 위한 굴원의 개혁 정책에 반기를 들
고 나선 것은 구 귀족인 보수 세력이었다. 그들은 나라의 안위보다
는 개인의 이익을 앞세워 기득권을 지키기에 여념이 없었다. 당시
상관대부(上官大夫)였던 근상(靳尙)과 왕자 자란(子蘭) 등이 대표적 수
구 세력이었다. 마침내 그들은 회왕의 신임을 독차지하고 있던 굴원
을 시기하고 참소하기에 이른다. 사마천은 「굴원 열전」에서 간결한
필치로 그 과정을 우리에게 들려주고 있다.

　　당시 상관대부와 굴원은 지위가 같았는데, 왕의 총애를 다투다 보니
　굴원의 재능을 은근히 시기했다. 한번은 회왕이 굴원에게 국가의 법령
　제정을 명령했다. 굴원이 아직 초안만 작성한 상태였는데, 상관대부가
　이것을 보더니 빼앗으려 했다. 굴원이 이를 거부하자 왕에게 참언했

다. "왕께서 굴원에게 법령을 만들라고 시킨 일은 모르는 사람이 아무도 없습니다. 법령이 한 가지 나올 때마다 굴원은 자신의 공이라고 자랑하고 다닙니다. 자기가 아니면 아무도 그 법령을 만들 수 없다고 거들먹거립니다." 왕은 말을 듣자마자 크게 분노하고는 굴원을 멀리했다.

"굴원을 멀리했다"는 말은 원문 "소굴원(疏屈原)"의 해석이다. 이 말을 좀 더 적극적으로 풀이한다면 조정에서 쫓겨나 유배의 길에 오른 것이 아닌가 짐작된다. 굴원의 첫 번째 정치적 좌절이자 시련의 시작을 알리는 신호탄이었던 셈이다. 유배지에서 그는 혼자 쓸쓸했고 억울했을 것이다. 자긍심에 상처를 입었고 간신배들이 들끓는 조정과 어둡고 아둔한 군주를 향한 애증이 교차했다. 추방된 정치가 굴원이 유배지에서 그의 억울함과 상처와 고독과 애증의 심정을 한 자 한 자 글로 써 내려갈 때 그는 자신도 모르게 시인이 되어 갔다. 사마천은 이때 굴원의 심정을 이렇게 묘사했다.

비록 쫓겨나 있었지만 여전히 초에 대한 그리움과 회왕에 대한 걱정으로 언제나 조정으로 다시 돌아가기를 바랐다. (중략) 그의 충군애국의 열정은 허물어져 가는 초를 구할 수 있기를 간절히 열망하여 한 편의 작품 속에 그 뜻을 쓰고 또 썼다.

어리석은 군주 회왕은 진나라의 외교와 속임수에도 번번이 놀아났다. 끝내 진나라에 붙잡혀 그곳에서 생을 마쳤으니 "혼이여 돌아오라!" 부르짖은 굴원의 애가 「초혼(招魂)」을 지하에서나마 들으며 굴원에게 용서를 빌었을지도 모를 일이다.

굴원의 두 번째 추방 역시 회왕을 이어 왕위에 오른 경양왕(頃襄

王, 기원전 298-기원전 263)이 저지른 우둔한 실책이었다. 구 귀족 세력에 의한 정치적 부패와 탐욕, 이로 인한 정치사회적 혼란과 무능한 군주의 전횡은 초나라의 국운이 멸망으로 가는 서막이 되었다. 하지만 굴원 이외에 국가적 위기를 예민하게 감각한 인물은 아무도 없었다. 마침내 경양왕 21년인 기원전 278년 초나라의 수도인 영도(郢都)가 진나라에게 함락되었다는 비보를 강남의 유배지에서 듣게 된다.

이제 굴원에게는 돌아갈 조국도, 충성의 직간을 올릴 군주도, 함께 아름다운 정치를 논할 동지도 없게 되었다. 육체와 영혼은 지치고 모든 희망은 사라졌다. 그는 초췌한 행색으로 멱라수 근처를 천천히 배회했다. 그리고는 돌덩이를 끌어안고 강물로 투신했다. 그의 나이 62세 무렵이었다. 난세를 살았던 실패한 정치가가 죽어서 시인으로 부활하는 순간이었다.

그는 암흑의 시대 속에서 올바른 정치의 길을 모색했고 한편으로는 좌절된 이상과 모순된 현실에 분노하여 자신의 고통스런 감정을 글쓰기로 드러내고자 했다. 그래서 그가 남긴 문장은 정치 논술이 아니라 인간의 희로애락이 굽이치고 흔들리는 영혼의 궤적을 따라갔던 시이자 문학이 되었다. 살아서는 정치가였던 그가 죽어서는 시인으로 부활한 까닭이다. 그는 살아서 한 번도 시인으로 불린 적이 없었다. 그러나 그의 투신은 실패한 정치가가 시인으로 부활하기 위한 비장한 제의가 되었다.

3. 환상과 비애

문학의 근원은 '불평(不平)'에서 출발한다. 불평이란 마음의 평정이 깨진 상태다. 시인과 문인은 불평하는 자들이다. 불평은 어디에서 유래할까? 자신의 욕망, 원칙, 포부, 재능이 세상과 불화할 때 불평은 알 수 없는 심연에서 원한처럼 서식하기 시작한다. 불평은 은밀한 내면의 목소리를 통해 공명한다. 공명이 간절할수록 시인을 시인답게 문인을 문인답게 한다. 그들은 '글쓰기'라는 공명통을 수단으로 불평을 발설한다. 중국에서 불평의 최초의 발설자는 바로 굴원이었다. 굴원이 불평을 발설하는 수단으로써의 글쓰기의 동력은 「석송(惜誦)」이란 시편의 한 구절에 명료하게 표현되어 있다.

惜誦以致愍兮 애통한 하소연으로 근심을 드러내고
發憤以抒情 분노를 발설하여 진정한 마음을 토로한다

굴원의 대표작인 「이소(離騷)」는 바로 불평의 기록이다. 그의 타고난 성품은 강직하고 고결했으며 이상은 드높았다. 그러나 그가 맞닥뜨려야 했던 당대의 정치 현실은 그의 모든 포부와 희망을 배반했다. 마치 둥근 구멍에 네모난 막대를 끼워야 하는 절대 모순의 상황이었다. 굴원과 세계와의 관계는 화해 불가능한 상태였다.

굴원은 먼저 「이소」에서 자부심 가득한 자랑스러운 어조로 가문의 내력과 자신의 출생에 관해 피력한다. 젊은 나이에 초왕에게 발탁되어 정치 개혁을 추진했던 이력은 그에게 너무도 짧았던 행복한 순간이었을 것이다. 곧이어 찾아온 수구 세력의 완강한 저항과 박해 그리고 억울한 누명을 쓰고 임금에게 추방당하는 과정을 굴원은 격렬한 필치로 묘사하고 있다. 그의 글쓰기의 어조와 정조는 마치 도도하게 흐르는 장강의 물결처럼 때로는 포효하고 때로는 굽이친다.

모두 373구 2,490자에 달하는 중국 최초이자 최대의 장편시 「이소」에서 가장 인상적인 부분은 상상과 환상성이다. 상상과 환상을 통해 굴원은 암울한 현실과 깊은 절망을 초월하고자 했다. 신화와 전설 그리고 무풍(巫風)이 맥동하는 천상으로의 여행은 「이소」의 낭만과 신비의 절정이다.

驅玉虯以乘鷖兮 네 마리 용을 몰아 봉황 수레를 타고
溘埃風余上征 바람 불어 오길 기다려 하늘로 오르네
朝發軔於蒼梧兮 아침에 순임금 묻힌 창오를 출발하여
夕余至乎縣圃 저녁에 곤륜산 현포에 닿았네
(중략)
欲少留此靈瑣兮 이 신비한 문전에서 잠시 머물려고 했더니
日忽忽其將暮 해가 벌써 지려고 하는구나
吾令羲和弭節兮 태양신 희화에게 명해 해 수레를 멈추게 하고
望崦嵫而勿迫 해 지는 엄자산을 바라보며 가까이 가지 못하게 하네
路曼曼其脩遠兮 길은 아득히 멀고 험난해도
吾將上下而求索 나는 오르고 내리며 찾아 헤매리
飲余馬於咸池兮 내 말을 함지에서 물 먹이고
總余轡乎扶桑 말고삐를 부상 나무에 매어 두네
折若木以拂日兮 약목을 꺾어 서산에 지는 해를 털어 버리고
聊逍遙以相羊 잠시 여기서 소요하며 노니네
前望舒使先驅兮 달의 신 망서를 앞세우고
後飛廉使奔屬 바람의 신 비렴을 뒤따르게 하네
鸞皇爲余先戒兮 난새와 봉황이 날 위해 호위하는데
雷師告余以未具 천둥 신 뇌사는 내게 준비가 덜 됐다고 하네
吾令鳳鳥飛騰兮 나는 봉황새로 하여금 높이 날아올라
繼之以日夜 밤낮으로 멈추지 말고 날아가도록 하네
飄風屯其相離兮 휘날리는 돌개바람도 한데 모여서

帥雲霓而來御 오색구름 이끌고 나를 영접해 하늘로 오르네

　시인은 용이 끄는 봉황 수레를 타고서 곤륜산에 오른다. 태양의
신 '희화(羲和)', 달의 신 '망서(望舒)', 바람의 신 '비렴(飛廉)', 천둥의
신 '뇌사(雷師)', 해가 목욕한다는 '함지(咸池)', 태양이 뜨고 지는 곳에
서 각각 자란다는 신목(神木)인 '부상(扶桑)'과 '약목(若木)' 등이 신화
적 의장을 걸친 채 출현한다. 초월을 향해 여행 중인 시인의 앞뒤에
서 출몰하고 좌우에서 호위한다. 장려한 천상 여행은 지상에서 상처
받은 자신의 영혼을 치유하고 위로받으려는 필사적인 여정이었다.
　「이소」가 거느리고 있는 낭만과 환상 그리고 신화적 아우라는 초
나라의 기층문화와 관계가 깊다. 북방의 중원 문화와 달리 남방의
초 문화는 고대국가인 하상(夏商) 문화를 계승했다. 하상 문화의 핵
심은 신령과 제사 의식 그리고 무속의 성행이다. 주대(周代)의 문화
를 모범으로 삼은 중원 문화가 이성과 철학이란 햇빛의 세례 아래
철학자와 사상가, 산문가를 배출했다면, 하상 문화에서 수혈받은 초
문화의 풍부한 감성과 낭만은 시인을 탄생케 했다. 굴원은 바로 초
문화가 보유하고 있는 신화, 전설 그리고 무풍이 협력하여 주조해
낸 최초의 시인이었던 셈이다.
　우리가 「이소」를 읽을 때 느끼는 감정의 회오리는 환상과 함께 찾
아오는 모종의 비애감이다. 비애가 결기 서린 문체와 결합할 때 비
장미(悲壯美)로 승화한다. 환상이 하늘과 신화의 영역이었다면 비장
은 철저히 지상과 현실의 일이다. 비장은 굴원의 죽음과 직접 관련
된다. 그러기에 우리는 자주 「이소」를 비가(悲歌)로 읽는다.

　謇朝誶而夕替 아침에 모함받고 저녁에 버림받았네

雖九死其猶未悔 아홉 번 거듭 죽을지언정 후회하지 않네

(중략)

寧溘死以流亡兮 차라리 빠져 죽어 물 따라 흘러갈지라도

余不忍爲此態也 세속의 이런 추태 차마 견디기 어렵구나

(중략)

伏淸白以死直 맑고 깨끗함을 죽음으로 지키는 것은

固前聖之所厚 본래 옛 성인들이 중히 여기던 바였네

　부분 인용한 시에서 시인은 거듭 죽음을 입에 담는다. 낭만과 환상이 사라진 자리에 짙은 죽음의 그림자가 드리워진 것이다. 세속의 모함은 시인을 쓸쓸한 물가로 추방했지만 추방의 고독 속에서도 시인은 세속의 무리와 타협할 줄 몰랐다. 타협 대신 그가 선택한 길은 비장한 죽음이었다.

　굴원의 다른 시 「회사(懷沙)」는 제목을 대면하는 순간부터 우리를 진저리 치게 한다. '돌멩이를 가슴에 품다'는 뜻이니 돌멩이를 가슴에 안고 강물로 풍덩 뛰어드는 굴원의 모습을 연상하게 하기 때문이다. 「회사」는 굴원의 절망과 비장한 결단을 고백하는 절명시(絶命詩)의 본보기다.

世溷濁莫吾知 세상이 혼탁해 나를 알아주는 이 없으니

人心不可謂兮 사람 마음 하소연할 길 없구나

懷情抱質 좋은 바탕과 뜻을 품고 있어도

獨無匹兮 홀로 고독하게 짝할 사람이 없네

伯樂旣歿 백락이 이미 죽고 없으니

驥將焉程兮 누가 천리마를 알아볼까

萬民稟命 만민이 태어날 때는

各有所錯兮 저마다 생사의 자리가 정해져 있네

定心廣志 마음을 정하고 뜻을 넓혔으니

余何畏懼兮 내 무엇을 두려워하리

知死不可讓 죽음을 피할 수 없음을 아니

願勿愛兮 미련 두고 싶지 않아라

明以告君子 세상 군자들에게 분명히 말하느니

吾將以爲類兮 내 장차 죽음으로 그대들의 본보기 되리

　천하의 명마인 천리마를 알아본다는 '백락'이 부재하는 세상, 자신이 '천리마'라 한들 이제는 아무런 쓸모가 없다. 고독한 유배지에서 그가 할 수 있는 일이란 저마다 운명처럼 타고난 생사의 자리를 똑바로 바라보는 일이다. 혼탁한 세상사에는 더 이상 아무런 미련이 없다. 시인에게 마지막 남은 건 죽음이라는 불가피한 선택지일 뿐이다. 「이소」의 마지막 구절 또한 돌멩이를 끌어안고 투신하기 직전 시인이 지상에 새긴 최후의 시구처럼 들린다.

亂曰:已矣哉 마무리: 이제 그만하리라

國無人莫我知兮 나라 안에 나를 알아주는 이 없으니

又何懷乎故都 고국에 무슨 미련을 두리

旣莫足與爲美政兮 더불어 아름다운 정치 논할 이 없으니

吾將從彭咸之所居 나 이제 팽함이 있는 곳으로 가리라

　"미정(美政)" 즉 '아름다운 정치'는 굴원이 평생 추구했던 그의 정치적 가치이자 신념이었다. 왕족 출신인 그가 선대의 유업을 받들어 초나라의 부국강병을 꾀하고 나아가 초나라가 천하 통일의 대업을 완성하게 하는 것이었다. '팽함(彭咸)'은 임금에게 직언이 받아들여지지 않자 강물에 투신한 고대 은(殷)나라의 현신(賢臣)이다. 그의 뒤를 따라가겠다는 굴원의 결기가 칼날처럼 차갑고 날카롭게 빛나는 마지막 구절이다.

가치와 신념의 좌절로 인해 역사는 그를 실패한 정치인으로 잠시 기억할지 모르겠다. 하지만 좌절에 대한 길고도 혹독했던 내심(內心)의 기록은 그를 영원한 시인으로 부활하게 하였다. 굴원의 작품들은 모두 좌절로 인한 불평과 그 불평에 대한 내심의 격렬하고도 비극적인 정조를 표현한 시편들이다.

4. '중취독성'의 시학

추방당한 강남의 어느 물가에서 굴원과 어부가 나누었다는 대화 한 꼭지가 지금까지 전해지고 있다. 우리는 이 에피소드를 통해 초췌하고 깡마른 2,300여 년 전의 시인의 체온과 인품을 느낄 수 있다. 훗날 「어부사(漁父辭)」라는 작품의 내용이다.

굴원이 물가를 산책하고 있을 때 마침 지나가던 어부가 물었다. "당신은 삼려대부가 아니십니까? 어찌하여 여기까지 오셨습니까?" 굴원이 대답하였다. "세상이 모두 혼탁한데 나 홀로 맑고, 모든 사람이 취했는데 나 혼자만 깨어 있소. 그런 까닭에 추방되었다오." 어부가 다시 말했다. "성인이란 외물에 구애받지 않고, 세상의 변화에 맞춰 처신한다고 합니다. 세상이 혼탁하다면, 어째서 진흙을 휘저어 함께 흙탕물을 일으키지 않습니까? 모든 사람이 취했다면, 어째서 함께 어울려 취하지 않으십니까? 어째서 혼자 깊이 생각하고 고결하게 행동하여 추방을 자초하십니까?" 굴원이 노인의 말을 듣고 한

참 생각하더니 다시 또박또박 말했다. "머리를 감은 자는 반드시 관을 털어서 쓰고, 목욕한 자는 반드시 옷을 털어서 입는다고 합니다. 사람이라면 누가 깨끗한 몸에다 더러운 먼지와 때를 묻히려 하겠소. 내 차라리 장강에 몸을 던져 고기 배 속에 장사 지낼지언정 어찌 결백한 몸으로 세속의 먼지를 뒤집어쓰겠소" 하였다. 어부가 듣고는 빙그레 웃더니 노를 저어 가며 노래를 불렀다. "창랑의 물이 맑으면 나의 갓끈을 씻고, 창랑의 물이 흐리면 내 발을 닦으리다" 하고는 다시는 아무런 말도 하지 않았다.

어부는 물론 가상의 인물일 것이다. 굴원은 자신의 세계관과 대립하는 어부를 등장시켜 스스로 추구했던 신념과 이상을 계시하고자 했다. 추방된 원인이기도 한 그가 추구했던 핵심 가치는 "세상이 모두 혼탁한데 홀로 맑고, 모든 사람이 취했는데 혼자만 깨어" 있고자 한 삶의 태도이다. 이것은 정치가인 굴원의 삶의 지표인 동시에 시인으로서의 굴원의 '중취독성(衆醉獨醒)의 시학'이라고 하기에 충분하다. 모두 취해 있을 때 홀로 깨어 있을 용기에는 시인의 비타협적 저항 정신이 배면에 자리하고 있다. 굴원의 비극이 탄생한 지점이기도 하다.

"머리를 감은 자는 반드시 관을 털어서 쓰고, 목욕한 자는 반드시 옷을 털어서 입는다(新沐者必彈冠, 新浴者必振衣)"는 굴원의 항변에서 우리는 한 시인의 완벽주의적 결벽증을 마주 대한다. 한 터럭의 티끌도 용납할 수 없었던 그에게 당대의 혼탁한 정치와 세속의 박해는 견디기 어려운 치욕의 순간들이었을 것이다. 치욕과 고뇌의 순간마다 그는 자신의 내면을 응시했고 자각된 개인의 행로와 운명을 또박또박 써 내려갔다. 한 번도 시도된 적 없었던 새로운 형태의 시, 신체시는 이렇게 굴원에 의해 시도되고 창작되었다.

굴원이 남긴 작품군을 묶어서 우리는 '초사(楚辭)'라고 부른다. '초나라의 말로 된 초나라의 노래'란 뜻이다. 초사 훨씬 이전에 우리는 중국 시의 효시인 『시경(詩經)』을 알고 있다. 『시경』이 중국 민족 공동체의 집단 노래, 집체 인격이라면, 초사는 중화 민족이 부른 최초의 개성적인 개인의 노래다. 『시경』이 익명성의 합창이라면, 초사는 굴원이라는 기명인의 독창이다. 『시경』이 황하 유역의 치란(治亂)과 이별과 세상의 몰락을 위로했다면, 초사는 대체로 한 사람의 고행과 우수와 시름을 노래했다. 그리고는 신화와 낭만의 천상으로 솟아올라 비루한 현실을 초월하고자 했다. 『시경』이 말발굽의 먼지가 보얗게 일어나는 황하 유역에서 부른 집단의 노래라면, 초사는 수려한 장강 협곡에서 부른 굴원의 독백이었다. 『시경』이 우리에게 시란 무엇인가를 처음으로 알려 주었다면, 굴원의 삶과 그의 글쓰기는 시인이란 누구인가를 최초로 질문하게 하였다. 우리가 굴원의 시를 읽어야 하는 이유가 여기에 있다.

불가능을 사랑한 시인, 꾸청

1. '동화 시인'의 부음

1993년 10월 어느 날이었다. 뉴질랜드의 한 외딴 섬에서 비보가 날아들었다. 중화권 언론들은 앞다투어 사건의 진상을 파악하느라 분주했다. 문단의 주목을 받던 젊은 시인 꾸청(顧城, 1956-1993)의 자살 소식이었다. 전 중국이 충격에 빠진 건 유명 시인의 자살 때문만은 아니었다. 나무에 목을 맨 꾸청 옆에는 그의 아내와 함께 도끼가 나뒹굴고 있었다는 현장 소식에 많은 사람들이 진저리를 쳤다. 언론과 방송들은 선정적인 보도를 쏟아 내기 시작했다.

참혹한 사건을 알리는 뉴스 지면에는 꾸청의 생전 모습도 함께 게재되었다. 동그랗고 맑은 두 눈엔 선한 빛이 가득했다. 평소 말이 없고 수줍은 소년 같던 그의 모습은 대중에게 동화 속 왕자의 이미지로 각인되어 있었다. 실제로 그의 시는 동화적 상상력과 몽환적인 분위기 속에서 발아된 측면이 있다. 자연스레 사람들은 그를 '동화 시인'이라고 불렀다. 그의 시를 아끼고 사랑한 독자와 평론가들이 붙여 준 애칭이었다.

'동화 시인'과 참혹한 사건 사이의 간극은 넓고도 깊었다. 드라마틱한 한 시인의 삶과 죽음 그리고 그가 남긴 시를 두고 세상은 오랫동안 시끄러웠다. 신문과 잡지들은 대중의 선정적 호기심에 편승했고 시인의 비극을 대중문화의 일회용 읽을거리로 소비했다. 이 글을 쓰는 2017년 10월 8일은 우연히도 꾸청이 떠난 날이다. 서른일곱 해 짧은 생을 살다간 그의 24주기 되는 날이다. 오늘 다시 한 시인의 비극적 삶과 그의 시를 되돌아보는 일은 그 간극을 조금이라도 메워 보려는 작은 시도이다.

2. "네가 바로 시로구나!"

1956년 북경에서 태어난 꾸청은 1970년대 후반부터 생의 마지막 나날까지 창작에 몰두했던 시인이다. 우리와 동시대인인 셈이다. 그는 생전에 「가장 아름다운 영원은 내일이다(最美的永遠是明天)」라는 제목의 글을 발표한 적이 있다. 그리고는 "오려 붙인 자서전(剪接的自傳)"이라는 부제를 달았다. 흥미로운 점은 부제가 암시하듯 유년에서부터 청년에 이르는 삶의 굴곡과 이를 겪어 내는 심리적 변화의 추이들을 섬세한 시적 언어로 묘사하고 있다는 점이다.

자서전은 "나는 가을의 아들이다"로 시작한다. 서두를 읽는 순간 훗날 그의 죽음과 관련하여 서늘하고 비애로운 바람이 문장 속에서 불어오는 것만 같다. 두 살 때까지 소급되는 그의 기억력은 시적 픽션에 가까울 것이다. 그러나 두 살 무렵 새들과 조잘댈 수 있는 자기만의 언어를 발명해 냈다는 그의 고백은 말과 언어에 대해 특별히 예민했던 자신의 감수성을 드러내는 징표이기는 할 것이다.

초등학교 여덟 살 무렵 비가 그치고 맑게 갠 하굣길에서 소년 꾸청은 어느 소나무 밑을 지나가다 발걸음을 멈춘다. 푸른 소나무 잎에 맺힌 영롱한 빗방울이 소년의 눈길을 사로잡았던 것이다.

나는 갑자기 걸음을 멈췄다. 정말 아름답다! 소나무는 눈부시게 푸르렀고 잎새 끝마다 영롱하게 반짝거리는 빗방울이 매달려 있었다. 그리고 그 빗방울마다 거꾸로 된 세상이 담겨져 있었다. 무수히 많은 정교한 무지개를 담고 푸른 하늘을 떠돌아다니고 있었다. (중략) 내 마음도 빗방울로 가득 차는 것 같았다.[1]

흔한 자연의 풍경을 섬세하게 관찰했던 소년 꾸청의 감성은 작은 빗방울 속에 가득 담긴 세상을 발견했다. 무지개 색으로 빛나는 세상이 푸른 하늘을 배경으로 떠돌아다니는 풍경은 소년에게 자연의 아름다움과 최초로 시적 체험을 선사했을 것이다. 집으로 돌아와 이런 느낌을 아버지에게 이야기했을 때 아버지는 어린 아들의 머리를 쓰다듬으며 조용히 말했다. "네가 바로 시로구나!" 그리고는 곧 어두운 표정을 지었다. 시인이 될 운명을 타고난 아들에 대한 기대와 시인으로서 짊어져야 할 운명의 비극을 이미 예견했던 것일지도 모르겠다. 사실 아버지 꾸꽁(顧工) 또한 군 문예계 소속의 기성 시인이었다.

3. '어록'과 『파브르 곤충기』

꾸청이 열 살 되던 해인 1966년에 발생한 문화대혁명(1966-1976)

---

1 꾸청, 「가장 아름다운 영원은 내일이다」, 『나는 제멋대로야』(시선집), 김태성 역, 실천문학사, 1997, p.217.

은 어린 소년에게도 깊은 상처를 남겼다. 담벼락에 나붙은 거친 정치적 구호와 붉은 완장을 두른 홍위병의 날 선 눈빛 그리고 밧줄에 묶여 끌려가는 수많은 사람들의 뒷모습을 그는 날마다 목격했다. 늘 수줍고 말이 없던 소년에게는 공포스러운 광경이었다. 그는 그때의 심정을 이렇게 적었다.

거리에 나뒹구는 낙엽과 찢어진 대자보들 그리고 침묵하듯 무뚝뚝한 굴뚝, 먼 대지의 등불들과 마주 보고 있는 별들이 내 마음속에서 반짝거리던 빗방울을 대신하기 시작했다. 나는 무한과 유한, 자연과 사회 그리고 생의 의미를 생각하기 시작했다. 죽음이라는 신비한 문을 생각하기 시작했다. 이 모든 것들이 다 '죄악'이었다. 말해서는 안 되는 것들이었다. '어록'을 가르치는 교실에서 나는 침묵했다. 아주 오랫동안 침묵했다. 침묵은 습관이 되어 버렸다.[2]

광포한 극좌 이념의 시대에 마오쩌둥 '어록'은 중국 인민이라면 누구든지 읽고 외워야 하는 맹신의 경전이었다. 이 맹신의 시대에 영롱한 빗방울 속의 세계와 교감하던 소년의 감성 따위는 발붙일 곳이 없었다. 오히려 사회주의 건설에 방해되는 죄악일 뿐이었다. 소년은 침묵했고 자꾸 깊어지는 침묵 속에서 그의 사색과 고뇌도 함께 깊어져 갔다.

'어록' 이외에는 어떤 읽을거리도 금지된 시절, 공산당원들이 마을을 돌며 모든 책들을 자루에 쓸어 담아 가 버린 저녁 무렵이었다. 소년 꾸청은 텅 빈 서가 앞에 쭈그리고 앉아 있었다. 어둠은 발목부터

2 꾸청, 『나는 제멋대로야』, p.218.

적시며 몰려왔다. 이때 낡은 신문지 더미 밑으로 무엇인가 희미하게 보였다. 손을 밀어 넣어 꺼내 보니 책이었다. 표지에는 『파브르 곤충기』라고 쓰여 있었다. 처음 보는 책이었다. 책장을 펼치자 수많은 곤충들이 쏟아져 나왔다. 신비롭고 황홀한 세계였다. 풍뎅이의 몸에서는 황금빛 광채가 영롱했고 매미의 등에서는 검정 도자기의 윤기가 흘렀다. 점벌레와 호랑나비 날개의 문양은 화려하고 신기했다. 그날 밤 이후 소년은 날마다 꿈속에서 황홀한 날개로 날아다니는 곤충들을 만났다. 정치적 구호와 이념만이 질주하던 현실에 애써 눈감았던 소년의 눈을 다시 뜨게 한 건 신비로운 대자연의 세계였다. 그는 훗날 이 시절의 체험을 "대자연이 내게 준 시적 언어였다"고 회고했다.

4. 하방

1969년 어느 날 낡은 트럭 한 대가 그의 식구와 보따리를 싣고 외딴 시골 마을에 내려놓고 사라졌다. 문혁이 한창 열기를 내뿜던 시절 우파분자로 몰린 아버지와 함께 온 가족이 산동성 어느 농장으로 강제 하방당한 것이다. 땔감도 먹을 것도 부족했다. 황량한 들판과 쓸쓸한 강변에서 소년은 아버지와 함께 돼지를 방목했다. 소년의 생애에서 학교 공부는 그것으로 끝이었다. 열두 살 무렵이었다. 그러나 소년은 책 대신 광활한 자연 속에서 영혼의 허기를 채워 나갔다.

봄이 왔고 겨우내 얼었던 고드름이 녹기 시작했다. 눈 녹은 물이 마을을 적시며 돌아 나갈 때쯤 길가엔 다시 연둣빛 작은 풀들이 돋아났고 황량한 들판은 기러기와 들오리의 울음소리로 채워지기 시작했다. 소년은 순환하는 자연과 생명이 소생하는 모습을 하나도 놓치지 않고 관찰했다. 얼어붙었던 소년의 영혼도 함께 녹기 시작했다. 작열하는 태양과 강변의 빛나는 모래펄에서 위안과 치유의 힘을 얻었다. 차라리 하방 시절 소년은 행복했고 자연으로부터 무수한 시적 계시를 받았다. 그는 어느 날 새들이 모두 날아간 텅 빈 모래밭에 시를 적었다. 손가락으로 한 글자도 고치지 않고 단 한 번에 써 내려갔다. 그는 시 제목을 「생명환상곡(生命幻想曲)」이라고 지었다. 열네 살 때의 일이었다.

> 바람이 새벽안개를 일으키면
> 나는 돛대의 밧줄을 팽팽하게 당기고
> 항해를 시작한다
>
> 목적지도 없이
> 파아란 하늘 한가운데를 넘실거리며
> 햇살의 폭포에
> 내 피부를 검게 씻는다
>
> (중략)
>
> 까만 밤이 오면
> 나는 은하의 항구로 들어선다
> (중략)
> 어둔 밤이 계곡이라면
> 대낮은 산봉우리
> 잠들어 버리자! 두 눈을 꼭 감으면
> 세상은 나와 무관해진다

(중략)

한 조각 빵을 굽듯이
태양이 지구를 굽는다
두 발을 벌거벗은 채로
나는 걷고 있다
내가 내 발자국을
도장인 듯 대지 위에 두루 찍어 대면
세계도 내 생명 속으로
녹아들어 온다

나는 부르리라
인간의 노래를
천백 년 후에
우주 한가운데 울려 퍼지도록[3]

쓸쓸한 들판에서 돼지를 키우며 사는 소년은 아마도 산다는 일을 목적지도 없이 광활한 우주를 항해하는 일에 비유하고 싶었던 것 같다. 시 행간에는 인생과 자연에 대한 아직 여물지 못한 소년의 감성과 치기가 노출되어 있다. 그럼에도 불구하고 우리가 이 시를 읽는 이유는 잠시나마 우리의 시선을 붙드는 몇몇 구절들 때문이다. 가령 "두 눈을 꼭 감으면/세상은 나와 무관해진다"는 표현 속에는 현실도 피와 주체 지향의 의지가 강력하게 도사리고 있다. 이런 인식의 바

---

[3] 꾸청, 『나는 제멋대로야』, pp.12-13.

탕 위에 자연과의 전면적 합일 혹은 물아일체의 욕망을 드러내는 표현인 "내가 내 발자국을/도장인 듯 대지 위에 두루 찍어 대면/세계도 내 생명 속으로/녹아들어 온다"는 구절은 열네 살 소년이 썼다고 보기엔 좀 섬뜩한 느낌을 지울 수 없을 것이다. 시인으로서의 잠재적 재능을 일찍이 드러내서였을까, 꾸청의 어깨 너머 모래밭에 쓰인 시를 물끄러미 들여다보던 아버지는 한마디하고는 어디론가 가 버렸다. "우리가 풀어놓은 돼지가 전부 어디로 갔는지 모르겠구나."

그날 이후 꾸청과 아버지는 서로 시를 주고받곤 했다. 쓴 시를 서로 읽고서는 지푸라기와 함께 아궁이에 던져 버렸다. 아궁이 위에서는 돼지에게 먹일 여물이 끓고 있었고 아궁이 안에서는 시들이 불타고 있었다. "저 불꽃이 우리 시의 유일한 독자구나"라고 말하는 아버지의 말을 소년 꾸청은 오랫동안 잊을 수가 없었다. 그 말을 숯으로 부뚜막 위에 썼다가 손가락으로 천천히 지워 버리곤 했다. 1974년 하방에서 해제될 때까지 꾸청은 외딴 시골에서 고독했고 생활은 궁벽했다. 그러나 자연 속에서 아름다움을 발견했고 자신의 실존을 체험하는 계기가 되었다. 고독과 궁핍이 그를 시인으로 키우는 소중한 시간이 되었다.

5. 귀환

하방에서 해제된 꾸청은 가족과 함께 북경으로 귀환했다. 5년 간의 하방은 정규 학교교육은 고사하고 아무런 책도 접할 수 없었던 황폐한 시기였다. 북경은 지적 갈증에 시달리던 열일곱 살 청년 꾸청에게 거대한 산을 보여 주었다. 책으로 만든 산이었다. 이전에는 한 번도 보지 못했던 책과 작가와 위인들이었다. 동서양 고전들을 그는 탐식하듯 읽었다. 굴원, 도연명, 이백, 두보를 읽었다. 그리고는 발자크, 안데르센, 도스토옙스키, 헤밍웨이 그리고 미켈란젤로 등 무수한 작가들을 펼쳤다. 침식을 잊는 날이 많았고 새벽녘이 되어서야 바닥에 몸을 눕히곤 했다. 뜨거운 독서열은 『파브르 곤충기』 이후 두 번째 찾아온 '열애'였었다고 훗날 꾸청은 고백했다.

북경 귀환 시절 그를 열기에 휩싸이게 한 건 또 있었다. "세상의 모든 진리를 알고 싶었다"던 그 무렵 그는 마침내 변증법과 마르크스를 만났다. 마르크스 레닌 저작들을 탐독하는 사이 가슴속에 '파리 코뮌'을 세웠다. 이 시절 그의 꿈은 사회주의의 훌륭한 노동자로 자신을 개조하는 것이었다. 실제로 그는 만능 나사못과 같은 노동자의 삶을 살기도 했다. 영화 간판을 그리는 페인트공과 운반공, 목수를 거쳐 외국 손님에게 공손히 머리를 숙이는 상점 종업원에 이르기까지 사회주의 조국과 당에 충성하고 봉사했다. 헌신적인 노동자의 눈으로 거대한 세상을 바라보고 관찰했다. 이 시절 그가 얻은 것은 노동으로 단련된 거친 손마디였고 잃은 것은 시와 예술에 대한 섬세한 감수성이었다. 그러나 잃은 것을 찾는 데는 그리 오랜 시간이 걸리지 않았다. 이 충성스러운 노동자에게 국가는 안정적인 직업도 빵과 땔감도 여전히 해결해 주지 못했기 때문이었다. 꾸청은 다시 정치와 이념을 회의했고 깊은 괴리감에 빠졌다. 그 무렵 문혁 10년의 동란이 막을 내렸다.

6. 몽롱시와 미학적 응전

열아홉 살 청년 꾸청이 문혁의 조종을 알리는 종소리를 들은 건 천안문 광장에서였다. 1976년 4월 5일 광장의 저녁은 뜨거운 열기와 함성으로 가득했다. 이른바 '천안문 시가 운동'의 현장이었다. 지하에서만 간행되던 시들이 드넓은 광장으로 올라오는 순간이었다. 문혁 시절 오로지 정치에 종속되었던 시와 문학이 이데올로기라는 무겁고 낡은 옷을 벗기 시작했다. 꾸청이 시위대와 함께 열기에 휩싸여 있을 때 건장한 민병대원의 억센 손이 그를 바닥에 내동댕이쳤다. 넘어지는 순간 그는 깨닫게 되었다. 이때 만능 나사못과 같은 노동자의 삶을 버렸다. 그리고는 전업 작가가 되겠다고 굳게 결심했다.

문호를 활짝 개방한 중국의 앞마당으로 서구의 문화와 예술 사조가 홍수처럼 들이닥치기 시작했다. 지하에서 움츠리고 있던 시인들도 광장으로 몰려나왔다. 새로운 문학과 잡지들이 쏟아져 나왔고 열띤 토론과 낭독이 광장을 뜨겁게 달궜다. 이른바 '베이징의 봄'이 열린 것이다. 꾸청 또한 본격적으로 시를 발표하면서 시인들과 함께 어울리기 시작했다. 베이다오(北島), 쟝허(江河), 수팅(舒婷) 등의 시인들과 함께 꾸청은 당대의 시단을 리드해 나갔다. 이른바 '몽롱시파(朦朧詩派)'의 탄생이었다. '몽롱시'란 일종의 중국적 모더니즘의 변형이었다. 그들의 시풍은 이전 어떤 시들과도 달랐다. 난삽하고 어려웠고 애매하고 모호했다. 그러나 그들 시의 수사적 암유와 상징 속에는 문혁으로 대표되는 경직된 이념과 과잉의 정치 시대를 찌르는 날카로운 비판과 저항의 정신이 도사리고 있었다.

1979년 4월에 발표한 꾸청의 「한 세대 사람(一代人)」은 몽롱시 논쟁을 본격적으로 촉발하는 계기가 되었다. 논쟁과 함께 꾸청은 일약 문단의 샛별로 떠올랐다. 단 2행짜리 시가 1980년대 중국 시단을 힘차게 열어젖힌 것이다.

黑夜给了我黑色的眼睛 검은 밤은 나에게 검은 눈동자를 주었지만
我却用它寻找光明 나는 오히려 그것으로 세상의 빛을 찾는다

"검은 밤"은 개혁개방 이전 암울했던 문혁 시절에 대한 메타포이다. 동시에 그 시대를 통과해 온 사람들의 황량한 정신세계이기도 하다. 눈동자가 검은 것은 당연한 현상이지만 이 시에서는 검은 이유가 역설적으로 표현되어 있다. 어둡고 절망적이었던 지난 시절로 인해 검게 물들었다는 것이다. 그러나 어두운 시대를 전복하고 새로운 시대의 빛을 찾는 일 또한 그 "검은 눈동자"를 통해서밖에 할 수 없다는 인식이 이 시가 갖는 미학의 정점이다. 암울했던 역사적 조건의 한계 위에서 새로운 희망을 모색하려는 치열한 시적 각성인 셈이다. 문혁이 초래한 뒤틀린 역사 현실에 대한 꾸청의 시적 반응과 미학적 응전은 이렇게 시작되었다.

그러나 이후 꾸청의 문학은 정치와 역사 현실에 대한 암유보다는 몽환, 자연, 생명 등 낭만적 정조가 두드러진 경향으로 기울기 시작했다. 특히 감각과 시적 언어에 대한 미학적 탐색은 그를 1980년대 낭만주의 시인의 맨 앞자리에 올려놓았다. 한 산문에서 꾸청은 자신의 시에 대한 견해를 이렇게 비유적으로 표현한 적이 있다.

미적 감각과 정련된 언어가 결합되었을 때 비로소 시가 창작될 수 있다. 두 가지의 결합이 조화를 이룰수록 시는 더욱 시답게 된다. 시인은 미적 감각과 정련된 언어를 혼례시켜 주는 사람이다.

문혁이란 정치 현실이 낳은 반문학적 억압에서 막 빠져나왔던 시절 꾸청의 이와 같은 발언은 진정한 문학 정신의 소생과 부활을 알리는 신호탄이 되었던 셈이다. 새로운 시대인 1980년 6월 그는 새로운 시 한 편을 발표했다. 논란은 뜨거웠고 비판도 잇따랐다.

远和近 멂과 가까움

你 당신은
一会看我 잠시 나를 보고
一会看云 잠시 구름을 본다

我觉得 나는 느낀다
看我时很远 당신이 나를 볼 때는 아주 멀고
看云时很近 당신이 구름을 볼 때는 아주 가깝다는 것을

  알 수 없는 '당신'의 정체가 시를 미궁에 빠트리고 있다. 이제까지
의 현실주의 미학에 길들여졌던 일부 독자와 평론가들에게는 낯설
고 모호한 시였다. 그들에게는 불편했고 이해할 수 없는 불통의 시
였다. 하지만 이 시는 '당신'과 '나' 그리고 '구름' 사이의 모종의 거리
감이 유발하는 시의 긴장이 '당신'의 정체에 대한 궁금증을 압도한
다. 더욱이 그 거리는 물리적이 아닌 심리적 거리이기 때문이다.
  '당신'과 '나' 사이는 멀다. 둘 사이에는 아득한 심연이 존재한다.
아득한 심연은 서로 닿을 수 없는 절대 고독으로부터 오는 거리감이
다. 인간관계에서 빚어지는 소외와 고독에 관한 절대성의 시적 비유
인 셈이다. 꾸청의 시선이 보여 주는 이러한 거리 의식은 그의 욕망
이 인간과의 관계가 아닌 다른 대상을 지향하고 있다는 것을 은연
중에 암시하고 있다. 가령 구름으로 상징되는 대자연 혹은 추상적인
어떤 것들을 향할 것이라는 잠재적 가능성을 감지하게 한다.
  이전 문혁 시절 정치와 선전에 동원되고 봉사했던 문예에 익숙
한 사람들에게 꾸청의 이러한 시적 발화는 낯설고 어려웠을 것이다.

1980년대 새로운 미학의 요구에 꾸청은 성실히 응답했고 몽롱시 논쟁의 중심에 서 있었다. 이즈음 그는 원통형처럼 생긴 길쭉한 모자를 쓰고 다니기 시작했다.

7. 기이한 동거

1983년 꾸청은 가정을 꾸렸다. 4년 간 집요하게 구애하던 셰예(謝燁)라는 여성과 마침내 결혼에 성공한 것이다. 원고료만 받으면 그녀가 있던 상하이로 달려가곤 했다. 결혼은 행복했고 여기저기서 강연 요청이 이어졌다. 활발한 시작 활동과 함께 꾸청은 바쁜 나날들을 보냈다. 그러나 이 무렵 한 강연회에서 그는 "내가 도시에서 산 십여 년은 가련하기 그지없었다. 마치 침을 맞아 정지되어 버린 곤충 표본 같았다. 아무리 발버둥 쳐도 손발을 움직일 수 없었다"라고 하소연한다. 중국판 '그레고르 잠자'의 고백 같았다. 아마도 유년기와 문혁기에 경험한 공포와 상처가 그에게 도시와 문명, 인간에 대한 깊은 혐오감을 낳은 듯싶었다.

꾸청은 「눈 깜박이는 사이(眨眼)」라는 시에서 "무지개가 한 무리의 뱀 그림자로 변하고" "교회당의 시계가 깊은 우물이 되고" "꽃망울을 터뜨리던 붉은 꽃이 핏덩어리가 되는" 착란의 체험을 고백한 적이 있다. 지난 시대가 그의 내면에 드리운 상처와 불안이 뱀처럼 똬리 틀고 있었던 것이다. 도시와 문명, 인간에 대한 혐오와 기피는 그의 자연 친화성과 동전의 양면을 이루고 있다.

1987년 꾸청 부부는 해외의 초청을 받아 미국, 독일, 홍콩 등을 여행하며 여러 차례 강연과 외유에 나섰다. 외유 중에 발견한 곳이 뉴질랜드의 한 작은 섬마을이었다. 1988년 이후 꾸청은 이곳에서 사회와 절연한 채 은거하기 시작했다. 꾸청은 손수 황폐한 섬을 개간

했다. 아내와 함께 밭을 갈고 채소를 심고 닭을 키웠다. 이 무렵 아들 무얼(木耳)이 태어났다. 얼마 후에는 아내 셰예의 주선으로 잉얼(英儿)이 중국에서 건너와 함께 생활하기 시작했다. 잉얼은 꾸청이 북경에 있을 때에 그의 시를 좋아하여 편지를 주고받다 연인 사이로 발전한 소녀였다. 세 사람의 동거는 상식적으로 이해하기 어려운 사태였다. 셰예는 꾸청에게 관대한 여인이었고 잉얼은 꾸청이 꿈꾸던 몽상 속의 여인이었다. 세 사람의 기묘한 동거를 이해하기 위해서는 꾸청의 독특한 여성관을 살펴볼 필요가 있다. 그는 한 좌담회 자리에서 이렇게 말한 적이 있다.

여성의 빛에 대해 말하면, 그것은 시간도 없고 역사도 없는 것. 그녀는 자신 이외의 목적을 목적으로 삼지 않습니다. (중략) 그녀는 존재하지 않는 곳이 없는 낯섦과 익숙함입니다. 마치 봄처럼 불시에 왔다가 언젠가는 반드시 가 버립니다. 당신은 그녀를 붙잡아 둘 수가 없습니다. 그러나 그녀는 반드시 옵니다. 그녀가 오면 생명 속에 아름다운 감각이 충만하게 차오릅니다.[4]

꾸청은 여성성에서 무시간성과 탈역사성을 감지한다. 아울러 여성을 무목적적 대상으로 인식한다. 어쩌면 꾸청은 여성에게서 항구불변하는 자연을 발견했는지도 모른다. 자연처럼 여성 역시 존재하지 않는 곳이 없는 즉 무소부재(無所不在)의 존재로 받아들인다. 그러기에 여성은 언제나 낯설거나 익숙한 채로 그의 메마른 생명 속에

---

4 유세종, 「꾸청의 작품 세계—찬란한 몽상 시대의 종언」, 꾸청, 『잉얼』 1, 김윤진 역, 실천문학사, 1997, pp.210-211 참조.

아름다운 감각을 수혈하는 존재들이다. 꾸청의 여성에 대한 숭배 혹은 의지는 어떤 면에서는 정상을 벗어나는 미성숙의 그것처럼 보이기도 했다. 아내의 도움 없이는 그는 사소한 일상의 어떤 일도 할 수 없었다. 돈이며 서류는 말할 것도 없고 심지어는 사사로운 편지까지도 아내의 손을 거쳤다. 외출만 하려 해도 꾸청은 양말에서 상의까지 일일이 아내에게 묻지 않고는 챙길 수가 없었다.

꾸청은 세예와 잉얼 두 여인에게서 지고지순한 미적 대상으로서의 영원한 모성이자 자연을 발견했다. 그는 자연과 여성을 통해 문명과 도시, 인간관계에서 입은 상처와 오염을 치유하고자 했다. 뉴질랜드의 외딴 섬은 그가 찾아낸 최적의 자연이었고 그곳에서 세 사람의 동거는 그가 꿈꾼 최상의 판타지였다. 그러나 현실은 그의 동화 같은 삶을 실현하기엔 너무 엄혹했다. 그들은 나날이 경제적으로 궁핍해졌다. 섬 생활 이후 간혹 있던 초청 강연도 끊어졌고 시를 투고하고 받은 원고료로는 생활에 별 도움이 되지 않았다. 자동차 없이는 한 발자국도 외출할 수 없었으나 그는 운전을 배우려고도 영어를 배우려고도 하지 않았다. 꾸청의 편집증적인 애정으로부터 두 여인도 점차 지쳐 갔다. 마침내 잉얼이 먼저 꾸청의 곁을 떠나 버렸다.

무너지기 시작한 꾸청은 그의 산문 「나로부터 자연에 이르기까지(從自我到自然)」에서 이 무렵의 심정을 이렇게 고백하고 있다. "나는 현실에 대항할 방법이 없다. (중략) 나는 세계를 변화시킬 방법이 없다. (중략) 나는 현실 속에 자신을 살게 할 방법이 없다. (중략) 그저 하나의 지팡이에 의지하고 있을 뿐. 이 지탱물이 무너질 때 나도 따라 쓰러질 것이다."[5] 그가 의지하는 지팡이란 세예와 잉얼이었

---

5 꾸청, 『잉얼 1』, p.216 참조.

을 것이다. 마지막 남은 지팡이인 셰예 역시 꾸청이 붙들기엔 이미 멀리 벗어나 있었다. 꾸청을 떠나기로 결심한 셰예의 결심은 단호해 보였다. 잉얼이 떠난 이듬해인 1993년 10월의 일이었다.

8. 불가능을 사랑한 시인

시인 꾸청은 평생 세상사와 명리에 무심하였고 그곳으로부터 초연하고자 했다. 문명과 도시, 인간관계를 혐오하며 세계와 결별하고 싶어 했다. 그리고 신성한 자연과 여성의 품에 귀의하여 치유의 삶을 살고 싶어 했다. 그러나 1980년대 개혁개방 이후 자본의 욕망과 상품의 논리 앞에 그의 순수와 비애, 환상과 동화적 상상력은 갈수록 어울리기 힘들었다. 모두 불가능한 일이었다. 잉얼 또한 환상 속 불가능의 여인일 뿐 현대 도시의 소비생활에 길들여진 세속 여인들 중 하나였을지도 모른다. 꾸청에게 죄가 있다면 불가능을 사랑한 죄일 것이다.

그는 아직 성숙하지 못한 미성년이 아니라 스스로 성년이 되기를 거부한 '비성년'의 삶을 택했을지도 모른다. 그러기에 세속에서 얻은 상처와 오염을 치유하기 위해 자연 속으로 자발적 소외와 자아 유배를 감행했던 것이다. 소외와 유배는 시의 내용뿐만 아니라 그의 생활 목표이기도 했다. 어쩌면 꾸청은 시와 삶을 일치시키기 위해 혼신의 노력을 기울인 희귀한 예에 속하는 시인일 것이다. 그것이 더 이상 불가능하다고 절망했던 순간 '동화 시인'은 한 손에 도끼를 들고 한 손으론 자신의 목에 끈을 감았던 것은 아닐까?

참고 문헌

중문 자료

顾城, 『顾城』(中国当代名诗人选集), 人民文学出版社, 2007.

顾永棣, 『风流诗人徐志摩』, 四川文艺出版社, 1988.

金開誠 外, 『屈原集校注』(上,下), 中華書局, 1996.

杜松柏, 『禪學與唐宋詩學』, 黎明文化事業公司, 民國 67.

徐志摩, 『徐志摩诗集』, 四川文艺出版社, 1982.

孙昌武, 『佛教与中国文学』, 上海人民出版社, 1988.

辛文房 撰, 徐明霞 校点, 『唐才子傳』, 遼寧敎育出版社, 1998.

余华, 『活着』, 作家出版社, 2015.

吳經熊, 『禪學的黃金時代』, 吳怡 譯, 臺灣商務印書館, 民國 75.

衛琪, 『人間詞話典評』, 陝西師範大學出版社, 2008.

湖北省社会科学院文学研究所编, 『屈原研究论集』, 长江文艺出版社, 1984.

洪子誠, 『中國當代文學史』, 北京大學出版社, 1999.

국문 자료

1. 단행본

가마다 시게오(鎌田茂雄), 『中國佛教史』, 정순일 역, 경서원, 1985.

가오싱젠, 『영혼의 산』(1,2), 이상해 역, 현대문학북스, 2001.

가오싱젠, 『창작에 대하여(論創作)』, 박주은 역, 돌베개, 2013.

강태권 외, 『동양의 고전을 읽는다 3』(문학 上), 휴머니스트, 2006.

곽희, 『임천고치』, 신영주 역, 문자향, 2003.

屈原·宋玉, 『초사』, 권용호 역, 글항아리, 2015.

권기호, 『禪詩의 世界—文學과 이데올로기』, 경북대학교 출판부, 1991.

권혁웅, 『그 얼굴에 입술을 대다』, 민음사, 2007.

권혁웅, 『애인은 토막 난 순대처럼 운다』, 창비, 2013.

기파육랑, 『중국 문학 속의 고독감』, 윤수영 역, 동문선, 1992.

김규현, 『티베트 문화 산책』, 정신세계사, 2004.

김명호, 『중국인 이야기 1』, 한길사, 2012.

김명호, 『중국인 이야기 2』, 한길사, 2013.

김선자, 『문학의 숲에서 동양을 만나다』, 웅진지식하우스, 2010.

김운학, 『佛敎文學의 理論』, 일지사, 1981.

김창환, 『도연명의 사상과 문학』, 을유문화사, 2009.

김한규, 『티베트와 중국의 역사적 관계』, 혜안, 2003.

꾸청, 『나는 제멋대로야』, 김태성 역, 실천문학사, 1997.

꾸청, 『잉얼』(1,2), 김윤진 역, 실천문학사, 1997.

다이진화, 『무중풍경(霧中風景)』, 이현복·성옥례 역, 산지니, 2007.

다카시마 도시오, 『이백, 두보를 만나다』, 이원규 역, 심산, 2003.

도연명, 『도연명 전집』, 이치수 역, 문학과지성사, 2005.

두보, 『두보 시 300수』, 정범진·이성호 역, 문자향, 2007.

루쉰, 『중국소설사략』(루쉰 전집 11), 루쉰전집번역위원회 역, 그린비, 2015.

류소천, 『중국 문인 열전』, 박성희 역, 북스넛, 2011.

劉若愚, 『中國詩學』, 李章佑 역, 명문당, 1994.

리궈원, 『중국 문인의 비정상적인 죽음』, 김세영 역, 에버리치홀딩스, 2009.

리쩌허우, 『화하미학』, 조송식 역, 아카넷, 2016.

맹원로, 『동경몽화록』, 김민호 역, 소명출판, 2010.

모옌, 『홍까오량 가족』, 박명애 역, 문학과지성사, 2012.

모옌, 『붉은 수수밭』, 심혜영 역, 문학과지성사, 2014.

바진, 『가』(1,2), 박난영 역, 황소자리, 2006.

박종숙, 『한국 여성의 눈으로 본 중국 현대문학』, 신아사, 2007.

사마천, 『완역 사기 열전』(1,2), 신동준 역, 위즈덤하우스, 2015.

사비 아엔, 『16인의 반란자들—노벨문학상 작가들과의 대화』, 정창 역, 스테이지팩토리, 2011.

서경호 외, 『중국의 지식장과 글쓰기』, 소명출판, 2011.

서복관, 『중국 예술 정신』, 권덕주 외역, 동문선, 2000.

선정규, 『장강을 떠도는 영혼―굴원 평전』, 신서원, 2000.

설도, 『완역 설도 시집』, 류창교 역해, 서울대학교 출판문화원, 2012.

쉬즈모, 『쉬즈모 시선』, 이경하 역, 지식을만드는지식, 2010.

신문방 찬, 임동석 해제·역주, 『당재자전』, 김영사, 2004.

심혜영, 『인간, 삶, 진리』, 소명출판, 2009.

안이루, 『인생이 첫 만남과 같다면』, 심규호 역, 에버리치홀딩스, 2009.

안치, 『영원한 대자연인 이백』, 신하윤·이창숙 역, 이끌리오, 2004.

엄우, 『창랑시화』, 김해명·이우정 역, 소명출판, 2001.

왕국유, 『세상의 노래 비평, 인간사화』, 류창교 역주, 소명출판, 2004.

왕더웨이, 『현대중문소설작가 22인』(상,하), 김혜준 역, 학고방, 2014.

우가오페이, 『굴원』, 김연수·김은희 역, 이끌리오, 2009.

위앤커, 『중국의 고대 신화』, 정석원 역, 문예출판사, 2012.

위치우위, 『중화를 찾아서』, 심규호·유소영 역, 미래인, 2010.

위화, 『인생』, 백원담 역, 푸른숲, 2008.

유병례, 『송사 30수』, 아이필드, 2004.

유병례, 『당시, 황금빛 서정』, 천지인, 2009.

이강인, 『중국 현대문학 작가 열전』, 한국학술정보, 2014.

이나미 리츠코, 『중국의 은자들』, 김석희 역, 한길사, 2002.

이리야 요시다까, 『禪과 문학』, 신규탁 역, 장경각, 1993.

이민수 편역, 『신완역 楚辭』, 명문당, 1992.

이병한·이영주 역, 『당시선(唐詩選)』, 서울대학교 출판문화원, 2014.

이영주 외, 『死不休―두보의 삶과 문학』, 서울대학교 출판문화원, 2012.

이은상, 『중국 문인들의 글쓰기』, 이담, 2012.

이은윤, 『선시, 깨달음을 읽는다』, 동아시아, 2008.

이택후, 『美의 歷程』, 윤수영 역, 동문선, 1991.

이해원, 『이백의 삶과 문학』, 고려대학교 출판부, 2002.

장아이링, 『색, 계』, 김은신 역, 랜덤하우스, 2008.

장애령, 『장애령 산문선』, 이종철 역, 학고방, 2011.

장웨 외,『원소절』, 오영화 역, 사람사는세상, 2015.

전형준,『언어 너머의 문학』, 문학과지성사, 2013.

정민,『한시 미학 산책』, 솔, 2001.

정봉희,『중국 몽롱시의 텍스트 구조 분석』, 한국문화사, 1991.

정재서,『사라진 신들과의 교신을 위하여』, 문학동네, 2007.

정재서 역주,『산해경』, 민음사, 2012.

주량즈,『인문 정신으로 동양 예술을 탐하다』, 서진희 역, 알마, 2015.

진윤길,『중국 문학과 선』, 일지 역, 민족사, 1992.

천쓰허,『중국 당대 문학사』, 노정은・박난영 역, 문학동네, 2008.

천즈허,『중국 시가의 이미지』, 임준철 역, 한길사, 2013.

첸즈시,『도연명전』, 이규일 역, 글항아리, 2015.

캐스린 흄,『환상과 미메시스』, 한창엽 역, 푸른나무, 2000.

포송령,『요재지이』(1-3), 김혜경 역, 민음사, 2002.

한국중국현대문학학회,『중국 현대문학과의 만남』, 동녘, 2006.

허버트 J. 바트 편,『떠도는 혼』(티베트 단편소설 선집), 이문희 역, 다른 우리, 2005.

헤르만 헤세,『우리가 사랑한 헤세, 헤세가 사랑한 책들』, 안인희 역, 김영사, 2015.

호르헤 루이스 보르헤스,『바벨의 도서관 작품 해제집』, 바다출판사, 2012.

홍석표,『중국 현대문학사』, 이화여자대학교 출판부, 2009.

홍석표,『근대 한중 교류의 기원』, 이화여자대학교 출판부, 2015.

홍순석 편저,『김억 한시 역선』, 한국문화사, 2005.

황지우,『게 눈 속의 연꽃』, 문학과지성사, 2009.

후지이 쇼조,『100년 간의 중국 문학』, 김양수 역, 토마토, 1995.

2. 정기간행물, 학술지 및 논문

간호배,「초현실주의시와 선시 비교 연구」,『비교문학』26집, 한국비교문학회, 2001.

강경구,「『영산』의 모색」,『중국어문학』44호, 영남중국어문학회, 2004.

강경구,「노벨문학상 수상의 중국적 해석」,『중국어문학』45호, 영남중국어문학회, 2005.

강경구, 「고행건의 문학 실험과 선불교적 사유」, 『중국학』 31집, 대한중국
학회, 2008.

고명수, 「선시와 정신분석」, 『너머』 6호, 2008.가을.

고숙희, 「≪鶯鶯傳≫, 「春望」 그리고 「同心草」―사랑, 그 애절한 情調에 관
한 考察」, 『중국 문학 연구』 40집, 한국중문학회, 2010.

고진아, 「≪離騷≫의 巫俗敍事的 特徵」, 『중국학 연구』 50집, 중국학연구
회, 2009.

고혜경, 「余華 ≪活着≫의 현대사적 해석」, 『중국학 논총』 34집, 한국중국
문화학회, 2011.

김백균, 「매체의 관점으로 본 "시서화일률(詩書畵一律)"론―동양 '예술'과
'예술 작품' 관계에 대한 시론」, 『美學』 48호, 한국미학회, 2006.

김양수, 「중화 세계 주변부 기억으로서의 티베트 문학―티베트, 가죽끈
매듭에 묶인 영혼(西藏, 系在皮繩扣上的魂)을 중심으로」, 『한중
언어문화연구』 21집, 한중언어문화연구회, 2009.

김진공, 「위화 소설 연구의 몇 가지 문제」, 『중국현대문학』 50호, 한국중국
현대문학학회, 2009.

김효민, 「≪聊齋志異≫ 知己談의 양상과 의미」, 『중국소설 논총』 30호, 한
국중국소설학회, 2009.

남민수, 「≪聊齋志異≫와 死後世界」, 『중국어문학』 58호, 영남중국어문학
회, 2011.

노혜숙, 「≪붉은 수수밭≫에 나타난 탈식민주의 페미니즘」, 『중국 문화 연
구』 18집, 중국문화연구학회, 2011.

모옌, 「나의 고향과 나의 소설」, 『당대작가평론』, 1993년 제2기, 요녕성작
가협회.

박순철, 「蘇軾의 詩畵書―律相通論 小考」, 『중국인문과학』 37권, 중국인문
학회, 2007.

박안수, 「徐志摩 愛情詩 考察」, 『중국어문학』 42호, 영남중국어문학회,
2003.

백지운, 「화해를 위한 두 진혼곡―'색/계'와 '난징! 난징!'」, 『중국현대문
학』 50호, 한국중국현대문학학회, 2009.

백지운, 「세계문학 속의 중국 문학, 모옌이라는 난제」, 『창작과 비평』, 2013.겨울.

심혜영, 「1990년대 위화(余華) 소설의 휴머니즘과 미학」, 『중국현대문학』 39호, 한국중국현대문학학회, 2006.

심혜영, 「≪붉은 수수 가족(红高粱家族)≫을 통해 본 모옌의 문학 세계」, 『중국현대문학』 68호, 한국중국현대문학학회, 2014.

육근웅, 「선시, 언어로 언어 너머를 엿보는 해체시」, 『유심』 13호, 2003.여름.

이강인, 「중국 문학과 노벨문학상의 의미적 해석: 가오싱젠과 모옌을 중심으로」, 『동북아문화연구』 35권, 동북아시아문화학회, 2013.

이욱연, 「중국인 디아스포라와 高行健의 문학」, 『중국어문학지』 14호, 중국어문학회, 2003.

이지예, 「唐代 女性 詩人의 글쓰기—李冶, 薛濤, 魚玄機를 중심으로」, 『중어중문학』 38호, 한국중어중문학회, 2006.

임광애, 「高行健 연구」, 『비교문학』 28집, 한국비교문학회, 2002.

임우경, 「「색, 계」 논쟁, 중국 좌파 민족주의의 굴기 혹은 위기」, 『황해문화』, 2008.여름.